누구도 울지 않는 밤

김이설 소설집
누구도 울지 않는 밤

초판 1쇄 발행 2023년 3월 22일

지은이 김이설
펴낸이 이광호
주간 이근혜
편집 이주이 김필균 허단 방원경 윤소진 유하은
마케팅 이가은 허황 맹정현
제작 강병석
펴낸곳 ㈜문학과지성사
등록번호 제1993-000098호
주소 04034 서울 마포구 잔다리로7길 18(서교동 377-20)
전화 02)338-7224
팩스 02)323-4180(편집) 02)338-7221(영업)
전자우편 moonji@moonji.com
홈페이지 www.moonji.com

ⓒ 김이설, 2023. Printed in Seoul, Korea

ISBN 978-89-320-4142-1 03810

이 책의 판권은 지은이와 ㈜문학과지성사에 있습니다.
양측의 서면 동의 없는 무단 전재 및 복제를 금합니다.

누구도 울지 않는 밤

김이설 소설집

문학과지성사

모면

먼저 가버린 모양이었다. 아무리 둘러봐도 형부 차는 보이지 않았다. 모델하우스 단지를 벗어나려던 성미 언니 차가 크게 방향을 틀어 내 앞에 멈추었다.

"아까 소장님 차 나가더라. 차편 없으면 같이 가든가."

성미 언니가 인상을 구기며 말했다. 나는 선뜻 대답하지 못했다. 이미 다섯 명이 꽉 들어차 있었다. 같이 가려면 어떻게든 뒷좌석에 구겨 앉아야 할 텐데, 뒷자리 세 명은 나의 시선을 피했다.

"갈 방법 있음 말고."

성미 언니가 대답을 채근했다. 보조석에 앉아 있던 막내가 슬그머니 내렸다. 제가 뒤로 갈 테니, 실장님이 여기 타세요. 그때 뒷자리의 용주 엄마가 소리쳤다.

"여길 어떻게 넷이 앉니! 아야, 옆구리는 왜 찔러! 형부가 소장인 게 뭐! 무슨 벼슬이야?"

나는 입술을 지그시 깨물었다. 차일피일 운전 연수를 미뤄왔던 나를 탓하는 게 속 편할 것 같았다.

"먼저들 가세요. 전 알아서 갈게요."

"막내 뭐 하니, 빨리 타라."

성미 언니는 할 도리를 다했다는 듯, 차 문이 닫히자마자 잽싸게 출발했다. 대로변으로 진입한 차는 어느새 시야에서 사라졌다. 널따란 주차장에 자동차들이 띄엄띄엄 박혀 있었다. 6시가 넘었는데도 더위는 그대로였다. 주차장의 검은 시멘트 바닥 때문에 더 덥게 느껴졌다. 내가 소장의 처제가 아니었으면 저들은 나에게 좀 친절했을까. 나는 건물 그늘로 들어섰다.

해 질 녘의 모델하우스 단지는 유령도시 같았다. 거대한 주차장을 에워싸듯 2, 3층의 모델하우스 건물들과 분양 대행사 건물들이 줄지어 서 있었다. 마치 주변의 허허벌판과 주차장을 구분 짓는 성곽처럼 보였다. 수십 동의 모델하우스는 신시가지에 들어서게 될 건물들의 표본이었다. 신시가지의 최종 완성은 2030년이라고 했다. 얼마 전에 종합병원 기공식이 있었고, 5년 안에 공립대학교 캠퍼스 이전이 마무리될 예정이었다. 앞으로 13년 동안 계속 새 건물이 세워진다는 뜻이었다. 매년 대여섯 차례 아파트 분양이 이뤄지고, 매 분양마다 완판이었다. 분양가도 계속 상승 중이었다. 아파트 분양뿐만이 아니었다. 상업 지구에 들어설 빌딩, 상가 단지 들까지 생각해보면, 매일 사무실에서 떠드는 불패 신화는 틀린 말이 아닐지도 몰랐다. 그러니 모델하우스 단지에 들어선 분양 사무실과 분양 대행사는 셀 수조차 없었다. 지난주에 분양을 마친 아파트 모델하우스에는 사흘간 3만 명이 방문했다고 했다.

형부는 두 개의 분양 대행 사무실을 동시에 운영하고 있었다. 거기에다 신시가지, 구시가지에 인수한 공인중개사 사무실만 해도 세 곳이었다. 그 많은 곳을 어떻게 관리하는지 나로서는 이해가 되지 않았다. 근래 형부는 개인 약속이 잦았다. 외부에서 퇴근할 때는 미리 언질을 주던 형부가 요즘은 어디에 정신이 팔렸는지 말도 없이 사라져버리곤 했다. 그때마다 퇴근하는 일이 아주 곤혹이었다. 전화는 왜 안 받는지 그것도 의아했다.

안 그래도 구시가지에서 떨어진 외곽, 아무것도 없는 빈 땅덩어리에 지어진 모델하우스 단지였다. 버스 노선은 아예 없는 데다가, 태우고 나올 손님 잡기 어렵다며 콜택시도 안 들어오는 곳이었다. 그러니 여기서 일하는 사람들은 자기 차가 아니면 카풀로 출퇴근을 하는 상황이었다. 나도 아침저녁으로 형부 차를 얻어 타고 있었다. 요즘은 출근할 때

외에는 얼굴 보기조차 힘들 지경이기는 했다.

어떻게든 사정이라도 해볼 요량으로 콜택시 전화번호를 찾는데, 엄마에게 전화가 걸려왔다. 나는 내처 건물 입구 계단에 주저앉았다. 첫마디부터 이모 얘기였다.

— 옷도 한 벌 해 입혀야겠어.

— 마음대로 해.

너희들이 보낼래? 아님 한번 데리고 나갈까?

다음 달에 이모의 환갑이 있었다. 요즘 누가 환갑을 챙기느냐며 여행이나 다녀오겠다고 하더니만, 그래도 생일인데 밥은 같이 먹어야겠다는 엄마의 변덕에 순순히 중식당 예약까지 마친 상태였다. 그런데 또 한 번 찾아오라는 말이었다. 언니는 단박에 거절할 것이 뻔했다.

— 언니랑 말해.

— 운전 연습 겸 네가 한 번 와. 이번 주 주말 어때? 화단에 작약도 잔뜩 피었…… 어, 일어났어? 야, 끊자. 이모 일어났다. 밥 먹여야겠다.

엄마에게 이모는 자매 이상의 무엇이었다. 이모는 원체 약하게 태어난 데다, 못 배워 못 벌었고, 결혼도 실패했으며, 자식도 없고, 거둬줄 부모도 없는, 엄마의 하나밖에 없는 피붙이였다. 내가 엄마였다면 이모 같은 동생은 천형 같았을 텐데, 엄마는 자청해서 이모의 보호자이자 반려자가 되었다.

　이모는 우리와 같이 살았다. 떡집을 하던 아버지와 엄마가 새벽부터 가게에 나가면, 이모는 우리 자매를 깨워 밥을 먹이고 학교에 보냈다. 학교와 도서관을 전전하다 돌아오면 제일 먼저 맞이해주는 사람이 이모였다. 숙제를 도와주는 것도 이모였고, 소풍 가는 날 김밥을 싸준 것도 이모였다. 새 옷을 골라주는 사람도 이모였고, 생리대 사용하는 걸 알려준 사람도 이모였다. 대학생이 된 조카에게 피임하는 걸 알려준 사람도 이모였고, 남자 때문에 속앓이를 할 때 마음껏 털어놔도 괜찮은 상대도 이모였다. 밤늦게까지 술 마시고 들어오면 아버지와 엄마 몰래 문을 열어준 사람도, 용돈이 부족하면 뒷돈을 챙겨주던 사람도, 학교에 적응하지 못하던 내게 휴학을 권한 것도 이모였다. 모든 집안일을 해내고, 우리 자매를 키운 건 이모였다. 그래서 언니의 결혼식 날 눈물을 뚝뚝 떨어뜨렸던 사람이 이모일 수밖에 없었고, 식을 올린 지 5개월 만에 갈라서고 돌아온 나에게 제일 먼저 괜찮다며, 세상 살다 보면 그런 것쯤은 아무것도 아니라 말해준 사람도 이모였다. 늘 바깥일을 하던 엄마는 엄마라기보다는 아버지에 가까운 사람이었고, 이모는 엄마와 같았다. 3년 전, 아버지가 욕실에서 넘어져 뇌진탕으로 세상을 뜨고 난 뒤, 가게를 정리하고 고향으로 가겠다고 한 것도 역시나 엄마가 아니라 이모였다. 갑작스러운 제안이었는데도 엄마는 군소리 없이 30년 넘게 해오던 떡집을 처분하고 도시 생활을 접었다.

그때쯤 신시가지로 거주를 옮긴 언니가 나에게 같이 살자고 제의를 했다. 형부가 사업을 확장하게 되면서 일손이 부족하다 했다. 언니네로 들어와서야 안 사실이었지만, 사실 언니는 그간 녹박 육아에 지칠 대로 지친 데다 새로운 환경에 혼자 적응할 처지가 못 되는 상황이었다. 바깥일을 핑계로 가정에 소홀한 형부에 대해서는 이제 원망을 넘어 체념에 가까운 상태였다. 자기 혼자 감당할 수 없어 나에게 구조 요청을 한 것과 마찬가지였다.

여하튼 대로변까지는 나가야 할 모양이었다. 콜택시 회사에선 모두 차가 없다는 답을 했고, 택시 호출 앱으로도 불가능했다. 아무것도 없는 벌판에도 초고층 건물이 척척 들어서는 세상에, 돈이 없는 것도 아닌데, 택시 하나 부를 수 없다니, 어이없었다. 나도 모르게 한숨을 뱉었다. 복 나간다고 했지! 이모가 봤다면 제대로 등짝을 때렸겠지. 멀리서 자동차 한 대가 이쪽으로 다가왔다. 나는 자리에서 일어났다. 축구장 몇 개는 붙여놓은 크기의 모델하우스 단지라 했지만 자동차는 금세 내 앞에 멈추었다. 나도 모르게 뒤로 한 발짝 물러섰다.

"안녕하세요. 저, 기억나세요?"

차창을 내리며 인사를 한 건 며칠 전 투자 컨설턴트라며 명함을 건넨 사람이었다. 빈 좌석부터 눈에 들어왔다.

"서형찬입니다. 그저께, 저희 대표님 모시고 사무실에서 잠깐 뵀었는데."

거침없이 사무실로 들어선 최 대표를 따라 들어온 사람이 서형찬이었다. 최 대표란 사람이 키가 크고 화려한 옷차림을 한 여자였는데도 서형찬이 먼저 눈에 띈 건 큰 키 말고도 시원시원하게 생긴 이목구비 때문인지도 몰랐다. 형부는 사무실 사람들을 모두 일으켜 세우고 최 대표에게 깍듯이 인사를 시켰다. 잡티 하나 없는 피부, 붙인 속눈썹, 오래 정성을 들였을, 컬이 풍만한 헤어스타일에 어디서든지 한눈에 띌 법한 초록색 와이드 팬츠가 멋스럽게 어울리는 사람이었다. 가볍게 고개를 끄덕이고 소장실로 들어간 최 대표의 명함을 내민 이는 서형찬이었다. 뒤이어 서형찬과 나도 명함을 주고받았다. 서형찬의 직함은 실장이었다.

"누구 기다리는 사람 있으세요? 혹시 차편이 없는 거라면, 타시겠어요?"

마다할 이유가 없었다. 달칵, 잠겼던 문이 열리는 소리에 아주 잠깐, 별일 없겠지?라는 의문이 들었다. 하지만 차 문이 열리자마자 에어컨 바람이 쏟아졌고, 그러자 오로지 이

차를 타야만 집에 갈 수 있다는 확신이 들었다. 나는 덥석 조수석에 앉아버렸다.

"고맙습니다."

"제가 알아봐서 다행이네요."

그날, 최 대표와 형부는 소장실에서 한참 동안 나오질 않았다. 그 시간 동안 서형찬은 빈 책상에 앉아 자기 일을 했다. 수시로 휴대폰 화면을 들여다보며 수첩에 무언가를 열심히 베껴 적기도 했다. 낯가림 하나 없이, 책상 주인이 찾아오면 다른 빈자리로 옮겨 앉아 다시 하던 일을 하던 사람이었다. 천성인지, 그런 상황에 이골이 났다는 뜻인지 나로서는 알 수 없었다. 대로에 진입하고 얼마 안 되어 분기점이 나왔다. 서형찬은 묻지도 않고 신시가지 쪽으로 방향을 잡았다. 그 반대쪽은 구시가지로 들어서는 외곽 도로였다.

"제가 어디 사는 줄 아세요?"

"소장님 처제잖아요. 신시가지 1단지. 맞죠?"

"다 알고 있으니 무섭네요."

자기는 그런 사람이 아니라며 빙긋 웃었다. 그런 사람은 어떤 사람인데요,라고 물으려다 말았다. 여하튼 사무실과 엮인 사람이었다. 차가 많아진다는 느낌이 들자 주춤주춤 속도가 줄어들었고, 이내 제자리에 멈추고 말았다. 차 안에 타인과 단둘이 있다는 사실이 생각보다 더 불편했다. 버스

든 택시든 신시가지 부근까지는 가야 탈 수 있었으니 어쩔 수 없이 낯설고 어색한 공기를 무시해야 했다. 쉭쉭대는 에어컨 바람 소리가 점점 더 크게 들렸다.

"언제 오셨어요?"

이 도시에 사는 사람들이라면 누구나, 아무렇지 않게 주고받는 인사말이었다. 신시가지는 산을 깎고, 논과 밭을 뒤집어엎은 땅에 올린 도시였기 때문이었다. 사람이 살지 않던 땅에 사람이 살게 된 것이니, 모두 외지인이었다.

"3년 되었나 봐요."

"완전 초기에 오셨네요. 그때는 아파트와 편의점밖에 없었다던데."

"그랬죠. 그쪽은요?"

"입주는 2년 전에 했어요. 여기 토박이고요."

원주민이라면, 도시 공사에 땅과 산을 내놓고 물러난 사람이라는 뜻이었다. 나는 고개를 돌려 서형찬을 빠르게 훑었다. 갈색으로 염색을 한 짧은 머리, 귓불의 귀걸이 구멍 자국, 짙은 눈썹과 바른 콧날, 붉은 입술 산과 목 주변에 돋아난 몇 개의 여드름. 몸에 딱 맞는 셔츠, 팽팽하게 펴진 남색 정장 바지, 왼쪽 손목의 은색 시계, 커다란 손과 동그랗게 자른 손톱, 오른손 약지에 낀 백금 반지. 조수석에 놓였던 서류 가방은 내가 탈 때 운전석 뒤로 옮겼는데, 힐끔 다시 확인해보니 명품 브랜드였다.

다들 도둑놈들이라니까. 가만히 앉아 있다가 떼돈 번 건데도 더 달라고 극성부리는 것 좀 봐. 돈이 한두 푼이야? 전국 평균 시세보다도 높게 쳐줬다고. 솔직히 말해 신시가지 아니었으면 제깟 것들 인생에 그 돈을 무슨 수로 만져봐, 안 그래? 평생 땅이나 파먹던 농사꾼에게 그런 돈 쥐여줬으면 감지덕지 받아 처먹고 얼른 떨어져야지, 어디 자꾸 덤벼들어 들긴. 아니, 나라가 얼마나 더 잘해줘, 응? 입주 우선권 줘, 은행 빚 쉽게 내줘, 이자 싸, 대체 못살겠다고, 책임지라고 널브러지는 이유가 뭐야? 돼지 새끼처럼 욕심부리는 것들 때문에 부지 정리가 안 된 곳이 어디 한두 군데냐고! 내 말이 틀렸어?

나는 맞다고 고개를 끄덕여줬을 것이다. 형부는 종종 원래 살던 주민들에게 길길이 난리를 치며 분노의 화살을 돌리곤 했다. 형부가 맡은 상가 건물 하나가 원주민과 보상 합의가 되지 않아 지지부진 골머리를 앓게 했던 탓이었다. 차가 슬그머니 앞으로 나아갔다. 8생활권과 9생활권을 나누는 2차선 가운데였다. 양쪽의 생활권은 모두 5년 뒤에 완성되는 권역이었다. 사방은 공사장 펜스로 둘러싸였고, 회색의 펜스에는 드문드문 색 바랜 홍보 스티커들이 지저분하게 붙어 있었다. 거리 10분 달방, 굴절 스카이 다량 보유,

현장 배달 단체 급식…… 볼 사람도 없을 것 같은데 공사 안내문도 커다랗게 붙어 있었다. 펜스 너머로 대형 크레인 기둥들이 삐죽삐죽 솟아올라 있었다. 이 도시에서는 흔한 풍경이었다. 어디든 공사장이었고, 흙먼지가 일었으며, 거친 소음이 난무했다.

"그럼 지금은 어디 사세요?"

"2단지요, 이웃이에요."

"구시가지에 살면 어쩌나 했는데, 안 미안해도 되겠네요."

"미안해하셔야 제가 차비라도 받는데?"

눈이 마주쳐버리고 말았다. 대꾸를 하지 않자, 서형찬이 어색하게 웃으며 말을 이었다.

"어디서 수작이냐고 생각하셨죠? 죄송합니다."

웃는 눈매가 선했다.

"근데 이 와중에 같이 식사하자고 하면 치한 되는 거죠? 제가 오늘 점심을 못 먹었더니 밥 생각밖에 안 나네요."

"치한이 아닌 건 알겠는데, 식사는 어렵겠어요. 조카들이 기다리고 있어요."

아까부터 언니가 계속 카톡 메시지를 보내고 있었다.

— 형부 오늘 늦는대?

— 형부 늦으면 너라도 빨리 와! 힘들어 죽겠어.

―지빈이가 너 없어서 밥 안 먹잖아. 빨리 와.

―예빈이가 킨더초코 사오래. 진짜 지겹다.

―지빈이가 자기 것도 사오란다. +우유, 오이, 계란.

―근데 너 오늘 엄마랑 통화했니? 아까 안 받았거든.

―야, 너 다 읽으면서 왜 대꾸를 안 해?

―엄마한테 자꾸 전화 와서 죽겠네. 네가 전화 드려.

말풍선 안에 담긴 메시지가 다다닥 소리를 내며 화면 위로 올라갔다. 아홉 살, 일곱 살 남매를 키우는 언니는 항상 우는소리였다. 다른 애들보다 더 좋은 걸 먹이고 입혀야 했고, 같은 반 애들보다 더 좋은 학원에 보내야 했다. 어떤 재능이 숨겨져 있을지 모르기 때문에 많은 체험을 통해 아이를 자극시켜야 된다는 것이 언니의 교육관이었다. 그러니 남들이 자기 아이한테 시키는 건 언니도 시켜야 했고, 남들이 하지 않은 것까지 찾아다니느라 동동거렸다. 신도시가 으레 그렇듯이 껍데기만 새것일 뿐 문화시설과 환경은 전무했다. 하나밖에 없는 수영장에 등록하기 위해 서른 시간 줄을 서는 건 어쩌면 쉬운 일이었다

그런데도 언니는 신시가지를 둘러싼 주변 도시의 예술의전당을 내 집처럼 드나들었고, 전국의 유명한 축제는 섭렵한 지 오래였다. 매년 여름마다 해외로 휴가를 다녀왔고, 겨울에는 스키를 타러 갔다. 그림 대회나 피아노, 무용, 노

래 대회에 거침없이 내보냈고, 그때마다 조카들은 또 아무렇지 않게 상을 받아오곤 했다. 그런데도 언니는 늘 부족하다고 했다. 늘 자기보다 더 먼저, 더 많이, 더 좋은 걸 가진 사람들이 있더라고, 간신히 따라가면 애써 갖췄던 것들이 그들에게는 이미 철 지난 것으로 버려지고, 어느새 또 다른 세계를 누리며 자기를 내려다보더라는 것이었다. 세상은 상대적인 것이었다. 누군가는 언니를 보며 그런 열등감을 느낄 것이 뻔했다. 하지만 나는 그냥 듣기만 했다. 언니에게 나는 조언자가 되지 못했다. 언니는 요즘 조카들에게 승마와 성악을 가르치겠다고 알아보는 중이었다.

　—너, 지금 나 무시해? 왜 말이 없어! 전화는 왜 안 받니? 둘 다 나 무시하기로 짰지? 재수 없는 것들!

　나는 휴대폰 화면을 닫고 창밖으로 고개를 돌렸다. 저렇게 아무 말이나 해댈 때는 정나미가 떨어졌다. 자기감정을 나한테만 풀어대는 언니였다. 신시가지로 들어서는 다리를 건너자 도로는 숨통이 트였다.

　"아까부터 계속 찾으시는 것 같은데, 편하게 전화 받으셔도 되는데요."

　"안 받아도 되는 전화라서요."

　"전화 거는 분만 애타네요."

　언니는 해가 질 때쯤 가장 예민하고 날카로웠다. 두 아이들 뒤를 졸졸 따라다니다 집에 돌아오면 숨 돌릴 틈 없이 저녁을 해 먹이고, 공부시키고, 씻기고 재워야 하는 일이 숙제처럼 남아 있었다. 해도 해도 절대 끝나지 않는 일들이 쌓여 있다는 게 무슨 기분인 줄 아니? 끝이 없다는 거, 그것만큼 사람을 미치게 하는 게 없다. 그게 정말 끔찍한 거야. 언니의 혼잣말이 생생하게 맴돌았다. 끔찍한 건 매일 똑같은 말을 들어야 하는 나도 마찬가지였다. 다시 주춤주춤 속도가 떨어지고 있었다. 퇴근 시간이었다. 시청과 교육청, 공공기관들이 밀집된 중심부를 지나야했다. 일직선으로 뻗은 도로는 온통 붉은빛이 맴돌았고, 줄 서 있는 신호등은 동시에 파란불로 바뀌었지만 차들은 좀처럼 움직이지 않았다.

"최 대표님은 어떤 분이세요? 예뻐서 그런지 나이도 잘 모르겠고……"

"미인이시죠. 그래도 대학생 아들이 있어요."

"정말요? 기껏해야 삼십대 중반일까 했는데."

"사람 보는 눈은 없으신가 봐요. 사십대 후반이세요."

최 대표와 같이 있을 때의 형부의 모습이 떠올랐다. 사십대 후반이면 형부와 나이 차이도 별로 없었다. 유난히 큰 소리로 웃던 것도, 허리를 깊게 숙여 소장실로 안내하던 모습도, 무엇보다도 소장실을 나설 때 최 대표의 허리에 슬그머니 얹은 손이 거슬렸다. 그 손짓에 놀라지 않는 최 대표의 표정이 더 언짢게 느껴졌다.

"원체 이쪽 일을 오래 해서 그런지 거침이 없는 분이세요. 무서운 것도 없고. 사업 수완은 뭐 말할 것도 없고요."

그런데 난 왜 최 대표의 행동들이 다 연기하는 사람처럼 보였을까. 형부와 가까이에 있는 여자라는 것에 예민하게 반응하는 것인지도 몰랐다.

"저희 대표님 말씀으론 소장님도 이쪽에선 유명한 분이시라고."

"그렇다고들 하는데, 저는 잘 몰라요."

사무실 사람들은 형부를 싫어했다. 여자 직원의 가슴을 노골적으로 쳐다본다든가, 치마 길이가 기니 짧으니 하는 참견은 양반이었다. 실수인 척 엉덩이에 손을 대거나, 안마를 가장해 어깨와 목덜미를 함부로 주물렀다. 그런데 정작 형부에게 하지 말라고 말하는 사람은 없었다. 싫은 내색조차 못했다. 그저 나한테만 앙앙거릴 뿐이었다. 처제라도 있으니 이 정도에서 그치는 모양이라고 말한 건 사무실에서 제일 나이가 많았던 성미 언니였다. 처제 덕은 우리가 본다고 비아냥거리는 사람에게는 그럼 꼭 내 옆에 붙어 있으라고 너스레를 떨 수밖에 없었다. 언니도 남편이 저러는 걸 아느냐고 진지하게 물었던 사람이 있었다. 지혜 언니였다.

그 말끝에 그만둔다고 했다. 내가 그만두는 이유가 무엇이
냐고 다그쳐 물어도 끝까지 형부 때문은 아니라고만 대답
했다. 물론 나는 믿지 않았다.

"네가 봤어? 네가 직접 본 거 아니면 의중만 가지고 사람
몰아세우지 마. 네 형부, 사업하는 사람이야. 그렇게 일하
니까 이만큼이나 살고 있는 거고. 그 정도 가지고 유난 떨
거 없어. 세상 남자 중에서 깨끗한 남자가 어디 있다고. 살
아도 나랑 살 사람이야. 내가 괜찮다는데 뭐가 문제야. 너
도 네가 아는 게 전부가 아니니까 함부로 말하지 말고. 사
무실 사람들한테 괜히 휩쓸리지 마!"

그래서 나는 입을 다물었다. 언니가 엄마와 다를 게 없다
는 말은 차마 할 수 없었다. 언니 혼자 착각하고 사는 것이
면 어떡하느냐고도 되묻지 않았다. 적어도 같이 사는 이상,
언니와 분란을 만들 이유는 없었다.

어느새 서형찬도 입을 다물었다. 대화는 끊겼고, 창밖은
어둑했으며, 막 시청 앞 사거리를 통과하고 있었다. 신시가
지의 외곽에 고속버스 터미널은 한창 공사 중이었고 시청
건너편에 임시 터미널이 설치되어 있었다. 퇴근 차량에 대
형버스까지 엉켜 도로는 무척 복잡했고 거리에 사람들도
많았다. 차창 밖은 소란스러울 것인데 차 안은 고요했다.
아무 말을 안 하는 것이 오히려 힘들게 느껴졌다.

"일한 지 오래됐어요?"

"올 초부터요. 대표님 밑에서 처음부터 배우고 있는 중이죠."

"그전에는 무슨 일 했는데요?"

"차 팔았어요."

"차요?"

"중고차."

"아……"

"소영 씨는요? 소장님이랑 계속 같이 일했어요?"

"제 이름도 아세요?

"네."

"정말 의심해야 할 사람이네요."

"그날 명함 주셨고요, 지금도 명찰 달고 계시고요."

명찰은 왼쪽 가슴팍에 달려 있었다. 명찰을 떼어 핸드백 안에 넣었다. 자세를 바로잡기 위해 배에 힘을 주고 허리를 세웠다. 가슴이 도드라지지 않게 다시 안전벨트를 매만졌다. 온몸이 긴장하듯 뻣뻣해지는 것 같았다.

"제 동생 이름도 소영이에요."

"흔한 이름이죠."

"맞아요. 근데 서소영은 별론데 이소영은 이쁘네요."

대형 버스 무리를 지나쳤지만 다음 신호등에서 다시 걸

리고 말았다. 잊은 걸 다시 떠올린 것처럼 짐짓 아무렇지
않게 말을 이었다.

"형부 사무실에서 일한 건 2년 정도 됐어요. 그전에는 떡
집에서 일했고요."

떡집요? 되묻고는 서형찬 혼자 웃었다.

"뜻밖이라."

"부모님이 하시던 가게였어요."

"그럼 지금 부모님은요? 아, 실례되는 질문이었나요?"

"아빠 돌아가시고 접었어요."

갑작스러운 죽음이어서 경황이 없었을 뿐, 아버지의 죽
음이 애통해 억울하지도, 슬퍼 힘겹지도 않았다. 아버지는
평생 그런 존재였다. 아버지와 추억이라 부를 만한 것이 없
었다. 그럴 리야 없겠지만 평생 아버지와 나눈 대화 한마디
기억나는 게 없었다. 아버지에 대한 기억 자체가 없는 것
같기도 했다. 딸자식 키우면서 으레 했을 법한 통제나 단속
은 엄마의 몫이었다. 혼을 내거나 권위를 세워 윽박지르고,
자기의 생각과 선택이 옳다고 고집 피우는 건 늘 엄마였다.
그런 엄마를 다독이고, 우리를 달래 서로 한집에 살 수 있
게 한 건 역시 이모였고. 그럼 도대체 아버지는 그 긴 세월
어디에 계셨던 걸까. 아무리 생각해도 아버지가 보이지 않
았다.

"저는 아버지 돌아가신 지 좀 됐네요. 신도시 계획 발표되면서 생긴 화병으로 돌아가셨거든요. 자식들이야 어디서 살든 그게 무슨 문제냐 싶었는데, 어른들은 아니더라고요. 아버지 그렇게 보냈다고 남은 엄마가 힘들어했고. 뭐, 지금은 괜찮고요. 저는 아들이어서 그런지 처음엔 덤덤하더니만 시간이 지날수록 아버지 생각이 많이 나더라고요. 소영 씨는 안 그런가요?"

아버지의 장례식장에서 가장 많이 운 건 정작 엄마가 아니라 이모였다. 욕실에서 쓰러져 뇌진탕으로 일어나질 못하는 아버지를 발견한 것도 이모였다. 그렇게 자리에 누운 지 일주일 만에 세상을 뜬 아버지를 향해 엄마는 복 받은 사람이라고 했다. 어설프게 살아남아 서로 고생하지 않게 해주어서 고맙다고도 했다. 따지면 남은 사람을 향한 안도의 고백이었을 것이다. 정작 엄마는 그렇게 말하는데 이모는 연신 오열을 해댔다. 자식보다, 부인보다 더 서럽게 우는 처제라니. 그때만큼은 이모가 싫었다. 이모의 그 울음소리가 불안했다. 억지로 숨겨두었던 기억을 끄집어내는 울음소리 같아 불편했고 그 울음소리에 자꾸 무언가 연상되는 것도 불쾌했다.

결국 잊었던 장면 하나가 떠오르기 시작한 건 아버지가 죽은 뒤부터였다. 마치 사진을 꺼내 보는 것처럼 선명한 이미지였는데, 울고 있는 이모를 안아주는 아버지의 모습이었다. 처음엔 꿈에서 본 장면인 줄 알았고, 나중엔 이모가 많이 울었기 때문에 연상된 장면이라고도 생각했지만 아니었다. 이모는 나신이었다. 분명 내가 목격한 장면이었고 사진처럼 기억에 뚜렷하게 현상된 것이었다. 그러므로 나는 괴로웠고 되찾은 기억 따위는 개나 줘버리고 싶었다.

"전 별로요."

"사람마다 다르죠. 이런, 너무 제 얘기만 했네요."

서형찬이 헛헛하게 웃었다.

"아니에요. 그럼 아버지 생각하면 제일 먼저 뭐가 떠오르세요?"

"죽도록 맞은 거?"

서형찬과 나는 실없이 웃었다. 맞은 기억이라도 있으니 다행이라는 말은 하지 않았다. 내비게이션으로 보이는 도착 예정 시간이 점점 줄어들고 있었다. 이내 남은 시간이 15분으로 바뀌었다. 차 안에서 같이 있던 한 시간이 짧게 느껴졌다. 무심코 고개를 돌렸는데 서형찬과 눈이 마주쳤다. 차 안이 더 좁게 느껴졌지만 불편하진 않았다. 나는 창밖으로 시선을 옮겼다. 서형찬도 고개를 앞으로 돌렸다. 어쨌든 느낌이 나쁘지 않은 사람이었다.

언니에게 전화가 두어 번 더 걸려왔지만 받지 않았다. 메시지는 계속 추가되었다. 정체가 풀려 차는 빠르게 1단지를 향했다. 서형찬의 전화가 울렸다. 휴대폰은 오른쪽 바지 주머니에 들어 있었다. 한 손으로만 핸들을 잡고 휴대폰을 꺼냈다. 그것만으로도 아슬아슬해 보였는데, 발신자 번호를 확인하더니 굳이 왼손으로 바꿔 쥐고서야 통화를 시작했다. 서형찬이 고개를 살짝 왼쪽으로 기울였다. 통화 내용에 신경이 쓰이는 전화인가 싶어서 나는 고개를 완전히 돌려 창밖을 바라봤다. 그런데도 희미하게 여자 목소리가 들렸다.

"응, ……아니 아직. ……지금 운전 중. ……그럼 고맙고. ……그래. ……나도."

운전대를 잡은 서형찬의 손가락에 낀 백금 반지가 가로등 불빛에 간헐적으로 반짝였다.

"소영이에요."

"묻지 않았는데."

"그죠, 제가 이상했네요."

"거짓말만 아니면 되죠."

"어? 그럼 소영 씨도 이상해져요."

"그러네요. 배고프죠?"

"네."

"저도요. 둘 다 배고파서 그랬던 걸로 해요."

"고맙습니다."

"고마운 건 제가. 데려다주셔서 정말 고마워요."

서형찬이 다시 휴대폰을 쥐었다. 나도 휴대폰을 꺼내 들었다. 부재중 전화 8통, 확인 안 한 카톡 35개, 문자 6개. 문자부터 확인하려는데 전화가 걸려왔다. 저장되지 않은 번호였지만 서형찬의 번호라는 걸 알았다.

"제 번호입니다."

나는 서형찬의 번호를 저장했다.

"저기 편의점 앞에서 세워주시면 돼요."

1단지와 2단지는 초등학교를 경계로 구분되었다. 물론 시공사도 다르고 평형도 달랐으며 입지 구조 자체가 달랐다. 리버 뷰를 가진 1단지는 2단지와 태생부터가 달랐다. 신시가지를 둘러싼 강줄기가 보이는 부지여서 부근 아파트 단지 중에서 최고의 분양가를 자랑했다. 3년 전이라 해도 분양가는 결국 현 시세를 드러내는 지표가 된다. 거기에 프리미엄이 붙은 고층과 복층은 신시가지 아파트 중에서 매매 거래 가격이 탑을 찍고 있었다. 2단지나 1단지나 입주 시기도 생활권도, 상권도 동일했지만 1단지 시세가 2단지보다 훨씬 더 높았고, 그걸로 1단지 사람들은 콧대를 세웠다. 나는 2단지를 올려다보았다. 30층짜리 아파트 건물 20개 동이 쭉쭉 뻗은 기세가 대단했다. 저기나 여기나 다를 게 뭐 있나 싶었다. 나를 내려주고 유턴을 한 서형찬의 차가 2단지로 들어서는 것이 보였다. 아파트에서 서형찬을 맞이하는 건 누구일지 궁금했다.

　나를 맞이한 건 언니가 아니라 조카들뿐이었다.
　"엄마는?"
　일곱 살 예빈이는 내 손에 든 비닐봉지를 뺏더니 초콜릿을 꺼냈다. 아홉 살 지빈이가 그래도 또박또박 말을 전했다.
　"엄마 잠깐 나갔다 온대. 이모한테 밥 달라고 하면 된다고 했어."
　"엄만 어디 갔는데?"
　"몰라. 이모, 배고파."
　"그래, 밥부터 먹자. 예빈아, 초콜릿 그만! 밥 먹고 먹자!"
　예빈이 손에 든 초콜릿을 뺏은 뒤 언니에게 전화를 걸었다. 벨 소리는 집안에서 울렸다. 소파 틈 사이에 박힌 언니의 휴대폰이 벨 소리와 함께 번쩍였다. 언니에게 걸려왔던 부재중 통화 시간을 확인하니 30분 전쯤에 집을 나선 모양이었다. 식탁엔 반찬이 차려져 있었다. 미역국이 한 솥, 카레도 한 냄비 준비되어 있었다. 나는 밥만 퍼서 아이들을 앉혔다. 지빈이 준비물이라도 사러 갔나 싶었다. 아니면 동네 한 바퀴라도 걷는 중일 수도 있었다. 그래도 휴대폰을 두고 갔으니 이내 들어올 거라 생각했다. 배가 고팠던 아이들이 허겁지겁 밥을 먹고 일어났다. 내가 있으니 아이들은 엄마를 찾지 않았다. 밥을 다 먹은 아이들은 제 엄마가 길들여놓은 대로 각자 할 일을 하기 시작했다. 일일 학습지와 연산 문제집, 영어 책 리스닝을 마치자 오늘의 할 일이 끝났다고 했나. 유지원생인 예빈이는 내가 씻기고 지빈이는 저 혼자 샤워를 했다. 이모가 여자라고, 습기 가득한 욕실에서 잠옷까지 입고 나오느라 얼굴이 벌겋게 익어 있었다. 그러고선 자기 전까지 책 읽어야 한다며 저희들끼리 읽을 책을 골라 침대 위로 올라갔다. 이내 두 아이의 고른 숨소리가 들렸다. 10시가 넘어서고 있었다. 언니 휴대폰을 들고 있으니 영 난감했다. 패턴으로 묶인 전화기여서 다른 연락처를 찾을 수도 없었다. 언니가 왜 나갔는지, 어디서 무얼 하는지 도통 감이 잡히지 않았다. 어쩔 수 없이 형부에게 전화를 걸었다. 신호음이 두어 번 울리더니 뚝 끊겼다. 아예 전원을 끈 모양이었다.

속수무책 기다리는 수밖에 없었다. 집 안 정리를 하고 널어놓은 빨래를 개어 각각의 서랍에 넣었다. 온 집 안의 바닥을 한번 닦아내고 신발장 정리와 재활용 쓰레기까지 현관 밖에 잘 구분해서 내다 놨다. 하루도 빠지지 않고 언니가 하던 일 중에 일부분일 뿐이었다. 그런데도 허리가 묵직해졌다. 자정이 다 되어가는데도 언니는 돌아오지 않았다. 걱정이 되기 시작했다. 그래도 내가 할 수 있는 일이란 오도카니 앉아 언니를 기다리는 것뿐이었다.

설핏 잠이 들었던 걸까, 어디선가 희미한 술 냄새가 났다. 언니? 불도 안 켜고 뭐 해? 부스스 몸을 일으키는데 거뭇한 형체가 내게 달려들었다. 와중에 소리를 질러서는 안 된다는 생각이 들었다. 아이들이 깨면 안 되니까. 언니가 와 있을 수도 있으니까. 나는 있는 힘껏 발버둥을 쳤고, 쿵 소리와 함께 검은 형체가 바닥으로 나뒹굴었다.

"개새끼만도 못한 새끼!"

아버지를 표현할 때마다 언니는 그렇게 말했다. 다 알면서도 눈감고 살아왔던 엄마에게는 환멸을 느꼈고, 수십 년간 이모를 농락한 아버지가 천벌을 받지 못하고 죽은 사실에 분노했다. 도망치거나 저항하지 않은 이모 덕분에 우리 자매가 제대로 컸다는 것에 비관했다. 무엇보다도 침묵했던 엄마가 멀쩡히 살아 숨 쉬는 것을 용서하기 싫다고 했다. 그런데도 언니는 엄마와 이모 앞에서 내색하지 말자고 했다. 엄마를 위해서가 아니라 이모를 위해서라고 했다. 우리 자매가 알고 있다는 걸 밝히는 것이 이모만 힘들게 하는 것뿐이라고. 나는 언니의 생각에 동의할 수는 없었다. 그건 결국 우리도 엄마처럼 묵과하는 것이고 이모를 더욱 기만하는 일이었다.

"좋아, 그래서 밝히면? 지난 세월의 잘잘못을 따진 다음엔? 신고라도 해? 엄마는 잘못했다고 하겠지, 어쩔 수 없었다고 하겠지. 용서할 수 없다면 우리가 벌이라도 줘야 하니? 아님 엄마는 버리고 이모만 모실까? 우리 식구들 때문에 그렇게 된 이모만 감싸면 해결이 되겠어? 누군 비겁하다는 걸 몰라서 입 다물자는 게 아니잖아."

언니의 결론은 모두 안 보고 살겠다는 것이었다. 치졸한 결론이었다. 나라고 대안이 있는 것도 아니었다. 우리의 해결안은 고작 시간이 저절로 흐르도록 방관하는 것이었다.

"언니일 거라고는 생각도 못 했어. 미안해."

언니는 뒤통수를 문지르며 고개를 저었다.

"나였어도 그랬을 거야."

"그러게, 왜 휴대폰도 두고 나가."

"애들은? 예빈이 안 울었어?"

"나 있으니까 엄마 안 찾고 잘 잤어. 근데 정말 머리 괜찮겠어?"

"혹 났어."

"토하고 싶어?"

"속이 안 좋긴 한데, 그건 술 때문인 것 같고."

"얼마나 마셨으면."

"잘…… 기억이 안 나. 노래방도 갔었던 거 같은데."

"혼자?"

"응, 내가 여기에 아는 사람이 어딨다고……"

내 발길질에 나가떨어진 건 언니였다. 갑자기 켜진 불에 감은 눈만 찡그릴 뿐 좀처럼 몸을 일으키지 못했다. 부축하려니까 내민 내 손을 가만히 잡더니, 괜찮다고, 조금만 이대로 두라고 했다. 언니는 그렇게 내 손을 잡은 채로, 한참을 누워 있다가 일어난 참이었다. 네 형부인 줄 알았지? 그 말에 나는 어쩔 수 없이 그렇다고 대답했다. 창밖이 희뿌옇게 밝아오고 있었다. 그때 도어 록 번호 누르는 소리가 들렸고 현관문이 열렸다. 거실에 앉아 있는 언니와 나를 발견한 형부가 그 자리에 우뚝 서버렸다. 6시 알람이 울린 건 그때였고 나는 방으로 조용히 들어갔다.

형부의 외박과 언니의 외출에 대해서 나는 묻지 않을 것이다. 형부는 언니 소관일 테고, 언니의 갑작스러운 외출은 언니만의 이유가 있으려니 했다. 핏기 없는 언니 얼굴이 마음에 영 걸렸지만 요 근래 언니에게 다른 변화가 있었는지 생각해봐도 딱히 떠오르는 게 없었다. 물론 내가 안다고 해서 해결해줄 수 있는 것도 아닐 터였다.

언니와 나는 자랄 때도 살가운 자매는 아니었다. 그마저도 언니네 집으로 들어와 살면서 오히려 더 멀어지는 기분이 들었다. 매일 조카들 뒤치다꺼리를 하고, 가장 가까이에서 집안일을 돕고 있는데도 언니와의 정서적인 유대감이 깊어지지 않았다. 언니의 교육관이나 생활 방식, 생각 체계가 납득이 안 되기 때문이었다. 수월하고 덜 힘든 방법을 택하지 않고 늘 힘들고 복잡한 방향으로 나아가는 사람이었다. 자기가 옳다고 믿으면 그건 당위나 사실 여부와 상관없이 옳은 일이 돼버렸다. 고집과 아집은 잘 구분이 안 되는 법이다. 언니는 남의 이야기를 듣지 않는 사람이었다.

언니와의 거리감을 여실히 인식하게 된 것은 아버지와 이모의 관계를 각자 알고 있었다는 것을 공유하고 난 뒤부터였다. 비밀을 함께 나누었다는 안도는 생기지 않았다. 오히려 누구에게도 말하면 안 되는 비밀을 서로에게 고백했기 때문에 생긴 피로였다. 알고 있었으면서도 묵인해왔다는 비난을 할 사람이 자신 말고도 또 있다는 사실, 공유하기 전에는 나 혼자 죄책감에만 시달리면 됐지만 이제는 무책임했다는 원성까지 들어야 할 상황으로 변한 것이었다. 언니나 나나 벗어날 도리가 없는 죄책감은 서로를 볼 때마다 더 극성스럽게 자각되었고, 상대에게 손가락질 받고 싶지 않다는 방어기제만 날을 세워 발달하고 있었다. 그러므로 대화를 자제하고, 서로의 감정에 휩쓸리지 말아야 했다.

적어도 나는 그렇게 언니를 대하려고 노력했다.

　서형찬을 다시 만난 건 바로 다음 날이었다. 형부는 외부에서 점심 약속으로 투자자 미팅이 잡혔다고 했고, 최 대표가 같이 가자며 사무실로 찾아왔다. 구시가지 외곽에 있는 랍스터 식당에 여덟 석을 예약한 건 나였다. 그 일행 중에 최 대표가 있을 줄은 몰랐다. 최 대표 뒤로 서형찬이 따라 들어왔다. 눈이 마주치자 서형찬은 슬며시 웃음을 지었고, 나는 그게 어색하면서도 반가웠다.
　녹차를 들고 소장실로 들어갔을 때 형부와 최 대표는 서로 상체를 기울여 같은 서류를 훑고 있었다. 형부의 표정은 온화했고 최 대표의 몸짓은 우아했다. 테이블에 녹차 잔을 내려놓자 최 대표가 상냥하게 고마워요,라고 말했지만 나를 쳐다보지 않은 채 건넨 의례적인 인사였다.
　"수고했습니다."
　외부 손님 앞에서만 내게 존댓말을 하는 형부 또한 서류에서 눈을 떼지 않았다.
　"밖에서 곧바로 퇴근하시나요?"
　"일단은 그럴 생각인데…… 나는 신경 쓰지 마시고 알아서들 하시면 됩니다."
　"요즘 계속 늦으셨다고, 언니가 오늘은 일찍 오셨음 하더라고요. 들으셨죠?"

형부와 최 대표가 동시에 고개를 들었고 그제야 최 대표와 눈이 마주쳤다.

"네, 알고 있습니다. 가보세요."

형부는 아주 심상하게 대꾸했고 최 대표는 피식 웃음을 터뜨렸다. 나는 목례를 하고 소장실에서 나왔다. 왜 그런 말을 했는지 후회되었다. 더 나쁜 건, 후회하는 내 자신이 더 못마땅하다는 사실이었다. 아무것도 모르는 서형찬은 그때처럼 빈 책상에 앉아 자기 일을 하고 있었다.

"점심 같이해요."

"네!"

서형찬이 주저 없이 대답했다. 충동적인 제의였지만, 서형찬의 선선한 대답으로 예견되었던 일처럼 자연스럽고 당연하게 여겨졌다. 어쩐지 마음이 누그러드는 것 같았다.

떡만둣국을 앞에 두고 서형찬과 마주앉았다. 너무 뜨거워서 먹지도 못하고 그저 숟가락을 휘저으며 후후— 입으로 바람만 불어댔다. 서형찬이 나를 본다는 것을 알 수 있었다. 만두 하나를 숟가락으로 폭 눌러 반으로 갈랐다. 고기 냄새가 구수하게 피어올랐다.

"동생 소영 씨는 몇 살이에요? 아, 그러고 보니 형찬 씨 나이도 모르네요."

"저도 마찬가지죠. 저희가 지금 서로의 이름과 전화번호만 아는 거죠?"

"무슨 일을 하는지도 알죠."

"그 정도면 뭐, 필요한 건 다 아는 거네요."

"더 알면 힘들어질지도 몰라요."

"그거야 모를 일이죠. 저한테 궁금한 거 있어요?"

"아직은 없어요."

농담인지 아닌지 모를 대화가 은근슬쩍 끊기면 만두 하나 먹고, 만두 하나 다 먹으면 다시 대화가 이어지기를 반복했다. 퇴근하고는 어떻게 시간을 보내는지, 좋아하는 음식은 무엇인지, 전에 하던 일들은 어땠는지 등등 두서없이 이야기가 이어졌다. 여름휴가 계획이 있는지 물어봤을 때는 마음먹고 있던 운전 연수를 할 예정이라고 했다. 서형찬은 호기롭게 자기가 운전 연수를 해주겠다고 했다.

"공짜 아니면 학원으로 갈래요."

"저한테 수업료를 내면 되죠."

"떼먹고 도망가면요? 뭘 믿고."

"생긴 거 보면 모르시겠어요? 저 굉장히 믿음직스럽게 생겼는데."

나는 서형찬의 얼굴을 꼼꼼히 들여다보았다. 서형찬도 내 시선을 피하지 않고 똑같이 나를 쳐다봤다.

"믿을 수 있겠죠?"

"우리 좀 웃기네요. 마저 먹어요."

서형찬은 국물에 밥까지 말아 먹고서야 수저를 내려놓았다. 마지막으로 나눈 대화는 주말에 영화를 보러 가기로 한 것이었다. 신시가지와 구시가지 상영관 중에서 어디로 가야 하는지는 의견 차이가 있었고, 이내 구시가지로 가기로 결정을 내렸다. 한적한 극장이라는 것으로 오래된 상영관의 단점을 극복해보자고 했다. 나는 고개를 끄덕였다.

점심시간이 끝날 무렵이어서 모델하우스 단지 주차장으로 들어서는 차들이 줄을 이었다. 서형찬이 퇴근이 몇 시냐고 물어봤다. 형부도 최 대표도 외부에서 곧바로 퇴근할 거라는 걸 서형찬도 알고 있었다.

"제가 가장 나중에 나가야 하니까 6시면 돼요."

"모시러 오겠습니다."

"저녁도 사란 말인 거죠?"

"저녁도 같이 드실 생각이셨다니 영광입니다. 마다하지 않겠습니다."

"나쁘지 않네요. 그런데 어쩐지 제가 손해를 보는 것 같은 기분은 뭐죠?"

"설마요. 제가 집까지 안전하게 잘 모셔다 드릴 텐데요."

사무실 앞에 내리자 서형찬이 창문을 내려 나를 바라봤다.

"저녁은 제가 대접할 테니 드시고 싶은 거 미리 생각해
두세요."

나는 웃으며 목례를 했다. 서형찬은 마치 오래 알아온 사
이처럼 창밖으로 손을 흔들며 출발했다.

사무실에 성미 언니 무리들이 둥그렇게 모여 있었다. 다
들 믹스커피 얼룩이 묻은 종이컵을 들고 있었다. 소장만 바
쁜 게 아니라 실장도 바쁘네. 봄이어서 그런가? 봄 다 끝난
지가 언젠데! 청춘은 다 봄이지 뭐! 누군 좋겠네. 연애도 하
고. 차에서 내리는 나를 봤을 테니 다들 한 소리씩 보탤 것
이 뻔했다. 소장인 형부 앞에서는 아무 말도 못하면서 유난
히 나한테 극성인 저들이었다.

성미 언니와 용주 엄마는 작년부터, 나머지 셋이 따라온
건 올 초부터였다. 자모회, 동창, 이웃이라는 관계로 묶인
사람들이었다. 성미 언니만 내년에 신시가지로 입주가 예
정되어 있을 뿐, 지금은 모두 구시가지에 살고 있었다. 물
론 다들 토박이 원주민들이었다. 모델하우스의 관람객 행
세를 하는 아르바이트부터 시작했지만 용주 엄마와 성미
언니는 얼마 전부터 떴다방 테이블을 지켰다. 분양권 매매
를 직접 성사시키면 건당 2백만 원의 수수료를 받는 것이
요즘 시세였다. 매도자만 있고 매수자를 구하지 못했을 때

는 사무실로 넘기는데, 그럴 경우는 3, 40만 원의 수수료를 받았다. 운만 좋으면 목돈을 만질 수 있는 벌이였다.

"그만 일어나시죠."

내 말에 성미 언니 무리들은 꾸물거리며 일어섰다. 일하자고 말하지 않으면 먼저 움직이지 않는 사람들이었다. 그래도 이 사무실을 꾸려가는 건 이들이었다. 청약통장을 모집하거나 미계약분을 잡으려는 사람들에게 신청서를 미리 받아두는 소위 줄서기와 판촉물과 명함을 돌리는 일, 연락처를 수집하고 분양자들에게 전화를 돌리는 것도 이들이 하는 일이었다. 분양이 시작되면 줄 값에만 인건비가 4, 5백만 원씩 들어가도록 일일 아르바이트를 써야 했다. 그들을 관리하는 것도 모두 이들이었다. 결국 분양 신청서에 허위로 높은 가점을 기재해 청약에 당첨되면 계약 단계에서 고의로 분양 포기 물량을 만들어 빼돌리는 일이었다. 가장 핵심적인 계약자 정보를 거래하거나 돈을 대는 업자들을 물고 오는 것이 형부의 몫이었다. 최 대표도 사채놀이를 하듯 돈을 밀어주는 전주였다.

성미 언니와 용주 엄마가 선 캡, 선글라스, 장갑까지 무장하고 밖으로 나갔다. 나머지는 각자 관리하는 아르바이트생들을 데리고 일을 시작했다. 막내는 아르바이트생들과 주차장으로, 나머지들은 모두 책상 앞에 앉았다. 책상에는 전화기와 형광펜, 빨간색 볼펜 그리고 당첨자 명단이 놓여 있었다. 당첨되셨지요? 피 3천만 원까지 받을 수 있다는 얘기 들어보셨나요? 누군가 스타트를 끊자 대여섯 개의 다른 목소리가 마치 돌림노래처럼 이어졌다. 당첨되셨지요? 축하드립니다. 피가 3천이라는데……, 당첨을 축하드립니다. 다름이 아니라 피가 3천이 붙었다고 해서……, 당첨 축하드리고요. 파실 생각은 없으신지, 피가 3천이라…… 당첨과 피 3천이라는 단어가 사무실에 끊임없이 울려댔다. 나도 내 자리에 앉았다. 사무실 출입구와 마주한 가장 안쪽, 노트북 하나가 덩그러니 놓인 책상. 자리에 앉으면 누가 잡담을 하는지, 누가 전화를 들고 제대로 일을 하는지 한눈에 보였다. 그걸 지켜보는 게 내 일이었다.

평일인데도 모델하우스 단지로 들어서는 차들이 제법 많았다. 분양이 끝났는데도 모델하우스를 찾는 방문객들은 실제 입주자일 경우가 많았다. 한동안 방문객이 드물던 앞 동 모델하우스에 사람들이 자주 들락거리는 것이 보였다. 일주일 뒤로 폐관이 결정되었기 때문이었다. 앞 동으로 들어가는 젊은 커플이 보였다. 서형찬이 끼고 있던 반지가 떠올랐다. 언제쯤이면 그 반지에 대해서 물어볼 수 있을까. 나는 서형찬과 사귀게 될까. 확신할 수는 없지만 영 아닐 것 같지도 않았다. 그제야 오늘 입은 옷이 신경이 쓰이기 시작했다. 회색 차이나칼라 셔츠로 가볍게 정장 차림을 한 서형찬과 청바지와 데님 셔츠를 입은 내가 영 안 어울려 보였다. 셔츠 양 끝단이 말려 올라온 것을 반대 방향 아래쪽으로 자꾸 잡아당겼다.

주차장의 차들이 하나둘씩 사라지더니 이내 텅 빈 듯 띄엄띄엄 몇 대만 보였고, 사무실 사람들은 삼삼오오 퇴근 준비를 했다. 형광펜과 메모로 표시된 당첨자 명단이 내 책상 위에 하나씩 쌓이기 시작했다.

"소장님 안 들어오신다면서. 같이 나가시든가."

용주 엄마가 성미 언니의 팔꿈치를 쿡 찌르는 게 보였다. 싫다는 뜻을 꼭 저렇게 표 내야 하는지 참 알 수 없는 사람이었다.

"먼저 가세요. 정리가 안 끝났어요."

"알아서 해. 난 먼저 말했다."

성미 언니 무리가 먼저 빠지고, 아르바이트생들이 꾸벅꾸벅 어색하게 인사한 뒤에 사무실에서 사라졌다. 문 여닫는 소리가 왁자하게 들리더니 이내 고요해졌다. 휴대폰을 진동에서 소리로 바꾼 다음 화장을 고쳤다. 가지고 다니는 것이라곤 콤팩트와 틴트밖에 없었지만 천천히 공을 들여 얼굴에 바르고, 나도 사무실을 나섰다.

널따란 주차장, 6시가 다 되었는데도 그대로인 더위, 유령도시 같은 모델하우스 단지, 건물의 성곽 안에 갇힌 기분이 드는 나는 사무실 건물 그늘에서 서형찬을 기다렸다. 단지로 들어오는 차도, 나가는 차도 없어 고즈넉하기만 했다. 어쩐지 어제로 다시 돌아와 있는 기분이었다.

어제 이 시간에 엄마에게 전화가 왔었는데. 이제 와서 이모를 위하는 척 유난을 떠는 엄마의 이기심이 못마땅했다. 이모 생각해서라도 가야 할 텐데. 언니가 싫다고 할 텐데. 상황이 안 되면 나 혼자라도 가야겠지. 이번 주말엔 영화를 봐야 하는데. 6시가 넘었는데도 서형찬은 보이지 않았다. 그러고 보니 언니에게 문자 한 통 없던 날이었다. 숙취 때문에 고생 좀 했겠다. 그래도 할 일은 다 해야 직성이 풀리는 사람이니 하루 종일 꽤나 힘들었겠고. 게다가 나도 오늘 늦을 예정이니 또 휴대폰이 난리가 날 테지. 6시 20분인데도 서형찬은 오지 않았다. 형부는 전주를 잘 모시고 있을까. 언니 말처럼 식구들 먹여 살리느라고 아등바등하는 가장일 뿐인지도 모르지. 다들 참 쉽지 않다. 6시 30분, 서형찬은 아무 연락도 없었다. 약속을 안 지키는 사람 같진 않았는데. 늦으면 늦는다고 연락이라도 줘야 하지 않나. 나는 휴대폰만 만지작거렸다. 그리고 정확히 10분만 더 기다린 다음 문자를 넣었다.

— 어디세요?

대로변의 자동차 불빛이 줄지어 움직였다. 6시 50분을 넘어서고 있었고, 서형찬에게서는 답신이 없었다. 아마 안 올 모양이었다. 이제 집에 어떻게 가야 하는지 고민해야 할 시간이었다. 단 하루였다. 많은 일이 있었던 하루였는데 어디로 갔는지 찾을 수가 없었다. 어디세요?라고 묻고 있는 화면을 나는 아주 오래오래 바라보았다.

내일의 징후

우기의 시작

연일 계속되는 폭염이었다. 매일 거르지 않는 소나기가
습도를 높여 불쾌지수가 치솟는 나날이었다. 밤이면 지역
을 바꿔가며 국지성 폭우가 쏟아졌다. 아침 뉴스는 밤사이
에 물난리가 난 곳을 보도했다. 지하 주차장에 물이 차고,
주택가는 침수되고, 하천이 범람하거나 산사태가 일어났
다. 트럭이나 컨테이너, 가축들이 흙탕물 위를 둥둥 떠다녔
다. 야영장에 고립되었던 행락객, 도로 한복판에서 범람한
강물에 갇힌 사람들, 피신할 때를 놓친 골목의 주민들이 노
란 구명보트를 타고 구조되었다.

지난밤에는 여기가 순서였다는 듯이 비가 퍼부었다. 소
혜는 창문 앞을 서성였다. 며칠째 잠을 못 잤다. 더웠고, 습

도가 높았다. 몇 번의 번개와 천둥소리 끝에, 쏴악— 비가
쏟아졌다. 드디어 올 것이 왔다는 기분이었다. 열어놓은 창
문으로 비가 들이쳤다. 좀처럼 멈출 것 같지 않았다. 비가
오는데도 더웠다. 목과 겨드랑이, 오금이 끈적거리며 땀이
고였다. 걸을 때마다 거실 바닥에 물이 스며 오르는 것 같
았다. 번쩍, 번개가 칠 때마다 흥건히 고여 있는 소혜의 발
자국 얼룩이 선명하게 드러났다 사라지길 반복했다.

소혜는 소파에 등을 기댔다. 어둑한 거실에 커다란 텔레
비전이 장막처럼 육중해 보였다. 꼴 보기 싫은 저 텔레비전
도 떼 가! 네가 고른 이 소파도 가져가버려! 악을 쓰고 소리
쳤지만 성은은 뒤도 돌아보지 않았다.

성은의 짐은 단출했다. 캐리어 두 개, 노트북과 책을 담
은 백팩과 신발을 구겨 넣은 20리터짜리 쓰레기봉투 하나.
소혜는 지금도 그 쓰레기봉투만 생각하면 속이 컥 막히는
것 같았다. 성은은 짐을 다 챙겨 들고 나가는 현관 앞에서
야 신발을 챙기지 못했다는 걸 깨달았다. 마땅한 가방을 못
찾아 집 안을 뒤지더니 결국 쓰레기봉투를 들고서 신발장
문을 열어젖혔다. 그러고는 부츠와 로퍼 두 켤레, 슬립온,
운동화 세 켤레, 샌들과 슬리퍼를 쓰레기봉투에 구겨 넣었
다. 지난해 여름에 샀던 커플 샌들과 두 달 전 생일 선물로
건넸던 스니커즈가 구겨지는 걸 보자마자 소혜는 소리를

질렀다. 내가 산 걸 왜 갖고 가! 그제야 성은은 소혜를 돌아다봤다. 성은의 표정에서 소혜는 끝을 읽었다. 진작에 어긋난 관계였다는 걸 이제는 받아들여야 한다는 확신의 순간이기도 했다. 한참 동안 소혜를 노려보던 성은은 샌들과 스니커즈를 꺼내 소혜 앞에 냅다 집어 던졌다. 쾅! 현관문이 닫히고, 어렴풋이 엘리베이터 벨 소리가 들렸다.

장마를 우기라고 표현한 건 성은이었다. 소혜는 동의했다. 감질나게 소나기만 몇 차례 왔을 뿐, 제대로 된 비는 내리지도 않으면서 습도만 높은 날이 오래 이어졌기 때문이었다. 소나기성 강우는 열기를 부추겨 마치 찜통에 들어앉은 착각이 들게 했다. 이러다 우리도 쪄지겠다. 각자 선풍기를 한 대씩 끼고 있는데도 소혜와 성은의 얼굴이 벌겋게 달아올랐다. 내년엔 정말 에어컨을 사야겠어. 매년 더 더워진다잖아. 이 집 들어올 때 눈 딱 감고 설치했어야 했는데. 잔금 치르기도 힘들어서 허덕였는데 에어컨은 무슨. 하긴, 그랬지.

각자의 방을 하나로 합친 건 4년 전이었다. 서로의 원룸을 정리했는데도 방 두 개짜리 전세 구하기가 쉽지 않았다. 서울에서 벗어나고, 지하철역에서도 멀어지고, 대형 마트에서도 비켜선 곳에야 간신히 자리를 잡았다. 끝을 알 수 있다면 시작하지 않을 일이 세상에는 얼마나 많을까. 소혜는 집을 구하러 다니던 그 시절을 후회하고 싶지는 않았다.

소혜는 실내를 훑어보았다. 각자 쓰던 가구와 물건들이 어떻게든 제자리를 찾아 위치해 있었다. 성은이 가지고 온 책장과 책상, 공구 박스와 와인 잔. 소혜가 들여온 커피포트와 화분, 옷장과 침대, 수납장이 서로 위태롭게 어울려 있었다. 수납장의 가장 마지막 칸이 비죽 입을 내민 듯 열려 있었다. 민화를 그려보겠다고 장만한 먹과 아교와 채색 물감, 프랑스 자수를 해보겠다고 구입한 수틀과 자수실과 도안들, 캘리그래피 재료 세트, 퀼트 천들, 뜨개질 털실들…… 등이 들어 있는 칸이었다. 소혜는 잡동사니들을 힘으로 꾹꾹 밀어 넣었다. 그래도 이가 맞지 않은지 모서리가 들떠 삐뚤게 닫혔다. 성은이 있었다면 단번에 고쳤을 텐데. 소혜는 포기했다. 언제 넣어뒀는지도 모른 채 수납장에 쑤셔 넣어둔 것처럼 성은과의 시간도 그렇게 방치해버리면 잊히는 것인지 자신할 수 없었다.

성은의 책이 빠진 책장은 이가 빠진 것처럼 군데군데 비어버렸다. 그 사이사이에는 영어와 일본어 회화 책, 사들이고 펼쳐보지도 않은 인문학 도서들이 키를 맞추지 못한 채 어수선하게 꽂혀 있었다. 처음엔 다 잘될 줄 알았다. 일본어를 마스터해서 일본으로 여행을 가겠다고, 동양자수를 잘 배워서 집 안의 커튼을 조각보처럼 만들어보겠다고,

민화를 잘 그리게 되면 연꽃 그림을 액자에 넣어 양가에 선물하겠다고, 캘리그라피로 꾸민 엽서를 매일 성은에게 띄우겠다고…… 다짐했던 날들이 있었다. 처음엔 그랬다. 같이 살게 되면 같은 걸 꿈꿀 줄 알았다. 같이 있으면 같은 열망을 품을 줄 알았다. 같이 사는 것이 완결이 아니라 시작이라고 생각했다. 소혜는 곰곰이 생각했다. 4년 동안 우리에게 무슨 일이 있었던 걸까. 성은은 알고 있을까. 당장이라도 전화를 걸어 묻고 싶었지만 소혜는 참았다. 성은은 더이상 소혜 곁에 없는 사람이었다.

지난밤 무섭게 쏟아지던 폭우는 거짓말처럼 멈췄고, 여지없이 무겁고 습한 공기만 남겼다. 일요일 새벽 첫 뉴스에 소혜가 사는 지역이 등장했다. 몇몇 동에 수해가 생겼고, 지하철역에도 물이 들이찼다고 했다. 그게 다였다. 요란한 폭우에 비해 너무 간략한 보고였다. 곧이어 이미 물난리를 겪은 다른 지역의 수해 복구 소식을 짧게 전한 뒤 전국 유명 피서지의 근황을 소개하는 코너로 넘어갔다. 휴가철이었다. 해변에 촘촘히 들어찬 파라솔과 눈부신 햇살 아래 까맣게 탄 피서객들, 역동적인 해상 스포츠를 즐기는 사람들이 비춰졌다. 물난리로 우는 곳이 있는데 피서객들로 북적이는 곳도 있다는 것이 부당해 보였다. 해가 지는 등대 앞에서 사진을 찍는 연인이 멀어지더니 한적한 해변을 걸어

오듯 기상 캐스터가 등장했다. 기상 캐스터가 입은 초록색 원피스가 청량해 보였다. 올해는 꼭 바다에 가자고 했는데. 그 길에 성은의 집에 가려고 했는데…… 오늘도 즐거운 하루 되십시요. 캐스터의 인사말을 듣고 소혜는 텔레비전을 껐다. 날이 밝아올수록 질식할 정도의 눅눅한 공기가 소혜의 가슴을 짓눌렀다. 그제야 소혜는 성은이 우산을 챙기지 않았다는 것이 떠올랐다.

이상한 가면들

휴대폰이 뜨거워진 걸 알아채지도 못했다. 마음에 드는 그림을 발견할 때마다 저장한 캡처 화면이 폴더에 넘치도록 많았다. 그래도 마음에 드는 그림들, 저장해두고 싶은 그림들은 끝도 한도 없었다. 윤주는 다시 작가별로 폴더를 만들었다.

고야, 밀레이, 휘슬러, 뒤피, 르동, 호퍼, 발튀스의 그림들과 후안 산체스 코탄, 제임스 엔소르, 빌헬름 하메르쇠이, 밀턴 에이버리, 조지 투커, 루치안 프로이트, 빌헬름 사스날이라는 폴더 속에 그들의 그림들이 두서없이 저장되었다.

제임스 엔소르의 그림이 마음에 들던 밤이었다. 「이상한 가면들」과 「위대한 심판」 「음모」, 이 세 점의 그림을 번갈아가며 뜯어보고 또 뜯어봤다. 세 그림 속의 서른두 개의 가면을 하나하나 유심히 살폈다. 그럴수록 갈증이 심해졌다. 그림이 좋은데 왜 좋은지 이유를 알 수 없기 때문이었다. 윤주는 검색을 통해 엔소르의 그림을 해석하는 문장을 찾아 메모장에 저장했다. 벨기에의 국민 화가 제임스 엔소르는 가면을 통해 인간의 위선과 거짓을 폭로한다. 가면들은 섬뜩하거나 괴기스럽게 보이는데 인간의 위협적인 권위를 조롱하고, 다른 자아로의 변신 욕망을 충족함으로써, 현실을 왜곡하고 과장해 [……] 따라서 해골이나 망령으로 드러나기도 하는 가면의 정체는 다분히 초현실적이다.*
윤주는 초현실적이다,라는 문장을 발음해보았다. 초,현,실,적,이다. 어쩐지 근사한 단어처럼 여겨졌다. 「이상한 가면들」에 달린 설명을 마치 자기가 지어낸 것처럼 머릿속에 넣어야 했다. 되풀이해서 읽고, 완벽하게 외우기 위해 몇 번 더 베껴 적었다. 그래야 태현에게 자연스럽게 말할 수 있을 터였다.

그림을 보다 보면 오늘을 완벽히 잊을 수 있었다. 퓌슬리가 태어난 스위스의 설산을 상상하고, 프리드리히의 「안개 바다 위의 방랑자」 속의 방랑자가 무엇을 생각하고 있는지

추측해보거나, 뭉크의 그림을 보러 오슬로를 찾아가는 공
상이나 오토 딕스의 「살롱1」의 그림 속으로 들어가 남은 일
생을 초췌하고 불쾌한 얼굴로 앉아 있고 싶기도 했다.* 화
가나 그림을 따라 시공간을 휘젓고 다니다 보면 엄마의 약
값이나, 대출이자 상환 날짜, 수압이 낮은 변기, 곰팡이가
사라지지 않는 싱크대, 환자식 식단 같은 것들을 잊을 수
있었다. 미술사나 미술 사조, 화풍이나 장르는 물론 그림을
읽거나 감상하는 방법도 몰랐다. 그저 하염없이 볼 뿐이었
다. 죽을 때까지 세상의 모든 그림을 다 볼 수 없다는 게 윤
주에게는 꽤나 큰 위안이 되었다.

  엄마의 기척에 윤주는 급하게 휴대폰을 껐다. 밤새 화장
실에 서너 번은 가야 하는 엄마였다. 엄마는 투병 중이었으
나 완치가 불가능했다. 병약해진 몸에 어울리게 마음도 다
무너져내려, 삶의 의지가 한 톨도 남아 있지 않은 사람이었
다. 윤주는 일부러 자는 척을 했다. 윤주가 자는 척을 한다
는 것을 엄마는 알고 있었고, 윤주 또한 엄마가 안다는 것
을 알았다. 피곤했고 귀찮았다. 그래서 더욱 자는 척이 필
요했다. 이승을 떠도는 혼백의 치맛자락 소리 같은 엄마의
발걸음 소리가 사라지자 서서히 파도 소리가 희미하게 들
려오기 시작했다. 자정이 넘도록 터지는 폭죽과 조심성 없
는 피서객들의 소리로 소란한 여름 해변이었다. 어느 순간

바깥의 소음이 뚝 그치더니, 마치 밤의 신령이 내려와 살아 있는 것들의 숨통이란 숨통은 모조리 끊어놓은 것처럼 무거운 고요가 내려앉았다. 밤의 정적 속으로 파도 소리가 천천히 스며들고 있었다. 자는 척하던 윤주는 그대로 잠이 들었고, 어쩌다 건드리게 되었는지 윤주의 휴대폰 화면이 저절로 켜졌다. 무거운 초록빛 강과 육중한 검은 다리가 그려진 그림이었으나, 깜깜했으므로 오히려 방 안을 환히 밝히는 불빛이 되어버렸다.

화장실에 가던 윤주의 엄마가 그 불빛에 취한 듯 윤주의 방으로 들어선 건 새벽이 다 되어서였다. 휴대폰 불빛에 윤주의 뭉뚝한 손가락이 커다랗게 보였다. 무서운 꿈이라도 꾸는지 감긴 눈꺼풀이 파르르 떨리고 사지를 움찔대는 딸을 그저 내려다보기만 하던 윤주의 엄마는 소리 없이 다시 자기 이부자리로 돌아갔다. 그때까지도 윤주의 휴대폰 불빛은 환하게 켜져 있었다.

외면

휴가철인 데다 비까지 내리고 있어 간헐적인 정체가 지속되었다. 상습 정체 구간에서는 여지없이 멈춰 섰다. 영동

고속도로 진입부터 힘들었다. 일요일 오전인데도 저 멀리서부터 붉은 차 꼬리가 질금질금 이어지는 게 보였다. 성은은 담배를 꺼내 물었다. 소혜가 옆에 탔다면 질색했을 터였다. 이번에도 참았어야 했나, 성은은 룸미러에 비치는 쓰레기봉투를 흘끔 쳐다봤다. 참을 수 없던 건 아니었다. 다만 지겨워졌을 뿐이었다. 어느 연인들이 그러하듯 이별의 이유가 서창하진 않았다. 취미가 다르고 취향이 달라서, 함께 있어도 외로움이 가지실 않아서, 그럼에도 불구하고 자꾸 혼자 있고 싶어서, 경제적인 위화감 때문에, 결혼을 바라거나 혹은 결혼을 바라지 않아서. 결국 성격 차이로 귀속되는 이유들일 터였다. 성은과 소혜라고 다를 건 없었다. 차창을 내리고 바깥으로 길게 담배 연기를 내뱉었다. 옆 차선 조수석에 앉아 있던 남자와 눈이 마주쳤지만 성은은 먼저 고개를 돌리지 않았다.

짐을 싸 들고 나왔지만 정작 갈 곳이 없었다. 가고 싶은 곳도 없었다. 캐리어와 백팩을 넣자 트렁크가 꽉 차버렸다. 신발이 담긴 쓰레기봉투를 뒷좌석에 아무렇게나 집어 던지고 거세게 차 문을 닫았다. 곧 비가 올 모양인지 담배도 눅눅해져서 제맛이 안 났다. 성은은 아주 천천히 담배를 다 피운 뒤에야 차에 올랐다. 갈 곳이 없다. 그래도 일단 시동을 걸고 출발했다. 휴가는 3일밖에 안 남았고, 그전에 거처

를 구해야 한다. 이렇게 나오는 게 잘못이었을까. 미리 준
비라도 했어야 했나. 소혜와 함께 살면서 헤어질 이후를 모
색하고 설계하는 건 비겁한 짓 같았다. 소혜를 위한 마지막
배려라고 생각했다. 하지만 이런 상황에 직접 맞닥뜨리니
현명하지 못했다는 후회가 들었다. 급한 대로 여기저기 며
칠씩 도움을 요청할 곳은 있다. 하지만 그들에게 신세를 지
는 이유를 설명할 방법은 없었다. 마음을 털어놓는 사람이
소혜밖에 없었다니. 성은은 소혜가 일상을 빈곤하게 만든
탓이라고 생각했다. 소혜 때문에 아무 데도 갈 수 없었고,
소혜 때문에 사람들과 어울릴 수 없었고, 소혜 때문에 소혜
만 바라봐야만 했고, 소혜 때문에…… 소혜 때문에! 빠앙!
무리하게 차선 변경을 한 빨간색 경차 때문에 휘청 중앙선
을 넘었다 돌아왔다. 이런 씨발아! 눈깔을 얻다 두고 운전
해! 성은은 차창 문을 내리며 고함을 질렀다. 씨발아! 내가
그렇게 만만해 보이냐고! 성은은 앞질러 가는 경차에 대고
신경질적으로 상향등을 쏴댔다. 다 소용없었다. 지난 일은
빨리 잊어야 했다.

　성은은 사거리의 편의점 앞에 차를 세웠다. 에어컨의 온
도를 최대한 낮췄다. 필터 교환을 못해 곰팡이 냄새가 심했
다. 성은은 팔짱을 끼고 눈을 감았다. 에어컨 냉기에 온몸
이 얼얼해질 때까지 기다렸다. 마음을 가라앉히고 머릿속

을 정리해야 했다. 투두두둑, 빗방울 떨어지는 소리에 눈을 떴다. 빗소리는 이제 움직이라는 신호 같았다. 성은은 편의점에서 담배와 뜨거운 커피 두 잔, 생수 두 병을 샀다. 만반의 준비를 마친 기분이 들자 어디든 못 갈까 싶었다. 빗방울이 굵어졌다. 시동을 걸고 신호를 기다렸다. 거리에 사람이 하나도 없었다. 반대 차선에서 속도를 줄이지 않은 차한 대가 달려오고 있었다. 사거리 신호도 무시한 채 둔탁한 엔진 소리를 내며 성은의 차를 스치듯 직진해갔다. 성은은 고개를 돌려 뒤꽁무니가 사라질 때까지 쳐다보았다. 세상에 미친놈이 너무 많았다. 빗발이 점점 거세지고 있었다. 우선 출발을 하자. 어떻게든 되겠지 싶었다. 기분도 아까보다 훨씬 나아졌다. 성은은 라디오를 켰다. 웅얼거리는 노래가 우중충한 날씨와 잘 어울렸다. 멀리 고속도로 진입 안내판이 보였다.

초저녁달

윤주는 계속 시계를 쳐다봤다. 퇴근을 하려면 두 시간은 더 있어야 하는데 손님들이 멈추지 않고 들어섰다. 그래도 번호표를 받은 팀이 네 팀으로 줄었다. 이 정도면 숨 돌릴

만했다. 윤주는 오전 11시부터 저녁 9시까지 '성은물횟집'에서 일했다. 하루에 두 번, 도떼기시장처럼 미친 듯이 몰려드는 정오 무렵과 오후 대여섯 시마다 정신이 한 번씩 쏙 빠져야 제대로 하루 장사를 했다 싶었다. 그도 그럴 것이, 큰 사장님이 회 얇게 썰기의 달인으로 방송에 나갔던 이력이 있기 때문이었다. 당연히 물횟집 입구에는 달인 현판이 걸려 있었고 그 덕에 성은물횟집은 동해, 물회로 검색하면 제일 먼저 뜨는 가게였다. 윤주는 2년째 일하고 있었다. 가게의 작은 사장님이 엄마와 여고 동창이었다. 엄마가 아프지만 않았어도 윤주는 물횟집에서 일하지 않았을 것이다.

좀 전에 대기 3번을 받아간 팀은 젊은 연인이었다. 해수욕장에서 곧바로 왔는지 샌들과 다리, 팔뚝까지도 모래가 하얗게 말라 있었다. 여름 휴가철, 그중에서도 극성수기였다. 번호표를 받아 든 연인이 도로를 건너가 멀리 보이는 등대를 배경 삼아 사진을 찍었다. 사진을 찍으면서도 남자는 여자의 귀에 대고 속삭였고 여자는 입을 크게 벌리고 웃어댔다. 여자의 웃음소리가 길 건너편 윤주에게까지 선명하게 들렸다. 오전 내내 비가 오고 오후에 바짝 갠 하늘을 보여주더니, 해 질 녘이 되자 수평선 부근부터 붉은색으로 변해가기 시작했다. 어느새 동그스름한 초저녁달이 떠올랐다. 태현도 윤주가 보고 있는 초저녁달을 같이 보고 있진

않을까. 윤주는 가게에서 두어 발짝 나와 건물을 올려다보
았다. 3층 건물이 가파르게 솟아 있었다. 태현은 지금 3층
의 어느 방에 있을까. 지금도 그 노래를 듣고 있을까. 웅얼
거리듯 심드렁하게 부르는 노래를 태현이 왜 좋아한다고
했는지 기억나지 않았다. 윤주는 그 노래의 제목이라도 다
시 물어봐야겠다고 생각했다.

오전 내내 비가 온 탓인지 2층 중앙에 걸린 간판이 더 선
명해 보였다. '동해복합회문화센타'라고 적힌 네온사인이
불규칙적으로 번쩍였다. 3층 건물의 1층엔 12개의 가게가
다닥다닥 붙어 있었고, 주로 자연산 활어회를 팔았다. 충북
죽집과 성은물횟집을 제외하고는 어디를 가든 똑같은 메
뉴판을 받을 수 있었다. 가게 입구마다 수족관이 있고, 입
간판과 호객 행위를 하는 사람이 하나씩 붙어 있는 모양새
까지 똑같았다. 2층엔 주로 노래방과 술집인데 더러 1층에
서 터 올린 횟집의 2층 홀로 쓰였다. 3층은 펜션식 콘도라
고 씌어져 있지만 말만 콘도인 민박집이었다.

윤주야, 윤주 어딨니! 작은 사장님이 부르는 소리에 가게
로 들어갔다. 일어나는 테이블이 보였다. 윤주는 빈 그릇들
은 쟁반에 옮겨 담고 비닐의 네 모서리를 대각선 순서대로
한데 모아 잡아 한 뭉치로 만들었다. 테이블에 여러 장의
비닐을 미리 깔아두었다. 손님이 떠날 때마다 맨 위의 비닐

을 벗겨내면 상을 치우는 셈이자 새 상이 되었다. 빈자리엔 순번표를 든 네 식구가 들어와 앉았다. 밑반찬과 공깃밥, 물회를 담는 냉면 그릇 말고는 모두 일회용품을 사용했다. 손 가는 일을 현저히 줄이는 방법이었다. 테이블 하나당 생수병 하나, 손님 수대로 종이컵과 젓가락, 숟가락을 갖다주며 주문을 받는다. 메뉴도 물회와 회덮밥뿐이었는데 작년부터 미역국이 추가되었다. 그 덕에 아이들을 데리고 와도 되는 가게가 되었다. 네 식구는 물회 두 개와 회덮밥 하나, 미역국 하나를 주문했다. 꼬마가 자기만 미역국이라면서 입을 삐죽 내밀었다.

윤주는 퇴근길에 그 미역국을 받아갈 때가 있었다. 때때로 밑반찬이나 회덮밥 재료를 챙겨주기도 했다. 인심 후한 큰 사장님은 태현과 둘이 먹어도 남을 만큼 뭐든 넉넉하게 싸주었고, 작은 사장님은 공들인 남자는 도망가게 되어 있다며 적당히 하다 그만두라고 눈을 흘겼다. 그러고도 이내, 좋을 때다!라며 윤주의 엉덩이를 두들겨주기도 했다. 그럴 때마다 윤주는 다른 집 엄마들에 대해 상상했다. 자식에게 미소를 짓는 엄마, 농담을 건네는 엄마, 아니 말이라도 할 줄 아는 엄마. 상 앞에 같이 앉아 수저를 드는 엄마, 마중 나오고 배웅해주는 엄마, 울지 않는 엄마, 화장실에 자주 가지 않는 엄마, 매 끼니마다 한 움큼의 약을 털어 넣지 않는 엄마, 죽은 나뭇가지처럼 앙상한 몸이 아니라 투실투실 살이 올라 만지면 말랑해지는 품을 가진 엄마, 돈이 많은 엄마, 아프지 않은 엄마, 그래서 자식의 발목을 잡지 않는 엄마. 작은 사장님처럼 애인과 피임은 잘하는지 물어봐주는 엄마.

Three Laps

당신을 사랑한 뒤로, 난 거짓말이 늘었네, 아픔은 무탈함이고, 그리움은 관절염과 같은 것

당신을 처음 안을 때, 그때 난 알지 못했네, 새털 같던 그 무게가 이토록 큰 꿈으로 자랄 줄을

어느덧 우리 세 바퀴를 돌았네, 산과 들은 바다가 되고, 안개 어린 시야 먼지 내린 마음, 얼마나 더 함께할 수 있을지

당신이 걱정되어 난, 그 앞을 세 바퀴 돌았네, 당신을 배려하여 난, 세 바퀴나 마음을 돌렸네

당신이 걱정되어 난, 발길을 세 바퀴 돌렸네, 부담이 될 수 없어 난, 세 바퀴나 긴 춤을 추었네

당신이 걱정되어 난, 세 바퀴를 돌려 말했네, 당신이 그리워서 난, 세 바퀴나 긴 꿈을 꾸었네**

성은이 떠난 이후로 소혜는 아무것도 먹지 않았다. 단 한 순간도 자지 않았다. 성은에게 단 한 줄의 메시지도 띄우지 않았고, 전화도 걸지 않았다. 그것이 소혜가 지금을 통과하는 유일한 방법이었다.

타인의 고향

태현은 지난겨울부터 3층에서 지내고 있었다. 태현은 어릴 때부터 부근에서 유명한 아이였다. 어른들에겐 새댁의 아이로, 또래들에게는 공부하면 문태현으로 불렸다. 서울의 명문 대학에 입학한 소식조차 사람들에게 마땅한 결과로 여겨졌다. 그러나 태현이 서울 생활을 1년도 못 채우고 돌아와 3층 민박집에 반년이 넘도록 틀어박혀 있다는 걸 아는 사람은 드물었다. 민박은 태현의 외삼촌이 관리했지만 실제 소유주는 태현의 엄마인 박상희였다.

20여 년 전, 외지에서 어린 애 하나 업고 나타난 새댁이 다 쓰러져가는 폐가들의 주인들을 수소문해 하나둘씩 사들일 때만 해도 대체 무슨 영문인가 싶던 동네 주민들이었다. 얼마간의 시간이 흐른 뒤에야 주민들은 혀를 내둘렀다.

새댁이 사들인 폐가는 카페와 레스토랑으로 변신했고, 평수가 좀 된다 싶은 집터엔 펜션이 올라갔다. 어느 폐가는 게스트 하우스가 되기도 했고, 어떤 집은 어린이 미술관으로 탈바꿈했다. 해변 도로를 따라 널린 곳이 바다지만, 유명한 해수욕장을 하나 끼지 못한 데다 마땅한 포구도 없는, 별 볼 일 없던 동네가 뜨는 상권이 된 건 그 시절의 새댁, 박상희의 영향이 컸다. 돈은 돈이 된다 싶은 곳일수록 모이는 법이었다. 공판장이 사라지고 편의점이 들어섰다. 다방이 있던 자리엔 프랜차이즈 카페가 생겼다. 미용실, 방앗간, 매운탕집과 국밥집이 있던 자리마다 새 건물이 들어섰다. 새삼스러울 것도 없이 새 건물들은 모두 외지인들 소유였다. 비슷비슷한 카페와 레스토랑, 펜션이 우후죽순 생기기 시작했다. 박상희는 발 빠르게 손을 털고 다른 지역으로 눈을 돌린 지 오래였다. 아직까지 허물어지지 않은 유일한 건물은 동해복합회문화센타뿐이었다. 박상희가 부근에서 유일하게 처분하지 않은 것이 오빠에게 맡긴 민박집뿐이었다. 그나마 그거라도 처분하지 않아 태현이 지낼 수 있었다.

박상희는 등대를 등지고 서서 동해복합회문화센타를 바라봤다. 한눈에 봐도 낡아빠진 건물이었다. 청록색 타일로 마감한 외관은 변색되어 스산해 보였고, 검고 더러운 창문은 주변 풍경까지 을씨년스럽게 만들었다. 게다가 현란하게 번쩍이는 네온사인은 더없이 촌스럽기만 했다. 박상희는 3층을 한참 응시하며 숨을 크게 들이쉬었다. 오늘은 태현을 만나야 했다. 내려온 지 반년이 넘도록 박상희는 태현을 안 만났다. 일부터 피했다. 아들의 실패가 자신의 실패 같았기 때문이었다. 그 사실이 도저히 받아들여지지 않았다. 그러나 더 이상은 저 귀신같은 곳에 아들을 둘 수도 없었다. 태현의 방에 드나드는 여자애가 있다는 걸 들은 이상 가만히 있을 수도 없었다. 그러다 덜컥 스무 살의 자기처럼…… 차마 떠올리기 싫은 기억이 자꾸 끄집어내지는 근래의 상황에 박상희는 피로했다. 태현의 생부처럼 맞닥뜨린 현실을 책임지기 싫다고 도망치게 두어선 안 되었다. 차라리 문제의 싹을 제거하는 게 손쉬웠다.

박상희는 동해복합회문화센타를 향해 걷기 시작했다. 좀 전까지 보이던 붉은빛 수평선도 초저녁달도 사라지고 없었다. 수평선에 맞닿은 검은 구름이 빠르게 움직이는 걸 보니 곧 또 쏟아질 모양이었다. 온몸에 설탕물을 부은 것처럼 끈적거렸다. 이런 날씨에도 팔짱을 끼고 다니는 젊은 연인들이 보였다. 박상희는 고개를 홱 돌려 그들을 피해 방파제 가장자리로 걸었다. 그래도 자기도 모르게 온몸이 부들부들 떨렸다.

철없는 것들만 보면 부아가 솟았다. 세상 물정 하나도 모르면서 딴에는 어른이라고 뻗대는 것들이 마음에 안 들었다. 엄살과 변덕이 심하고, 참을성도 동정심도 부족한 것이 요즘 애들 아닌가. 부모 등골 빼먹는 건 당연하고, 부모가 바라는 삶은 거절하는 것이 자아라고 떠드는 것들이다. 그중에서도 계집애한테 책임지겠다고 뺑뺑거리는 것들이 제일 싫었다. 그런 것들은 문제가 생기면 거짓말을 하거나, 제일 먼저 도망치는 족속들이었다. 그런 것들을 한데 다 잡아넣어 본때를 보여줘야 하는데…… 박상희는 걸음을 멈추고 숨을 가다듬었다. 화가 나서 미칠 것 같았다. 후— 흐읍, 후— 흐읍, 후— 길게 숨을 내뱉고 천천히 들이마셨다. 그렇게 달래지 않으면 정말 무슨 일을 저지를 것 같았다. 그래서 젊은 치들로부터 멀리 떨어져 걷거나, 고개를 숙여 눈을 마주치지 않았다.

태현이 내려와서 지낸 이후부터 생긴 증상이라는 걸 박상희도 잘 알았다. 태현 또래의 젊은 애들을 보면 더 분하고 더 노여웠다. 환하게 웃으면 더 화가 났다. 행복해 보이면 다 망가트리고 싶었다. 남들이 부러워하고도 남을 아들이어야 하는데, 그걸 아이가 스스로 저버렸다는 것이 용서가 안 됐다. 다른 애들처럼 발랄하게 지내지 못하는 태현에게 화가 치밀었다. 분노가 참아지질 않았다. 뭐든 삭여지질 않았다.

안녕하세요. 방파제 주차장에 다다랐을 무렵이었다. 고개를 들자 낯이 익은 여자가 서 있었다. 물횟집 딸 성은이었다.

청색과 금색의 야상곡

윤주는 태현에게 왜 이렇게 숨어 지내느냐고 묻지 않았다. 대신 윤주는 누구도 윤주에게 물어보지 않았던, 누구도 궁금해하지 않을 것들에 대해 떠들곤 했다. 그럼 태현도 윤주가 물어볼 턱이 없는 것들에 대해서 떠들었다.

요즘은 휘슬러의 그림을 계속 보고 있어. 템스 강변의 저녁을 그린 「청색과 금색의 야상곡」이라는 그림이야. 낡은 배터시 다리를 그린 건데, 그림 전체에 깔려 있는 어두운 초록색이 아주 마음에 들어. 초록색에 검은색을 아주 많이 넣은 다음 물을 많이 섞으면 나올 것 같은 색이랄까? 그린과 그레이의 가운데쯤에 있는 색? 암튼 아주 멋진 색이야. 거기에 육중한 교각과 상판이 무거운 검정색으로 화면을 나눈 것도 근사해. 가만히 들여다보고 있으면 강과 어스름을 사랑한 화가였다는 게 진짜로 믿어져. 윤주의 혼잣말이 끝나면 태현이 중얼거렸다.

2년 전에 나온 미니 앨범인데, 앨범 제목이 「빙글빙글」
이야. 1번 트랙은 「빙글」, 2번은 「빙글 빙글」, 3번은 「빙글
빙글 빙글」. 난 세번째 곡이 제일 마음에 들어. 너무 좋아서
처음 듣고 난 뒤로는 계속 이 노래만 듣고 있어. 일주일째
니까 아마 3천 번은 들었겠다. 원래는 포크송인데 일렉트
로니카 스타일로 편곡한 거야. 가사도 좋고. 윤주는 방 안
에 낮게 깔린 노래에 귀 기울였지만 가사가 잘 들리진 않
았다.

"나는 사실, 그림 그리는 사람이 되고 싶었어."

"나는 아무것도 하고 싶은 게 없었는데. 지금도 그리는
거 하고 싶어?"

윤주는 그렇다고 대답했다.

"그러면 되잖아."

"배운 적이 없어서 어떻게 그려야 하는지 몰라. 그만. 이
런 얘기 재미없다."

윤주가 태현을 안고 입을 맞췄다. 진지해지고 싶지 않았
다. 그러나 태현은 윤주의 품에서 벗어나 바로 앉았다. 그
러고는 신기하다는 듯이 쳐다봤다.

"어떤 그림을 그리고 싶은데? 그리고 싶은 게 따로 있기
는 해?"

"물."

"물? 어떤 물?"

이런 걸 입 밖으로 꺼내본 적이 없는 윤주였다. 태현은 재촉하지 않았지만 윤주는 천천히 나열하기 시작했다.

"하얀 바다, 초록색 강물, 보라색 호수, 분홍빛 시내, 검은 빛깔의 우물과 욕조에 담긴 핏빛 목욕물…… 이상하게 들리지?"

태현은 고개를 가로저었다.

"커다란 종이에 가득 물만 그리고 싶어."

"그려. 그냥 그려봐. 매일 조금씩 하다 보면 뭔가 되지 않을까? 생각만 하는 게 아니라, 연필 선이라도 그어야 달라지지. 복권 당첨도 복권을 사는 사람한테나 기회가 오는 거야."

"그렇게 잘 아는 넌?"

"되고 싶은 게 없었다니까."

"과거형 말고 현재형으로."

"지금은…… 시간을 털어먹는 거? 어떻게든 빨리 인생을 탕진시켜버리는 거?"

윤주는 혹시라도 방법을 알게 되면 자기에게도 알려달라고 말했다. 그건 진심이었다. 그 방법을 엄마한테도 알려주게. 태현이 물끄러미 윤주를 바라보았고, 윤주도 그 시선을 받아 태현을 응시했다. 의미를 다 읽을 수 없는 서로의 눈빛을 통해 윤주와 태현은 이제껏 한 번도 느끼지 못한 감정에 휩싸였다. 여기와 다른 세계를 살짝 엿본 것 같은 기분, 비뚤어지고 틀어졌던 두 개의 톱니바퀴가 처음으로 간신히 맞물린 직후의 감회 같기도 했다. 그때 전화벨이 울렸다. 객실 호출이었다.

태현이 내려온 이후로 외삼촌은 민박 일에 완전히 손을 떼고 밖으로만 나돈다고 했다. 외삼촌 대신 태현이 민박 일을 맡아 하고 있었다. 낮에는 객실 청소, 밤에는 손님들의 잔심부름을 다녔다. 손님들이 찾는 이유는 방파제 근처의 모닥불 만들기나 낚싯대 대여, 그도 아니면 회를 준비해달라는 요구일 것이었다.

금방 오겠다는 태현이 좀처럼 돌아오지 않았다. 윤주는 휘슬러의 그림을 계속 찾아보고 있었다. 검색어 창에 그림의 원제인 「Nocturne in Blue and Gold」를 적으니 무수한 Nocturne in Blue and Gold가 나타났다. 그러나 모두 다른 그림이었다. 어떤 그림도 동일한 색깔과 색감이 아니었다. 파란 계열과 초록 계열의 색이 무수히 펼쳐졌다. 어느 색감이 원화에 가까운지, 어떤 것이 진짜 색깔인지 윤주로서는 알 도리가 없었다. 윤주가 좋아한 그림이 가짜일 수 있다는 것을 깨닫는 순간이었다. 맥이 빠졌다.

태현에게 전화를 걸어볼까 하던 찰나, 방문이 벌컥 열렸다. 그러나 성큼 안으로 들어온 건 태현이 아니라 낯선 사내였다. 바닥에 엎드려 있던 윤주는 벌떡 일어섰다. 그 바람에 쥐고 있던 휴대폰을 바닥에 떨어뜨렸다. 사내는 윤주를 계속 쳐다보더니 누구냐고 물었다. 사내에게서 희미하게 술 냄새가 났다. 윤주도 사내에게 누구냐고 물었다. 자기는 박상철이자 박상희 동생이며 이 콘도의 주인이라고 했다. 태현의 외삼촌이었다.

"우리 태현인 어딨나?"

윤주는 고개를 저었다. 모르는데요. 사내는 방에서 나갈 생각을 하지 않고, 선 채로 계속 윤주를 쳐다보았다. 윤주 역시 자기가 여기에 있는 것이 이상할 게 하나 없다는 듯이 꼿꼿이 고개를 들고 사내의 시선을 상대했다.

"맹랑한 아가씨네."

윤주는 눈을 더 부릅떴다. 사내가 헛웃음을 짓더니만 혼잣말을 해댔다.

"샌님 모지리도 사내 새끼라고 여자 끼고 놀 줄은 아는가 보네! 제 엄마는 무섭다고 도망치는 새끼가 말야. 제 엄마 속은 새카맣게 타들어가는 것도 모르고 말야. 여자를 불러? 헛, 참. 세상이 이렇다니까. 배 앓아 낳은 제 엄마만 불쌍하지. 다 소용없어요. 소용이 없어. 그런데도 제 새끼만 중요하단 거지? 응? 오빠보다 사람 구실 못하는 아들 새끼가 더 중요하단 거잖아, 지금, 응? 알겠어? 무슨 말인지 알겠냐고!"

사내가 광광대느라 윤주가 태현에게 전화를 거는 것도 알아채지 못했다. 계속 통화 상태였으므로 태현은 외삼촌이 고함치는 것을 다 들었을 것이었다. 입술을 씰룩거리며 혼자 씩씩대던 사내가 다시 또 윤주를 위아래로 훑었다. 그러곤 윤주 쪽으로 한 걸음 다가왔다. 윤주는 사내의 시선에 움츠러들지 않고 전화기를 귀에 댔다. 태현아, 지금 외삼촌이 찾으셔. 그 말이 끝나자마자 사내가 획 — 방을 나가버렸다. 윤주는 방문을 잠그고 바닥에 주저앉아버렸다. 아닌 척했지만 무섭고 두려웠다. 그래도 지지 않은 것 같았다. 자신의 이름을 말하지 않은 것도 잘했다고 생각했다.

그날 이후로 윤주는 태현을 찾아가지 않았다. 휴가철이 되어 태현이 머물던 방도 객실로 내주고, 관리실에서 외삼촌과 같이 지낸다고 했다. 윤주는 태현의 외삼촌과 더 이상 마주치고 싶지 않았다. 일이 끝나면 곧장 태현에게 올라가는 대신 버스를 타고 시내로 나갔다. 대형 문구점의 화구 코너를 서성였다. 미술 재료의 이름을 익히는 것부터 시작했다. 태현 아니었으면 엄두도 못 냈을 일이었다. 그래도 외삼촌이 있는 한 3층으로 다시는 올라가고 싶진 않았다.

세상의 근원

성은이 가게에 들어서자 카운터에 있던 이모가 눈을 똥 그랗게 떴다. 성은! 이모는 항상 그렇게 성은의 이름을 크게 불러주는 사람이었다. 성은! 어서 일어나, 학교 늦겠어! 성은! 숙제는 다 했고? 성은! 양말 뒤집어 벗지 말라고 했는데! 성은! 졸업했다고 다 어른이 되는 건 아니라고! 성은! 울지 마, 누구나 다 겪는 일이야. 조금만 더 버텨보자. 성은! 너 자신만 생각해. 성은! 그게 정말 네가 원하는 일이라면 자신감을 가져봐. 성은! 이제 책임감에 대해서도 고민해봐야 할 때라고. 성은! 그 말을 믿니? 성은! 정말 괜찮은 거니? 성은, 성은!

"엄마한테 온다는 얘기 못 들었는데?"

두 팔로 힘껏 안아준 이모가 성은의 얼굴을 넌지시 살폈다. 제 엄마와 이모의 생일, 명절에만 내려오던 성은이었다. 이렇게 연락도 없이 불쑥 내려온 건 처음이었다.

"그냥 내려왔어."

"예고 없이 오니 더 반갑네. 윤주야, 여기 상 봐드려. 엄마한테는 내가 말해야지."

이모는 주방으로 달려갔다. 50대 중반인데도 호리호리

한 뒤태는 변함이 없었다. 꾸벅 인사를 한 윤주가 카운터 뒤의 빈 공간에 상을 하나 더 폈다. 8시가 넘어서는데도 빈 테이블이 없었다. 바쁜데 나까지 와서 미안하네. 잘 지냈지? 성은의 말을 못 들었는지 윤주는 대꾸도 없이 가게에 들어서는 손님들에게 자리를 안내했다. 나쁜 인상은 아닌데, 밝은 표정을 본 적이 없었다. 말수도 없어서 윤주에게 말 붙이기도 쉽지 않았다. 그래도 진득하게 가게 일을 하는 윤주가 성은 입장에서는 무척 고마웠다. 빨간 비닐 앞치마를 두른 엄마가 주방에서 얼굴을 내밀고 성은을 쳐다봤다. 성은은 들어가 하던 일 마저 하라는 손짓을 했다.

이모가 직접 반찬과 수저를 놔주고 물회 한 그릇과 공깃밥을 갖다주었다. 입맛이 없을 것 같았지만, 국물을 떠먹으니 허기가 몰려왔다. 여름이니 오징어회가 제철일 때였다. 차갑고 새콤한 양념 국물에 비빈 야채와 회를 먼저 먹고, 소면까지 자작하게 비벼 먹으니 밥은 엄두도 나지 않았다. 먹는 내내 이모는 성은의 옆에 바짝 붙어 앉아 성은의 어깨를 쓰다듬으며 천천히 다 먹으라고 다독였다. 누가 봐도 딱 엄마였다. 이모가 엄마 같고, 엄마가 이모 같다는 말을 수도 없이 들으며 자란 성은이었다. 그러나 성은에게 이모는 엄마였고, 엄마는 아빠와 같았다.

연이어 두 테이블이 일어나자 이모와 윤주는 기계적으

로 움직였다. 윤주는 비닐을 야물게 추슬러 상을 치웠고 이모는 계산을 하며 손님들에게 일일이 커피와 박하사탕을 권했다. 주방에서 엄마가 윤주를 부르자 윤주는 물회 다섯 그릇을 재빠르게 날랐다. 성은은 괜히 왔나 싶었다. 모두들 자기 자리에서 제 몫을 사는데 자신만 여전히 쩔쩔매는 것 같았다. 아직도 정착을 못 하고 여태껏 옳고 그름을 판단하는 데 미숙했다.

성은은 소혜와 같이 살게 된 것만으로도 충분하다고 여겼다. 어차피 남들과 같을 수는 없었다. 그렇다면 남들과 다른 잣대로 일상을 지탱해야 한다고 믿었다. 그것이 소혜를 힘들게 했겠지. 소혜는 정말 남들처럼, 다른 사람들처럼 살고 싶어 했으니까. 소혜는 성은과 완벽한 가정을 꾸릴 수 있다고 믿었다. 서로의 가족들에게 상대를 소개하자고 했다. 인정받기 위해서가 아니라 드러내는 것으로 있는 존재가 되자고 했다. 남들과 다르게 살아선 안 된다는 것이 소혜의 논리였고 그래서 아이도 입양하자고 했다. 성은은 그것은 한낱 꿈이라고, 존재하지 않는 유토피아를 열망하는 것과 같다고 말했다. 성씨가 다른 엄마와 이모를 보고 자란 성은은 오히려 그런 삶의 행태가 서로에게 얼마나 많은 희생을 강요하는지, 세계가 온통 나를 향해 적이 되는 경험을 어떻게 감내해야 하는지, 확고한 믿음이 얼마나 허술

하게 무너지고 의심받게 되는지 알았으나 소혜에게 설명할 도리가 없었다. 이해시킬 자신도 없었다. 그래서 도망쳤다. 부주의했다. 계획 없이 집을 나서는 게 아니었다. 돌아갈 곳이 없다는 것, 그 불안과 공포가 소혜를 떠난 자신에게 주는 형벌처럼 느껴졌다.

"휴가야?"

성은은 고개를 끄덕였다. 이모가 성은의 짧은 머리를 매만지며 물었다.

"성은. 근데 왜 혼자 왔어. 같이 안 오고."

성은은 대답을 못했다. 온통 잿빛뿐인 하늘에서 기어이 비가 내리기 시작했다. 비를 피해 뛰어가거나 황급히 차에 오르는 사람들, 꾸역꾸역 가게 안으로 비집고 들어오는 사람들과 서둘러 가게를 나서는 사람들로 한바탕 소란했다. 빗소리도 점점 더 요란해지고 있었다.

"비가 쉽게 그칠 거 같질 않다. 그치?"

이모는 성은에게 달고 진한 믹스커피를 타서 내밀었다.

"살아보니까, 비 오고 나면 개기 마련이고, 살 만하다 싶으면 또 바람 불어오고, 그러더라. 갑자기 왜 이런 일이 나한테 닥치나, 하는 것도, 되짚어보면 이미 진작부터 예고가 되었던 일들이었어. 까닭 없는 결과 없거든. 가만히 잘 생각해봐. 언제 어디서든 다 증거가 될 기미가 숨어 있었다니까. 그걸 발견할 능력이 우리들한테는 없을 뿐이지. 인생 별거 아니야. 젊은 애가 너무 무겁게 살지 마. 다 알면 재미 없어. 나랑 네 엄마 봐. 맨날 돈이나 벌잖아. 할 줄 아는 게 돈 버는 거밖에 없으니, 낙이 없다, 낙이."

"남들이 들으면 욕해."

"욕하라 해. 사실이 그런데, 뭐. 성은아, 돈 많은 이모가 용돈 좀 줄까? 뭐 필요한 거 없어? 심심한데 차나 하나 새로 뽑아줄까?"

"차 말고 집은 어때?"

"내려와. 여기라면 두 채도 사줄 수 있다."

"시시덕거리지 말고 일들 해, 일! 어디서 공짜 밥 먹으려고?"

우렁우렁한 목소리에 손님들이 엄마 쪽으로 고개를 돌렸다. 말만 그럴 뿐, 엄마는 전복회와 산낙지, 미역국 한 대접과 소주를 내려놓았다. 한 상 가득 푸짐해졌다. 다른 손님들이 상차림을 힐끔거리자 이모가 넉살 좋게, 우리만 먹어 미안합니다,라며 코맹맹이 소리로 말했다. 엄마도 성은을 가리키며 묻지도 않은 말을 혼자 덧붙였다. 애가 우리 딸내미. 오랜만에 내려왔거든. 좀 먹입시다, 응? 손님들이 웃으며 끄덕였다.

"산낙지는 저, 옆의 옆의 가게가 싸. 성은이네서 보냈다고 하면 양도 많이 줄 거니까 생각 있으시면 그리로 가셔.
내가 미리 전화 넣어드릴게."

이모가 엄마의 팔을 잡아끌어 앉혔다. 성은 앞에 놓였던
소주를 한입에 탁 털어 넣은 엄마는 전복회 한 점을 손으로
집어 먹고 다시 주방으로 들어갔다. 벽에 기대어 멀뚱히 밖
을 쳐다보던 윤주에게 언니 옆에서 같이 먹으라고 말하는
것도 잊지 않았다. 윤주가 주춤주춤 성은 옆에 앉았다.

"오늘 장사 접자 할까?"

성은은 윤주에게 소주를 따라주었다. 윤주는 기다렸다
는 듯이 홀짝 마시고는 산낙지를 오물거렸다.

"네 엄마가 픽이나. 윤주야, 산낙지 말고 전복 먹어. 큰
사장님이 자기 딸 먹이는 전복이면 상급이다. 이런 날 많이
먹는 거야."

이모가 윤주에게 전복회 접시를 밀어주었다. 윤주는 고
개를 꾸벅한 뒤 젓가락을 전복 쪽으로 옮겼다. 그러다 손님
들이 일어나자 동시에 윤주도 벌떡 일어났다. 윤주의 불룩
한 입가에 초장이 묻어 있었다. 이모가 윤주를 말렸다.

"먹고 치워. 마저 먹어. 천천히 먹어."

성은은 윤주에게 소주를 한 잔 더 따라주고, 입가의 초장
도 닦아주었다. 윤주가 또 고개를 꾸벅였다. 성은은 윤주가
자꾸 목례를 하는 것이 마음에 걸렸다. 한 번만 더 하면 하

지 말라고 말할 생각이었다. 계산을 마친 이모가 다시 자리에 앉았다. 가게 안의 손님은 이제 두 테이블뿐이었다. 어린아이를 데리고 온 젊은 부부와 등산복을 입은 중년들 자리였다. 젊은 부부는 비가 그치기를 기다리는 것 같았고, 중년들은 소주가 아직 남아 있는 모양이었다. 번개가 쳤다. 요란한 천둥소리가 들렸고, 비가 더 거세졌다. 하늘에서 누가 들이붓는 모양이었다. 이모와 윤주, 성은은 각자 자기 잔에 스스로 술을 따라 마셨다.

"비가 참 버릇없이 온다. 이런 날은 뜨듯한 물 가득 받아 목욕이나 하면 좋은데."

"중앙시장에 해수탕 아직 하잖아. 내가 윤주랑 가게 정리할 테니 엄마랑 둘이 다녀와."

"성은! 윤주는 무슨 죄야? 한 시간 뒤면 퇴근할 애한테. 나 잔업 수당 주기 싫다."

꽈과과광! 귀를 찢을 것 같은 천둥소리에 건물이 다 흔들렸다. 빗줄기가 땅에 꽂힐 듯이 쏟아졌다. 앞이 하나도 안 보였다. 어린아이가 울음을 터뜨리며 제 엄마 품으로 파고들었다. 주방에서 나온 엄마가 매끈하게 깎은 복숭아를 손님들 상에 올리며 천천히 드시다 비 그치면 가시라 했다. 어린아이에게는 사탕 몇 개를 쥐여 주었다. 아이가 울음을 뚝 그치고 사탕을 입에 넣어 가게 안의 사람들이 모두 한

바탕 웃었다. 웃지 않은 건 엄마뿐이었다. 성은을 물끄러미 바라보던 엄마가 툭 내뱉었다.

"사람이 안 하던 짓하면 일낸다 했다. 무슨 일이냐?"

윤주가 슬그머니 일어섰다. 성은은 별말 없이 잔을 비웠다. 이모가 괜히 너스레를 떨며 화제를 돌렸지만 엄마는 다시 물었다.

"아직도 헤매냐?"

성은은 고개를 가로저었다.

"헤매는 게 부끄러운 일도 아니고, 숨길 일도 아니다만……"

엄마가 이모를 한 번 쳐다봤다.

"기다리는 사람을 너무 오래 기다리게는 하지 마. 그러다 죽기도 하더라."

성은은 두 눈을 꾹 감았다. 성은은 엄마가 꺼내는 아버지 얘기가 싫었다. 이모가 날카롭게 받아쳤다.

"아이 참, 그 얘길 뭐 하러 해. 성은! 괜찮아. 한 번 사는 인생, 네 마음이 가자는 대로 따라가. 죽을 팔자니까 죽었겠지. 결국 자기를 못 이겨서 죽는 거지, 남 때문에 죽진 않는다고. 성은! 무슨 일이든 자책 같은 거 하지 마. 그거 너무 촌스럽다."

엄마가 묵묵히 잔을 비웠다. 숨을 한 번 고른 이모가 안 되겠다는 듯이 엄마를 향해 자세를 고쳐 앉았다.

"내가 그 얘긴 그만하자고 했는데 왜 자꾸 약속을 안 지켜. 그 얘기 꺼낼 때마다 당신 탓으로 돌리면, 나는? 나 때문에 죽었다는 말처럼 들리는데, 그럼 나는 어떡하라고? 내가 어떻게 해줄까? 나도 죽어버릴까?"

성은이 자리에서 벌떡 일어났다. 수도 없이 봐온 모습이 이제 지루하고 지겨웠다. 비가 잦아든 모양인지 손님들도 서둘러 자리를 비웠다. 윤주가 소리 없이 테이블을 하나씩 치웠고, 성은은 그대로 가게를 나섰다. 빙그르 술기운이 돌았다.

거기, 가게 앞에 오도카니 서 있던 건 박상희였다. 비에 젖은 허연 옷에 붉은 얼룩이 번져 있었다. 정신이 나간 것인지, 아니면 누굴 쳐다보고 있는 것인지 불분명한 초점이었다. 등대 앞에서 마주쳤을 때와는 전혀 다른 사람처럼 보였다. 이번엔 성은이 먼저 지나쳐 자동차로 달려갔다. 무작정 출발했다. 어디든 여기만 아니면 될 것 같았다. 한 손으로 운전대를 잡은 채, 다른 한 손으로 담배를 찾아 입에 물고 불을 붙였다. 해안을 따라 굽은 도로가 이어졌고, 앞 유리창에 습기가 차올랐다. 비는 그치지 않고, 좁은 도로는 미끄러웠다. 사이렌 소리와 함께 반대 차선에선 응급차가 지나갔다. 바지 주머니의 전화가 울린 건 그때였다.

야상곡

네 번이나 걸었는데도 태현은 전화를 받지 않았다. 윤주는 가게 앞에 칼을 들고 서 있던 여자가 자꾸 떠올라 섬뜩했다. 말다툼을 하던 큰 사장님과 작은 사장님이 그 여자에게 다가가는 것까지 보고 버스를 탔는데, 어떻게 됐는지 궁금했다. 그럼 성은 언니도 그 여자를 봤겠다. 성은 언니는 무서워하지 않고 씩씩하게 자기 갈 길 갔겠지. 윤주는 성은 언니를 떠올렸다. 긴 청바지에 검정 티셔츠, 짧은 컷 머리에 화장 안 한 얼굴까지. 손목 안쪽의 도형 타투까지 멋있어 보였다. 용기를 내어 전화번호를 물어보길 잘했다는 생각이 들었다. 성은 언니는 서울에 오면 전화하라고 했다. 마치 서울로 올라갈 수 있는 밑천이 생긴 것처럼 든든해졌다는 걸, 성은 언니는 모를 터였다. 그나저나 태현은 왜 전화를 안 받는 걸까. 윤주는 집 주변을 빙글 빙글 빙글, 세 바퀴째 도는 중이었다. 집에서는 목소리를 내기 싫어 바깥에서 통화를 마치고 들어가고 싶었다. 마지막으로 한 번만 더. 통화음이 길게 이어졌다. 오늘 드디어 4B연필과 잠자리지우개, 스케치북을 샀다는 걸 말하고 싶었다. 오늘부터선 긋기를 시작한다는 것도 말해야 하는데…… 태현은 끝내 전화를 받지 않았다.

밥상은 아침에 차려놓은 그대로 부엌 귀퉁이에 놓여 있었다. 덮개를 열어보니 손도 안 댄 모양이었다. 어쩐 일인지 엄마는 자기 이부자리가 아니라 윤주의 이불 속에서 자고 있었다. 머리맡에 빈 약포지가 굴러다녔다. 하루에 먹는 약은 다섯 포, 그런데 굴러다니는 약포지만도 열 개가 넘었다. 이렇게 많이 굴러다녀선 안 되는 일이었다. 윤주는 약바구니를 찾았다. 두 달치 약이 있어야 할 바구니는 텅 비어 있었다. 윤주는 엄마의 코에 귀를 대보았다. 숨이 희미했다.

"엄마! 눈 좀 떠봐, 엄마!"

윤주가 엄마의 어깨를 흔들었다. 그때마다 약포지가 날아다녔다. 엄마가 덮고 있는 이불을 걷었다. 파르스르르르! 순간, 엄청나게 많은 하얀 약포지가 공중으로 날아올랐다. 베개 솜이 터진 것처럼, 마치 흰나비가 떼 지어 날아가는 것처럼, 빈 약포지들이 공중에서 너울거렸다.

"대체 뭘 먹은 거야! 얼마나 먹은 거냐고!"

엄마의 주먹 쥔 손 안에도, 치맛자락 안에도, 온통 빈 약포지였다. 윤주가 엄마를 거세게 흔들었지만 엄마는 좀처럼 눈을 뜨지 못했다. 윤주가 움직이면 움직일수록 숨어 있던 약포지가 나타났다.

"오늘은 안 돼! 오늘은 이러면 안 되는 거야! 오늘부터 그림을 그릴 거라고, 오늘부터 달라질 거였다고. 오늘은 가로선, 내일은 세로, 다음은…… 엄마, 제발 이러지 마. 나한테 이러지 마, 엄마!"

윤주는 소리를 질렀지만 눈물이 나오진 않았다. 엄마를 다시 이불 위에 가만히 눕혔다. 누워 있는 엄마를 내려다보며 윤주는 이렇게 죽으면 나는 혼자 어떡하느냐고 고함을 질렀다. 엄마에게 손 하나 대지 않고, 무표정한 얼굴로, 허리를 꼿꼿이 세워 앉은 채로, 죽으면 안 된다고, 이렇게 죽을 수는 없다고, 죽지만 말아달라고 목이 찢어져라 소리만 질렀다.

윤주는 눈 감은 엄마의 얼굴을 가만히 들여다보았다. 피부 껍질을 뒤집어쓴 해골 같은 얼굴을 단순한 선 몇 개로 묘사할 수 있을 것 같았다. 엄마, 내가 제일 먼저 엄마 얼굴을 그려볼게. 움직이지 말고 가만히 있어봐. 윤주는 스케치북을 펼치고 4B연필로 첫번째 선을 그었다. 종이에 뭉개지는 흑심의 느낌이 부드러웠다.

† 소제목으로 쓰인 회화 작품들의 출처는 다음과 같습니다. **이상한 가면들**: 제임스 엔소르, 「이상한 가면들*The Strange Masks*」, 1892; **청색과 금색의 야상곡:** 제임스 맥닐 휘슬러, 「청색과 금색의 야상곡 — 낡은 배터시 다리 *Nocturne in Blue and Gold-Old Battersea Bridge*」, 1872~1875; **세상의 근원**: 구스타브 쿠르베, 「세상의 근원*L'Origine du monde*」, 1866.

* 김혜리의 『그림과 그림자』(앨리스, 2011)와 사이먼 그랜트의 『화가가 사랑한 그림』(시그마북스, 2013), 움베르토 에코의 『추의 역사』(열린책들, 2008)에서 작품 속 화가와 그림에 관한 모티프와 그에 따른 정황 설정, 정보 등을 참조했습니다.

** 9와 숫자들의 앨범 『빙글빙글』(인디뮤직, 2015)에서 세번째 곡인 「빙글빙글 빙글*Three laps*」의 제목과 가사를 전문 인용했으며, 소설의 흐름과 이미지를 만드는 데도 이 곡의 영향을 받았습니다. (KOMCA 승인필)

축문祝文

핏물을 뺀 양지머리를 양수 냄비에 끓이기 시작했다. 양파 한 개, 대파 두 개, 큼직하게 자른 무 세 덩어리를 넣고 물을 넉넉하게 담았다. 처음엔 센 불로 끓이다가 중불로 줄이면 된다. 편수 냄비엔 소금물을 끓였다. 그동안 표고버섯과 양송이, 팽이버섯을 꺼내 다듬고 씻었다. 느타리버섯도 한 줌 씻어 큼지막한 건 손으로 찢고, 표고버섯과 양송이는 채 썰고, 팽이버섯은 세 등분으로 나눴다. 부숭부숭하게 쌓인 깨끗한 버섯이 접시에 소복했다. 버섯을 손바닥으로 살짝 눌러보았다. 쌉쌀한 표고버섯 냄새가 기분을 좋게 했다.

육수 냄비에 부르르 떠오르는 거품을 국자로 걷어냈다. 소고기뭇국을 끓일 생각이었다. 찬바람이 불면 엄마는 제일 먼저 소고기뭇국을 끓여 상에 올리곤 했다. 끓는 소금물에는 양송이버섯을 데쳐낸 후 찬물에 헹궈 체에 걸러뒀다.

고깃덩어리를 젓가락으로 꾹 눌러보았다. 마치 빨간 물감을 떨어뜨린 것처럼 핏물이 육수에 번지듯 퍼졌다가 이내 사라졌다. 고기가 푹 익으려면 조금 더 끓여야 했다. 불을 줄인 후 시계를 올려다봤다. 8시가 되려면 두 시간은 남아 있었다. 육수 거품을 한 번 더 걷어낸 후에 뭇국에 넣을 대파 하나를 어슷하게 썰어두었다.

네 자리 현관 비밀번호 누르는 소리가 들리고 이내 작은 풍경 소리가 들렸다. 20여 년간 현관에 걸려 있던 도자기 풍경 소리가 새삼스럽게 들렸다. 중학교 졸업 여행에서 기념품으로 사 온 풍경이었다. 그러고 보니 집 안의 장식품들은 대부분 기념품들이었다. 나와 이경이가 소풍이나 졸업 여행, 해외여행에서 사 온 싸구려 기념품들이 집 안에 잔뜩이었다. 텔레비전 옆으로 크기를 달리하는 돌하르방만 열 개가 넘었다. 장식장에는 플라스틱 첨성대가, 그 옆엔 에펠탑과 마트료시카가 줄지어 서 있었다. 시와 그림이 그려진 나무 걸개 옆엔 하회탈과 밀짚모자가 걸려 있고, 박물관이나 지역명이 박힌 열쇠고리들은 아예 바구니 하나를 차지해 담겨 있었다. 베트남 전통 모자인 논은 에어컨 위에 뽀얀 먼지를 뒤집어쓰고 있었고, 중국에서 사 온 부채는 안방 문고리에 달려 문을 여닫을 때마다 덜그럭 소리를 냈다. 소파의 가장자리에 앉아 있는 담뱃대를 등에 멘 호랑이 인형은 어디서 사 온 것인지조차 기억나지 않았다.

이런 걸 고를 때의 너희들을 생각하면 하나도 버리질 못하겠어.

현관문의 풍경은 속리산에서 사 온 기념품이었다. 신발장에 걸려 있는 효자손은 담양에서, 구둣주걱은 탄금대에서 사 온 것이었다. 현관에 들어선 아버지는 벽에 걸린 시계부터 올려다본 후, 벗은 신발을 다시 신발장 안에 넣고서야 안으로 들어섰다. 시계는 이경의 대학 동문회 기념이라고 적혀 있었다.

"냄새 좋구나."

그게 네 아버지 가장 큰 칭찬이지.

맛있다가 아니라, 냄새가 좋다는 것이 아버지의 최상급 표현이라는 걸 엄마는 잘 알고 있었다. 서운한 내색은 아니었다. 엄마는 본인이 음식 솜씨가 없는 여자라고 여겼다. 나와 이경은 물론이고 아버지 역시 식탁 앞에서 음식 불평을 한 적이 없었는데도 그랬다. 누구 하나 아니라고, 엄마가 한 음식이 제일 맛있다고, 그런 호들갑을 떨지 않아서였는지도 모른다는 생각이, 그제야 들었다. 아버지는 수저를 들기 전에 잘 먹겠습니다, 다 먹은 후에는 꼭 잘 먹었습니다,라고 말을 했다. 어렸던 자식들에게 스스로 보인 모범이 오랜 습관이 되어 딸자식들이 마흔을 앞두고 있는데도 변함이 없었다. 묵직하고 습한 고깃국 냄새가 집 안을 채웠다.

소금물을 끓였던 편수를 찬물에 한 번 헹구고 가스레인지 위에 올렸다. 소스를 만들 차례였다. 굴소스와 진간장을 일대일 비율로 넣고, 끓고 있는 육수에 약간의 물을 부었다. 물에 갠 전분까지 넣은 후에 약불로 천천히 끓여냈다. 숟가락으로 휘휘 젓자 보글거리며 끓던 국물이 이내 걸쭉해졌다. 마침 백미가 완성되었다는 전기밥솥 알림음이 들렸다.

옷을 갈아입고 나온 아버지가 물걸레를 들고 바닥을 한 번 더 쓸기 시작했다. 나는 젓가락으로 고기를 한 번 더 찔러보았다. 젓가락은 폭, 폭 부드럽게 들어갔다. 건더기를 건져냈다. 국물은 얄팍하게 썬 무른 무와 파를 넣어 한 번 더 끓이고, 건져낸 고기는 얇게 찢어 진간장과 참기름으로 무쳐놓았다.

어느새 거실엔 정교자상이 펼쳐져 있었다. 아버지는 보이지 않았다. 나는 안방 문을 열어보았다. 중국 부채가 덜그럭거리는 소리에 아버지가 내 쪽으로 고개를 돌렸다.

"어떤 걸로 골라야 할지 모르겠다."

아버지가 내민 건 엄마의 사진이었다. 한 장은 재작년에 찍은 가족사진 중에서 엄마 얼굴만 도려낸 사진이었고 또 한 장은 20여 년에 찍은 엄마의 전신 독사진이었다. 웃음

띤 입가가 희미했지만 예의 익숙한 엄마의 표정이었다. 여하튼 상 위에 올려놓기는 좀 작았다.

"다른 건 없고요?"

네가 한 번 볼래? 아버지가 사진이 담긴 상자를 내밀었다. 엉덩이를 밀며 뒤로 물러나는 아버지의 움직임이 눈에 띄게 굼뜨고 무거워 보였다. 아버지의 칠순 생일이 지난달이었다. 아버지는 아무것도 하지 말라고 했다. 어떤 모임이나 자리도 만들지 말라고 했다. 이경과 나는 생일 전주에 아버지를 찾아와 10여 년 동안 둘이 같이 부은 적금 통장을 아버지 앞에 내밀었다. 칠순 기념으로 여행을 보내드리기 위해 그간 모아온 돈은 제법 큰 목돈이 되어 있었다. 아버지와 엄마 두 분이서 한 달간 유럽을 돌다 와도 되고, 지중해 크루즈 여행도 가능할 금액이었다. 엄마가 바라던 극지방의 오로라를 보고 오는 것도 좋겠다는 내 말에 이경은 노인네들이 추운 나라는 힘들다며 차라리 따뜻한 나라에서 진진히 먹고 즐기고 오시는 게 더 나을 거라 했다. 여하튼 두 분이 가고 싶은 곳이면 어디든 갈 수 있는 돈이었다. 통장의 첫 장부터 맨 마지막 장까지 꼼꼼히 넘겨본 아버지가 힘겹게 입을 뗐다.

"이걸 만들려고 너희들이 오래 힘들었겠다. 고맙다. 너희 엄마도 고맙다고 했을 거다."

아버지의 목소리가 희미하게 떨렸다.

"나 혼자라도 가라는 말은 마라. 미안하다만, 엄마랑 가고 싶었던 여행이어서 그런지 너희들하고도 가고 싶진 않다. 그렇다고 이걸 안 받겠다고 하면 너희들도 서운할 테지. 일단 받아는 둘게. 고맙다. 그리고 생일 당일엔 집에 없을 예정이니까 신경 쓰지 말고."

템플스테이를 신청했다는데, 그렇게까지 할 필요가 있나 싶었다. 자식에게 짐이 되고 싶지 않은 마음을 모르는 바가 아니었으나, 과한 강박에 시달리는 건 아닌가 싶어 걱정이 되기도 했다. 가장 힘든 사람은 아버지였다. 그걸 감출 이유도 없고 숨길 필요도 없는데. 앉아 있는 아버지의 정수리가 훤히 들여다보였다. 반백이어도 숱은 많아 정정해 보였는데 1년 사이에 아버지는 급속도로 늙어버렸다. 청바지에 피케 셔츠를 즐겨 입던 아버지가 절집에 드나들면서 개량한복을 입기 시작했고, 어깨와 허리가 구부정하게 굽기 시작했으며 깨끗하던 피부도 검버섯이 부쩍 올라와 있었다. 사람이 이렇게 주저앉을 수도 있나 싶을 정도의 변화였다.

아버지가 내민 작은 종이 상자에는 엄마의 사진만 담겨 있었다. 온전히 엄마 혼자 찍은 사진이 아니라, 엄마가 찍힌 사진 중에서 엄마만 오려낸 사진들이 대부분이었다. 나는 아버지 옆에 앉아 상자를 뒤적였다. 초등학교 교문 앞에서 찍힌 엄마는 꽃다발을 든 내가 오려진 것이었고, 학사모를 쓴 엄마 사진에는 이경이 도려내졌고, 이태 전에 네 식구가 함께 갔던 강릉 바다에서는 엄마를 뺀 나머지 식구들은 동그랗게 사라져 있었다.

"아버지, 이게 다 뭐예요?"

"네 엄마가 보고 싶다."

"그렇다고 이렇게 잘라놓으면……"

바닥에 흩뿌려진 사진들을 한데 모았다. 엄마가 보고 싶다는 말에 뭐라 대답해야 할지 몰랐다. 엄마가 보고 싶은 건, 나도 이경도 마찬가지였다. 출근길 지하철 안에서도, 일요일 아침의 조조를 보러 간 극장에서도, 분식집에서 떡볶이를 사거나, 계절이 바뀌어 옷장 정리를 할 때에도. 빈 집에 들어서자마자 습관적으로 라디오를 켜다가 문득, 샤워 뒤 뿌옇게 습기가 찬 거울을 손으로 닦다가도, 카톡의 프로필 사진에 1년이 넘도록 걸려 있는 카라 꽃과 그 옆에 적혀 있는 엄마,라는 글씨를 보는 매 순간마다 엄마가 그리웠다.

"언니, 난 꼭 현관을 나설 때 그렇게 엄마가 생각이 나."

"왜, 하필?"

"엄마가 나한테만 쓰레기 버리라고 시켰잖아. 그것도 꼭 출근하는 길에, 아니면 신경 써서 차려입은 날에. 일부러 그러는 사람처럼 말이야. 그래서 신경질 많이 냈거든. 언니한테는 그런 거 안 시켰지?"

"응, 난 아침에 나가서 그랬나?"

"그랬을 거야. 아침 엘리베이터에 쓰레기 냄새나면 안 된다면서 언니는 시킬 수 없다고 그랬어. 엄마가 언니보다는 너를 좀 더 편하게 대했던 것도 있고."

"그랬니?"

이경은 고개를 끄덕였다. 이경의 말마따나 엄마는 나에게 쓰레기봉투를 쥐여준 적이 없었다. 그러고 보면 어떤 집안일이나 잔심부름을 해본 적도 없었다. 엄마가 도움을 요청하지 않았고 집을 나오기 전까지 나는 그런 것을 같이 해야 할 일인 줄도 몰랐다. 그래도 이경이 있었으니 엄마가 덜 힘들었겠다 싶었다.

"한 번이라도 싫은 내색을 안 했으면 좋았을 텐데. 진짜 단 한 번도 좋은 얼굴로 받아 든 적이 없어. 어떤 날은 그냥 현관 앞에 두고 가버린 날도 있거든. 그게 뭐라고."

이경이 말끝을 흐렸다. 그게 뭐라고…… 샤워 후에는 변기와 세면대의 물기를 닦으라는 말을 들은 적이 없었다. 차려놓은 아침밥도 거르기 일쑤였다. 늦든 이르든 귀가 시간은 알려달라는 요구도 지킨 적이 별로 없었다. 치과에 가는

건 미루지 말라는 것도, 담배를 끊으라는 말도 듣지 않았
다. 무엇보다도, 엄마를 봐서라도 그 남자와의 결혼을 다시
한번 생각해보라는 엄마의 바람마저 거절했다. 그게 뭐라
고, 겨우 그것들이 뭐라고.

전화벨이 울렸다. 엄마가 좋아하는 카라를 사 오기로 한
이경이었다. 꽃은 샀는데, 엄마가 좋아하던 치즈케이크 사
가도 되느냐는 것이었다. 치즈케이크를 잊고 있었다. 안 살
이유가 없었지만 그래도 아버지에게 물어는 봐야 했다. 바
닥에 흩어진 사진을 하나씩 주워 담으며 아버지는 소리 없
이 고개를 끄덕였다. 얼핏, 처음 보는 엄마 사진이 제법 눈
에 띄었다. 부분으로 오리거나 도려낸 사진이 아니라, 사각
의 프레임 안에 온전히 엄마가 담긴 사진이었다.

"아버지, 그 사진 좋은데요."

나는 막 상자에 담긴 사진을 꺼내 아버지 앞으로 내밀었
다. 엄마 특유의 눈웃음을 짓느라 보조개가 움푹 들어간 얼
굴이었다. 엄마 뒤편에는 한적한 바다가 펼쳐져 있었다. 언
제 찍은 사진인지 잘 모르겠는, 처음 본 사진 같았다. 모처
럼 엄마의 얼굴이 밝은 표정이어서 반가웠다.

"다른 남자가 찍은 사진은 쓰고 싶지 않다."

나는 아버지를 물끄러미 바라보았다. 눈빛은 명료하고
사진을 정리하는 손길이 무디진 않았다. 결국 아버지가 고

른 사진은 5년 전에 찍은 엄마의 독사진이었다. 아버지와 꽃 축제에 왔다고 전화를 걸었던 엄마의 목소리가 생생하게 떠올랐다. 꽃밭 가운데 서 있었지만 단발 펌에 놀란 고양이처럼 눈을 동그랗게 뜨고 정면을 쳐다보는 엄마의 얼굴엔 어쩐지 웃음기가 없었다.

교자상 가운데에 엄마의 사진을 두었다. 이경이 꽃을 정리하는 동안 나는 그릇을 꺼내 마른행주로 닦았다. 언니, 봐봐. 이경이 나를 불렀다. 사진 양옆엔 초와 꽃병을 두었다. 엄마가 좋아하던 향이 없는 새하얀 소이 캔들을 켜두고 그 앞에 치즈케이크를 두었다. 꽃병엔 블랙 카라도 섞여 있어 흰색과 짙은 보랏빛이 조화를 이뤄 한층 더 우아했다.

아버지는 김치 냉장고에서 녹두전을 꺼냈다. 아버지가 손수 녹두를 불리고 간 뒤 김치와 돼지고기, 숙주를 넣어 부친 전이었다. 탄 부분 하나 없이 모양도 제법 동그랬다.

"하는 김에 육전이랑 동태전도 했다. 너희들이랑 상의한 건 아닌데, 첫번째라는 게 좀 걸렸다. 그래도 고기랑 생선은 있어야 하지 않나 해서……"

"네, 잘 하셨어요. 근데 올해 했다고 내년에도 해야 한다고 생각지 마시고. 우리 얘기 했잖아. 누구든지 부담되는 건 하지 말자고."

아버지가 고개를 끄덕이며 직접 녹두전을 팬에 데웠다. 이경은 과일을 씻고 물기를 닦아 접시에 담았다. 밤, 대추, 감은 한 접시에 조금씩 나눠 담고, 엄마가 좋아했던 무화과와 청포도만 각각의 접시에 따로 담았다. 동태전과 육전은 한 접시에, 녹두전은 따로 한 접시로 놓았다. 웍에 기름을 두르고 준비해두었던 버섯을 한데 넣어 볶았다. 소스를 약불로 데우는 동안, 볶는 버섯에 소금과 후추를 뿌렸다. 맛을 보니 영 심심했지만 엄마라면 됐다고 할 맛이었다. 엄마 음식이 맛이 없었던 건 대체로 간이 부족했기 때문이었다. 밥공기와 주걱을 든 내게 아버지가 한 번 더 주의를 줬다.

"밥은 이지 마라."

나는 고개를 끄덕이곤 밥솥에서 젓지 않은 밥을 한 주걱 그대로 떠 밥그릇에 수북이 담았다. 버섯덮밥으로 쓸 밥은 입이 넓은 그릇에 얇고 넓게 담았다. 그 사이 이경은 맥주잔과 와인 잔을 꺼내 상 위에 두었고, 원두커피를 내렸다. 아버지는 맥주와 와인을 꺼내 들었고, 나는 넓게 편 밥 위에 볶은 버섯을 올리고 소스를 뿌렸다. 버섯덮밥을 어디에 둬야 할지 몰라 하자 아버지가 치즈케이크 옆에 놔주었다.

"언니, 수저!"

"메와 갱도 가져오고."

아버지는 밥과 국을 굳이 메와 갱이라고 표현하고 있었

다. 나는 뭉근히 끓고 있던 국의 불을 껐다. 국을 담고 양념에 무쳐놓은 소고기를 올려 상으로 가져갔다. 이경이 커피를 따른 잔과 치즈를 가지고 와 상 위에 올렸다. 이제 준비한 건 다 차린 것 같았다.

이경과 나, 그리고 아버지가 약속을 한 한 가지 원칙이 있었다. 엄마가 좋아한 것이거나 자신과 엄마와의 관계에서 소중한 기억이 깃든 음식을 차릴 것. 물론 남은 식구 셋이 모두 공평하게 일을 하는 것도 중요한 합의 사항이었다.

이경은 커피와 와인, 치즈를 준비하겠다고 했다. 엄마가 좋아한 것이었다는 데에 의아했지만, 내가 집을 떠난 건 어느새 5년 전이었다. 그동안 나는 기혼 여성에서 이혼녀가 되었고, 이경은 수학 학원을 개원했으며 아버지는 혼자가 되었다. 엄마가 와인과 치즈를 즐기게 된 건 내가 이혼을 한 뒤부터라고 했다. 믹스커피를 끊고 직접 원두를 갈아 핸드드립으로 마시기 시작한 것도 비슷한 무렵이라 했다.

엄마도 나름의 적응기가 필요했을 것이다. 내가 다시 담배를 피운 것처럼, 내가 어떻게든 사람들과 어울리지 않으려 했던 것처럼, 새벽 수영을 다니고, 건강검진을 받고 치과 치료를 시작하고, 야간 대학원에 등록을 한 것처럼. 그러나 엄마는 정작 내 앞에서는 의연했다. 오히려 마치 예상이라도 했던 사람처럼 보일 정도였다.

고생했다. 이제 너만 생각해. 엄마 걱정은 말고.

솔직히 말하면 나는 엄마를 걱정할 여유가 없었다. 더 솔직히 말하면 그럴 이유도 까닭도 없었다. 이것이 이혼의 이유가 될 수 있을까를 고민하는 첫 순간부터 끔찍한 싸움을 반복하고, 결국 이혼으로 결론을 내기까지 세상에서 가장 길고 지루한 시간처럼 여겨졌다. 그러나 살던 집에서 세간을 나눠 새로운 거처를 마련하기까지 반년밖에 걸리지 않았다. 그 사이 엄마는 이경에게 와인 마시는 법을 배우고 핸드드립에 취미를 붙였다는 것에 이질감까지 느꼈지만 이해가 안 되는 것도 아니었다.

아버지가 녹두전을 하겠다고 했을 때, 나와 이경은 고개를 끄덕였다. 그럴 거라고 생각했다. 엄마가 녹두를 사러 나선 길이었기 때문이었다. 그날, 내가, 왜, 그걸 해 먹자고 했을까. 나와 이경은 아버지의 한탄을 물리도록 들어왔던 탓이었다.

그날, 엄마는 전화를 걸어 같이 점심을 먹자고 했다. 좀처럼 있던 일이 아니었으므로 나는 내심 놀랐지만 의연히 사무실 근처로 약속을 잡았다. 엄마가 고른 메뉴는 버섯덮밥이었다. 갑자기 기온이 떨어진 날이었고 도심의 나무들이 가장 아름답게 시들어가던 계절이었다. 뜨뜻한 버섯전

골이 어떠냐고 물었지만 엄마는 점심이니 가볍게 먹자고
했다. 직장인들이 빼곡하게 들어찬 식당의 한구석에 엄마
가 먼저 와 앉아 있었다. 식당에 들어서자 창밖을 무심히
바라보던 엄마의 옆모습에서 알 수 없는 서글픔이 느껴졌
다. 나는 연유를 알 수 없는 갑작스러운 감정의 정체가 무
엇인지 몰라, 엄마와 점심을 먹는 내내 엄마의 표정을 살펴
야 했다. 나이보다 젊어 보이는 엄마라고 생각했는데, 그날
만큼은 엄마가 일흔셋이라는 것이, 70년이라는 거대한 물
리적 시간이 아득하게 느껴졌다. 동네 슈퍼에 갈 때도 파운
데이션을 바르고 눈썹을 그리고 립스틱을 바르던 엄마였
다. 그러나 버스로 네 정거장 거리의 마트로 녹두를 사러
간다면서도 엄마는 화장을 하지 않은 민낯이었다. 아버지
와 싸웠느냐고 묻자, 네 아버지가 어디 싸움이 되는 사람이
니?라고 반문했다. 그 말에 오히려 안도가 되었던 것 같다.
큰소리 한 번 내는 법 없는 아버지였으니까, 또한 여느 때
와 다르지 않은 엄마의 말투였으니까. 버섯덮밥을 반쯤 먹
었을 때 사무실에서 찾는 전화가 걸려왔다. 나는 밥을 먹으
면서도 휴대폰을 내려놓지 못했고 엄마는 자주 창밖으로
시선을 돌리며 식사를 마쳤다. 다 먹고 나서였던가. 입을
닦은 냅킨을 반으로 접고, 또 반으로, 다시 반으로 접어가
며 엄마는 무심히 말을 건넸다.

남자도 만나면서 살아. 생각보다 인생 짧더라.

그때 나는 뭐라고 대꾸했을까. 녹두전을 해 먹지 말고 사다 먹으라고 했던가. 자주 나와서 나랑 같이 점심 먹자고 했던가. 그도 아니면, 겨울 오기 전에 단풍 구경이라도 다녀오자는 빈말을 했을지도 모르겠다. 엄마는 나의 어떤 말을 생의 마지막 말로 기억했을까.

타닥타닥, 소이 캔들의 나무 심지가 타 들어가는 소리만 집 안에 울렸다. 아버지가 시계를 올려다보더니 창문과 현관문을 조금 열어두고 다시 상 앞으로 섰다. 아버지가 상 앞에 앉아 이경이 따르는 맥주를 받아 잔을 채웠다. 그 어떤 음식 냄새보다 진한 커피향이 거실에 가득 들어찼다.

초와 사진과 꽃. 다음 줄에는 수저와 밥과 국. 그다음 줄에 커피와 치즈케이크, 버섯덮밥과 녹두전, 육전과 동태전 접시가 놓였고, 마지막 줄에 밤, 대추, 감을 담은 접시와 무화과, 청포도 접시가 놓였다. 꽃 앞에는 와인과 치즈를, 녹두전 부근에는 맥주도 따라두었다. 제기 대신 엄마가 가장 좋아하던 접시와 잔을 썼다. 제사상처럼 줄맞춰 놓지 않은 데다 화려한 꽃무늬와 새 무늬 접시들로 차린 음식이어서 마치 손님상처럼 보였다. 의미로만 보자면 이제 손님이 된 엄마를 위한 상차림이었으므로 영 틀린 것도 아니었다.

"절은 하자."

제사를 직접 경험한 건 결혼한 뒤였다. 결혼 후 첫 제사는 남편의 고조할아버지 제사였다. 식을 올린 지 두 달쯤 뒤였고 나는 처음 겪어야 할 일에 온 신경이 곤두서 있었다. 제삿날은 마침 토요일이어서 금요일 저녁부터 시가로 들어가 동동거렸지만 내가 할 수 있는 일은 설거지가 대부분이었다. 제사 당일 아침부터 30평 아파트에 시아버지 형제들 내외며 남편의 남자 사촌들이 들이닥쳤다. 거실엔 남자 어른들이, 방에는 사촌 시동생들이, 부엌에는 어머님과 작은어머님들로 북적여 서 있을 곳조차 없었다. 오랜 세월 동안 분담해놓은 일을 다들 각자 알아서 하느라 내가 비집고 들어설 데가 없었다. 이제 갓 들어온 며느리나 질부에게 뭘 시킬 엄두를 못 내는 것 같기도 했다. 그때 시아버지가 나를 따로 불렀다. 여섯 형제 중에 맏이였던 시아버지는 너희 집에서는 제사나 차례를 어떻게 지내느냐고 물어봤다. 당신 집안은 김해 김씨, 목경파, 몇 대손이라는 말을 몇 번이나 외우게 시킨 후의 시아버지의 질문이었다. 요즘은 여자들도 절을 한다는데…… 말끝을 흐리는 걸 보니 너희 집도 그러느냐는 질문이었다. 남자 어른 여섯이 모두 나 하나만 쳐다봤다. 잤었는지 머리 한쪽이 심하게 눌린 남편이 방문을 조심스레 열었다. 나와 눈이 마주친 남편은 어서 대답하라고 눈빛으로 재촉했다. 제사는 고사하고 친가에 가본 적도 없다는 걸 밝힐 엄두가 나지 않았다. 배다른 형제들 사이에서 눈칫밥을 먹고 자란 아버지의 가족력을 들추고 싶지도 않았다.

"저희는, 여자들은 아예 쳐다보지도 못하게 해서 늘 건넛 방에 있었습니다."

그 말에 시아버지가 호탕하게 웃었다. 아주 마음에 든 답변이었다는 것을 숨기지 못한 반응이었다. 이어 사돈댁이 아주 엄격한 집안인 모양이라며, 사돈어른이 점잖으시더니…… 하며 자기 형제들에게 자랑스럽다는 듯이 호응을 이끌었다. 다들 한마디씩 나도 모르는 우리 집안 제사 문화를 칭찬하더니, 각 집안마다 다른 제사 문화로 화제가 이어지다, 먼 촌수의 아재며 할아버지 집안의 예를 들어가며 흥을 보기 시작했다. 누군가, 어디 가서 보니까 좋아하셨던 음식이라며 콜라도 올리더란 말에 시아버지가 갑자기 버럭 성질을 냈다. 본데없는 집안처럼 그게 뭐 하는 짓이래냐! 다른 집이 그랬다는 걸 전했을 뿐인데 혼자 성을 내기 시작했다. 말을 한 사람은 무안해져서 얼굴이 벌게졌고, 부엌에선 또 시작했네,라는 말을 쑥덕였다. 다른 어른 하나가 나를 향해 얼른 부엌으로 들어가란 눈치를 줬다.

첫인상이 모든 것을 좌우할 수 없다는 걸 안다. 하지만 열까지 다 보지 않아도 하나만 가지고도 충분히 추측할 수 있는 것도 있었다. 집안의 첫 며느리라고, 그래도 대미는 한 번 하라는 말에 멀뚱히 서 있는 나에게 작은어머님 중 한 분이 과도와 배를 내밀었다. 위와 아래를 좀 잘라내는 거야, 이렇게. 나는 손을 덜덜 떨면서 사과의 위와 아래를 잘랐지만 수평도 맞지 않고 모양새가 말끔하지 않았다. 결국 시어머니가 한 번 더 말끔하게 정리를 한 뒤에야 제기에 올릴 수 있었다. 나는 딸기와 포도, 대추는 어떻게 하느냐고 물었다. 그것도 일일이 다 칼질을 해야 하는가 싶었는데, 딸기와 대추는 꼭지만 따고, 포도는 줄기 끝만 가위로 살짝 잘라내고 말았다.

메는 서쪽이고, 갱은 동쪽이며, 구이는 중앙, 생선은 동쪽, 고기는 서쪽, 머리는 동쪽, 꼬리는 서쪽, 닭이나 생선포는 등이 위로, 국수는 서쪽, 떡은 동쪽, 익힌 나물은 서쪽, 포는 서쪽, 붉은 과일은 동쪽, 흰색 과일은 서쪽, 대추는 동쪽이며 밤은 서쪽…… 부엌에서 건넨 제수를 진설시키며 시아버지는 사사건건 시비를 걸었고, 제사를 마치기까지 몇 번이나 버럭버럭 소리 질렀다. 도대체 매번 이렇게 몰라서 어떻게 조상님 볼 낯이 있겠냐는 것이었는데, 시아버지가 소리를 질러댈 때마다 심장이 터질 듯 뛰어대는 통에 나중에는 가슴이 진짜로 아픈 것처럼 느껴질 정도였다.

진설이 끝나고 분향으로 강신을 한 뒤에 참신을 했다. 참신은 제사에 참여한 모든 사람이 다 같이 참배하는 절차로, 문안 인사 같은 것이라 했다. 그리고 모두가 절하듯이 엎드려 한참을 고개를 숙여야 했다. 누군가 흠흠, 헛기침을 한 뒤에야 다시 일어났다. 스포츠 중계를 진행하듯 시아버지는 매 과정을, 행동 하나하나에 대한 명칭과 의미를 설명했다. 집안에 새사람이 들어왔기 때문이라고 말하며, 남자는 손을 어느 쪽이 위에 오게 하는지, 여자는 또 어떻게 손을 잡아야 하는지, 심지어 절할 때 발은 어느 쪽 발이 어느 쪽 발을 포개야 하는지 일일이 설명하고 토를 달았다.

"고례에는 축 읽기가 끝나면 곡이 있었다. 곡은 직계 자손들만 하는데 오늘은 조상의 기일이기 때문에 생략한다. 부모의 기제사에는 반드시 곡을 하고, 조부 이상의 조상 제사에는 하지 않아도 되는데, 오늘날에는 곡을 생략하지만 이러한 예법이 있다는 사실만은 알아둬라. 알겠냐?"

사람의 말이 아니라 마치 책의 한 부분을 읽는 듯한 시아버지의 말에 남자 어른들과 남편, 사촌 시동생들이 동시에 네—라고 일사불란하게 대답했다. 헌작의 마지막은 새사람인 나의 차례였다. 새사람이 들어왔다는 인사라고 했다. 작은어머님들이 옆에서 잡아주어 큰절을 올렸다. 무릎을 꿇고 술을 올리고 다시 또 큰절을 올렸다. 다리가 후들거렸

축문祝文

109

다. 뒤로 물러서는데 시아버지가 짐짓 더 힘을 준 목소리로
말을 이었다.

"사돈네는 더 엄격한 집안이어서 여자는 제사에 참여하
지 않는다는데, 그래도 우리 집안은 조상에 대한 예를 차리
는 데에는 남녀 구분이 무슨 필요인가 싶어서, 여자들도 다
같이 절하고 헌작하게끔 한다. 며늘아기는 이제 우리 집인
예를 따라라."

네, 나는 기어들어가는 목소리로 대답을 하고 여자 어른
들의 맨 뒤로 숨었다. 뭔가 잘못된 시작이라는 걸 알았다.
집안 좋아하는 집치고 잘 돌아가는 걸 본 적이 없다고 했던
엄마의 말이 떠올랐다. 상견례 자리에서 개혼이어서,라는
말을 몇 번이나 되풀이하며 집안 사람들 눈 때문이라는 이
유를 강조하던 시아버지를 영 탐탁지 않게 여겼던 것이다.
예단 문제는 물론이고, 결혼식장 선정이며 청첩장 문구 하
나 그냥 쉽게 넘어가질 않았다. 결혼은 집안의 일이라는 걸
익히 알고 있으므로 그런 갈등은 어느 결혼이나 당연히 겪
는 줄 알았다. 주변 선배들의 이야기나 인터넷에서 예비 신
부들의 진짜 이상한 시가에 관한 사연들을 읽으며, 나 정도
면 별문제가 될 것이 없다고 생각했다. 적어도 같이 살 일
없도록 집은 해결해주었고, 시어른들의 노후는 두 분이 미
리 준비를 해두었다는 것에 흠은 없는 시가라고 생각했다.

1년에 두어 번 정도. 간소하게 하니까 걱정 안 해도 돼. 남편은 여섯 번의 제사를 두어 번이라고 속였다. 첫 제사를 제외하고는 참여하는 사람은 남자 어른 두엇이 전부였고, 늘 시어머니와 나만 음식 준비를 해야 했다. 알고 보니 첫 제사 때 집안 어른들이 다 모였던 건 새사람이 들어온 후 첫번째 제사라는 이유로 시아버지가 강압적으로 호출을 했던 탓이었다. 게다가 다음 제사부터는 작은어머님들은 아무도 참석하지 않았는데 그건 이제 집안에 며느리인 내가 들어왔기 때문이었다.

제사가 있는 즈음이면 꼭 시아버지에게서 전화가 걸려왔다. 무턱대고 휴가를 내고 와서 제사 음식을 하라는 것이었다. 내가 남편의 집의 새 식구로, 새 일원이 된 기분이 아니라, 혼사를 통해 아무 때나 부려 먹어도 흠 안 잡히는 몸종 하나 된 기분이었다. 그 집 사람들은 그게 너무 마땅한 일이어서 반발할 수 있는 여지 자체가 주어지지 않았다. 이집 사람이 되었으면 이 집 규칙에 따라라. 생리 휴가도 턱턱 주는 세상이라는데 시가 제사를 사유로 휴가를 못 낸다는 게 무슨 소리냐. 네가 마음만 있으면 어려운 일이 아닌데 네 마음이 부족한 게 문제다. 뭐 대단한 일을 한다고 회사, 회사 그러는지 모르겠다. 어차피 애 낳으면 그만두고 들어앉을 거, 차라리 이참에 그만두는 건 어떠냐―로 발전하는 시아버지의 요구는 끝날 줄 몰랐다. 아니나 다를까, 빨리 아이를 낳으라는 말에 시달려야 했고, 노골적으로 아들이라고 표현하는 것도 서슴지 않았다. 그건 시아버지가 아니라 평상시 말수가 적은 시어머니의 일갈이었는데, 그 이유가 더 서글펐다.

"네가 덜 시달리려면 빨리 아들 손주를 낳아야 끝난다. 그래야 네가 편할 거야."

어쩐지 무서운 느낌마저 들었던 건, 조용한 성격의 시어머니가 본심을 드러내서가 아니라, 가부장적인 남편에게 오랜 세월 동안 시달려 얻게 된 무기력과 울증이 고스란히 드러났기 때문이었다.

가장 참을 수 없는 건 중재를 하지 않는 남편이었다. 이 사람이 이런 남자였다는 걸, 결혼을 하고서야 알아챘던 것이다. 3년이 넘는 연애 시절은 얼마나 무색한 시간이었는지, 그 시절의 나는 대체 누구를 만나왔던 것인지 알 수가 없었다.

"절, 해야 돼? 난 그거 이상하던데."

이경이 쭈뼛거렸다.

"사진한테 절하는 거 같잖아. 엄마가 아니라."

"엄마의 혼이 사진에 서려 있다고 생각해. 엄마가 잠시 와 있다고."

"그게 더 끔찍하잖아!"

아버지가 답답하다는 표정을 지었다. 그렇지만 억지로 하라고 재촉하지도 않았다.

"그냥 묵념하듯이 잠깐 눈 감고 앉아 있으면 안 될까?"

나의 말에 이경이 고개를 끄덕였다. 아버지는 안 내켜 했지만 어쩔 수 없이 받아들였다. 아버지와 나, 이경은 상 앞에 무릎을 꿇고 앉았다. 아버지는 절을 하듯 아예 고개를 바닥에 대듯이 숙였고, 이경은 깍지 낀 두 손을 자기 가슴에 댄 채로 눈을 감았다. 나는 두 손을 무릎 위에 올려놓고 천천히 눈을 감았다. 만약 엄마가 이 순간에 우리를 찾아와 보고 있다면, 제각각인 세 명을 바라보며 잠깐이라도 웃었으면 했다. 명치끝이 꽉 막힌 듯 아파왔다. 엄마를 그렇게 보내는 게 아니었는데. 그 생각만 하면 체한 것처럼 가슴이 먹먹하고 답답해졌다.

버섯덮밥을 먹는 동안 엄마는 여기 맛있다,는 말을 여러 번 했다. 내 입에는 심심했는데 엄마가 맛있다 하니 다행이다 싶었다.

커피 마실 시간은 있니? 바쁘면 들어가고.

사무실로 곧바로 들어갔으면 했는데, 그대로 엄마를 보내는 것도 마음에 걸렸다. 주저하는 사이 엄마가 먼저 앞장서 가며 테이크아웃하면 될 거 아니냐 했다. 성큼성큼 걸어가는 엄마의 뒷모습에 아직은 정정하구나 싶었다. 아버지 칠순 여행도 무리 없겠다는 생각도 했을 것이다. 말수 없는 아버지와 사느라 일생이 심심했다던 엄마였다. 뒤로 태어난 자식이라고 식솔 취급 못 받고 자란 아버지의 외로움을 엄마 혼자 감당하느라 외가 식구들이나 친구들과의 교류도 자제하고 살아온 엄마였다.

나 혼자 재밌어하면 네 아버지 더 서러울 거 같아서 그러지. 부부도 의리가 있어야 같이 산다.

그래서였는지 남다른 부부이기는 했다. 지긋지긋하다고 서로를 흘겨보지 않으며 늙어가는 데에는 아버지의 몫도 컸다. 그 세대, 그 나이라고 믿어지지 않을 만큼 권위를 내세우지 않았기 때문이었는데, 부엌일을 제외한 집안일은 주로 아버지가 도맡아 해온 까닭이기도 했다. 누구든 할 수 있는 사람이 하면 된다는 것이 늘 아버지가 해오던 말이기도 했다.

카페는 혼잡했지만 구석구석 빈 자리가 있었다. 주문을 마치고 진동 벨을 들고 앉아 나는 엄마에게 한 번 더 물었다.

"두 분이 싸우셨어? 아님, 엄마가 뭐 잘못한 일 있거나."

아니라니깐.

"근데 웬 녹두전이야. 아버진, 생전 뭘 해 먹자고, 뭐 해달라고 하는 걸 본 적이 없는데, 가끔 그렇게 녹두전은 해달라 하는 거 같네."

별걸 다 기억한다.

"그럼. 나 6학년 때, 이맘때였겠네. 졸업 여행 갔다가 이틀 만에 집에 오는 건데 엄마는 녹두 사러 가야 한다며 나는 제대로 쳐다보지도 않고 시장으로 뛰어나갔잖아. 중학교 2학년 때는 갑자기 비 오는 날이었는데 엄마가 학교로 우산을 안 가지고 와서 쫄딱 맞고 집에 갔고. 생전 그럴 엄마가 아닌데, 엄마 녹두전 하느라고 비 오는 줄도 몰랐다고 했어. 고 1 때는 아버지가 집에 한참 만에 온 날이었어. 그때 아버지가 왜 집에 없었는지 기억이 잘 안 나는데……"

진동 벨이 울렸고, 나는 카푸치노와 아메리카노를 들고 엄마에게 다시 돌아왔다. 생각해보면 아버지가 녹두전을 먹겠다고 한 건 모두 11월이었다. 아버지의 요구에 입을 꾹 다문 채 녹두전을 부치는 엄마는 어쩐지 주눅 든 사람처럼 보이곤 했다. 빚진 사람이거나 벌을 받는 사람 같기도 했는데 나로서는 그 이유를 알 도리가 없었다. 커피를 내밀었는데도 엄마는 일어서지 않았다.

먼저 가. 난 천천히 갈게.

카푸치노를 받아든 엄마가 창문 밖을 고즈넉하게 바라보았다. 녹두를 사러 마트에만 가기에는 아까울 정도로 맑

은 날씨였다. 공기는 차가워도 하늘은 더없이 파랬다. 바람
이 불자 노란 은행잎이 와르르 쏟아지며 공중에 날렸다.

저렇게 가면 그만인데.

"응?"

고운 잎들 다 떨어져서 아깝다고. 여름엔 지겹도록 초록
색이더니만 노랗게 물들면 뭐 해. 바람 한 번에 사라지는 걸.

그날 저녁, 아버지는 전화로 엄마의 사고 소식을 전했다.
마트 앞 사거리에서 우회전하는 트럭에 깔렸다고, 바퀴에
말려 들어가고 말았다고. 응급실에 도착하기 전에 숨이 끊
겼으나, 담당의는 나와 이경이 도착할 때까지 기다렸다 사
망 선고를 내렸다. 2016년 11월 7일 월요일 19시 43분, 음
력 10월 8일이었으며 입동이었다.

제사를 마치고 제수와 제주를 먹는 일을 음복이라고 한
다. 음덕을 입어 자손들이 잘 살게 해달라는 뜻이며, 제사
에 참석한 가족들이 모여서 같은 음식을 나누어 먹는 것으
로 가족의 일체감을 돈독하게 하는 일이다. 시아버지의 입
으로 내뱉는 가족의 일체감이라는 말에 나는 헛웃음도 나
오지 않았다. 하루 종일 부엌에서 기름 냄새에 찌들어 있던
터에 밥톨 하나 입에 넣기 싫을 뿐이었다. 다리는 욱신거렸
고, 허리는 펴지지 않았으며, 머리는 진작부터 지끈거렸다.

"고작 제사 때문에 헤어지자는 거야?"

남편은 어이가 없다는 듯이 쳐다봤다. 그렇게밖에 생각하지 못하는 너여서 헤어지자는 걸 남편은 평생 이해하지 못할 것이었다. 생전 본 적도 없는 남편의 조상을 위해, 심지어 저희들도 본 적 없는 존재를 먹이기 위한다는 명분으로 산 사람들이 다 먹지도 못할 만큼 많은 음식을 꾸역꾸역 해대는 일이 얼마나 시대착오적인지, 집안의 새 식구라는 나를 너희 집 대소사에 필요한 일을 하는 사람으로 취급하는 것이 얼마나 무례한 짓인지도 수긍하지 않았다. 1년에 여섯 번이 많아서가 아니었다. 나와 합의가 되지 않은 사항이, 너와 결혼을 했다는 이유로 당연한 의무가 돼버렸다는 사실에 분노하는 것을 남편은 전혀 납득하지 못했다. 합리와 불합리는 악습의 허울에 어울리지 않는 잣대였다.

제사는 음력으로 해야 한다는 걸 알지만 나와 이경은 아버지를 설득해 양력 날짜로 지내기로 했다. 음력으로 한다면 올해는 11월 25일에 제사를 지내야 하는데, 우리에게 의미 없는 날짜에 엄마의 죽음을 추모하고 싶진 않았다. 우리는 매년 11월 7일을 엄마를 떠나보낸 날로 기억해야 했다. 외가에는 알리지 않고 우리끼리만 엄마의 첫 제사를 지내기로 했다. 올해의 음력 10월 8일인 11월 25일엔 다 같이 절에 가는 걸로 합의를 보았다.

아버지는 버섯덮밥을 남기지 않고 다 먹었다. 엄마의 마지막 식사였던, 엄마와 마지막을 보냈던 그 식당에서 직접 조리법을 알아 왔다는 건 말하지 않았다. 특별할 것도 없는 조리법이었으나 나는 꼭 그날의 맛을 닮은 음식을 차리고 싶었다. 이경이 준비한 치즈케이크도 치즈 향이 강한 데다 유난히 부드러웠는데, 역시나 엄마가 제일 맛있다고 말했던 빵집에서 사 온 것이라 했다. 아버지의 녹두전도 맛이 괜찮았다. 아버지와 엄마에게 부여된 녹두전의 의미야 알수 없지만 엄마가 해주었던 것처럼 포실한 질감이 그대로였다. 음덕이란, 남모르게 좋은 일을 하거나 숨어서 베푸는 은덕이라고 했다. 공짜 덕을 원하고 싶진 않았다. 다만, 우린 서로가 준비한 음식을 나눠 먹으며 조용히 엄마에 대한 이야기를 나누고 싶었다. 그런 자리가 마련된 것만으로도 의식은 충분한 의미를 가진다고 믿었다.

"나는 엄마한테 못했던 것만 생각이 나. 그래서 엄마가 찡그린 얼굴이나 화난 얼굴만 자꾸 떠오르고. 엄마 웃는 모습이 기억이 잘 안 나. 나만 그런 거야? 아님 다들 그래?"

이경이 뭇국의 파를 골라내며 중얼거렸다.

"난, 그날 엄마가 입은 옷. 그 카디건. 그거 내가 첫 월급으로 사줬던 옷이었어. 하필이면 그 낡고 얇은 걸 입고 와서는 마지막 기억으로 남기게 했는지 몰라. 사실은 그래서 나는 엄마가 원망스러워. 카디건 때문인지 허망하게 가버린 것 때문인지 구분이 잘 안 되지만."

"우리 셋 중에서 엄마를 마지막으로 본 게 언니였다는 사실이, 나는 가끔 화가 나기도 해. 그게 왜 내가 아니고 언니인가 해서. 사실, 그건, 지금도 여전한 마음이지만. 알아, 언니 탓 아니라는 거. 그냥 그렇다는 거야."

"그렇게 따지면 난 아버지가…… 아니에요. 그게 왜 아버지 탓이겠어요. 내가 엄마랑 10분만 더 같이 있었어도……"

그렇게 하나하나 따지다 보면 결국 엄마의 명이 거기까지였다는 결론밖에는 나지 않았다. 명의 운이 거기까지였다면, 꼭 트럭이 아니었어도, 꼭 그 사거리가 아니었어도, 꼭 그 시간이 아니었어도 엄마는 지금 여기에 없을 수밖에 없었다. 나는 와인을 한 모금 마셨다. 스파클링 와인이 너무 맛있어서 이렇게 맛있어도 되는 것인지, 마치 불손한 생각을 해버린 것 같은 기분이 들었다. 아버지가 좀처럼 입을 떼지 않았다. 나와 이경도 말이 자꾸 끊겼다. 지난 1년간, 세 사람은 계속 처음 겪는 일들 속에 놓여 있어야 했다. 슬퍼야 하는데 슬프지 않은 것 같고, 슬픈데도 슬프다고 표현할 수 없는 낯선 감정에 휩싸이기도 해, 자주 심한 피로감을 느끼곤 했다. 저마다 지쳐 있었는데 그걸 밝히지도 인정하지도 못했다. 그런 복잡한 감정을 겉으로 드러내지 않으려 애쓰다 보니 서로 말수가 줄어들 수밖에 없었다.

"이걸 아직도 안 버리고 있었네."

이경이 가리킨 건 장식장 구석에 꽂혀 있는 엽서였다. 이경과 내가 처음으로 함께 떠났던 교토 이노사키 온천에서 쓴, 벚꽃이 흐드러지게 핀 아타고 다리 사진 엽서였다.

"너희 엄마가 안 버린 게 어디 그거뿐인 줄 아니. 다 있지. 전부, 다."

나는 집 안을 둘러보았다. 떠났다 돌아오는 식구들이 들고 온, 추억을 기념하는 물건들이 곳곳에 숨어 있듯 제자리를 차지하고 있었다. 기념품은 과거를 기억하게 했고 기억은 여전히 흐르는 시간을 절감하게 했다. 달라진 게 하나도 없는 거실이, 엄마의 물건들이 고스란히 남아 있는 안방과 부엌이, 엄마의 부재를 더욱 선명하게 드러내는 것 같았다. 그래서일까. 유품 정리는 아버지 혼자 알아서 하겠다고 했는데, 엄두를 못 내는지 1년 전과 달라진 건 하나도 없었다.

"엄마 물건들, 정리하는 거 힘드시면 같이 해요."

"아직 때가 안 되어서 못하는 거지. 나 혼자 할 일이다, 그건."

아버지의 목소리는 어쩐지 완강했다.

"참, 아까 사진 얘기는 뭐예요?"

아버지가 앞에 놓인 맥주잔을 매만지며 골몰했다.

무슨 사진? 이경이 되물었다.

"나는 아직 너희 엄마가 정말 죽었다는 것이 믿어지질 않아. 그러니까……"

그러니까, 아버지는 한참 망설이더니 천천히 말을 이었다.

"죽었어도 부모 자식 간에 예의라는 게 있다고 생각해. 기억하고 싶은 것만 기억하고 살자. 요즘은 모든 걸 다 알게 되는 것이 의미 있는 건 아닐지도 모른다는 생각이 들더라. 모르면 모르는 대로, 아는 만큼만 믿자."

그 말은, 우리는 아직 준비가 안 된 것 같다는 뜻이기도 했다. 그건 사실이었다. 보험이나 연금, 거래하던 통장을 정리하는 일이 엄마의 죽음을 기정사실로 받아들이는 절차가 되어버렸다. 그렇다는 이유로 엄마의 스카프, 가방이나 신발 하나라도 이경과 나눠 가져갈 수 없는 것도 그런 의미와 맞닿아 있었다. 아버지나 이경, 나 역시도, 여전히 엄마의 부재를 받아들이지 않고 있었다. 아니, 벌써 받아들여도 되는 것일까,라는 마음과 이젠 그만 받아들여야 하지 않을까라는 의문 속에서 헤매고 있다는 생각이 들었다. 엄마가 없다는 사실 앞에서 엄마의 죽음을 인정하기를 언제까지 미룰 수 있을까. 첫번째 기일이면 가능하지 않을까 싶었던 나는, 아직 시간이 더 필요한 일이라는 걸 깨달았다. 아버지나 나나 이경이 다 다른 이미지로 엄마를 기억하듯이, 엄마를 잊을 수 있다고 받아들이는 시간도 다를 것이었다. 미지근해진 맥주를 한숨에 다 마신 아버지는 잘 먹었습니다,라고 말한 뒤 이제 그만 치우자며 먼저 일어섰다.

엄마 사진과 초, 꽃만 남겨둔 교자상 앞에서 이경이 한참 서 있더니, 사진을 찍자고 했다.

"아까 상 잘 차려졌을 때 찍었어야지."

"그러니까. 나도 처음이어서 몰랐지. 이제라도 찍자. 아버지도 오세요."

이경이 휴대폰을 쥔 손을 멀리 뻗었다. 엄마 사진을 먼 배경으로 두고 아버지와 이경, 나의 얼굴로 꽉 찬 사진을 찍었다. 입동이었으나 다행히 아무도 울지 않은 밤이었다.

환기의 계절

아버지가 나타난 건 27년 만이었다. 나랑 동생은 기함을 했지만 엄마는 의외로 담담했다. 그간 연락도 하고 살았던 모양인데 엄마는 나와 동생을 감쪽같이 속여왔던 것이다. 그래도 함께 살겠다고 할 줄은 몰랐지. 엄마 집에 들어서자마자 동생이 쏟아부었다.

"엄마, 치매야? 그 인간을 왜 들여! 엄마 지금 제정신 아니지?"

잘 닦인 낡은 신사화가 현관에 놓여 있고, 열린 문틈으로 올라간 변기 커버가 보였다. 안방 옷걸이에 걸린 처음 보는 검은 잠바 하며 식탁 위의 수북한 약 봉투, 다 마신 커피잔 두 개, 식기 건조대에 가지런히 놓여 있는 두 벌씩의 그릇들도 아버지의 흔적일 것이었다. 그래서인지 18평 실내가 새삼스럽게 좁아 보였다.

"갈 데가 없다잖아."

엄마! 동생과 내가 동시에 소리를 쳤다.

"귀 안 먹었다."

나는 목소리를 누그리고 말을 이었다.

"같이 살던 사람들도 나이 들면 헤어진다는데 엄마는 왜 사서 고생을 하시겠다는 거야."

"나 안 고생스러워."

동생은 돈다발이라도 가지고 왔냐고 물었고, 그럼 엄마 한테 왔겠냐고 내가 대답했다. 엄마는 부정하지 않았다. 동생은 엄마의 이마에 손을 대며 어떻게 된 거 아니지? 되물었다. 엄마가 동생의 팔을 탁 쳐냈다.

"멀쩡해! 얘가 정말."

"어이가 없어서 그래, 어이가."

"내가 내 집에서 내 남편이랑 살겠다는데 너희들 왜 그래?"

'내 남편'이라는 말에 나랑 동생은 눈을 마주치며 입을 크게 벌렸다. 나도 모르게 소리가 커졌다.

"지금 내 남편이라고 했어?"

"그래, 그럼 네 남편이냐?"

동생이 덧붙였다.

"남편 같은 작자한테나 남편이라고 불러. 엄마 고생시킨

게 그 인간이라고. 고생만 시켰어? 마음까지 다 후벼 파냈
던 사람 아니냐고!"

"누가 안 그랬대? 그건 그거고. 지금은 지금이고."

"죽을 때가 돼서 기어들어온 모양인데, 그런 인간을 왜
엄마가 거두는데?"

엄마는 무슨 소리를 들을지 다 예상하고 있었다는 듯이
표정 하나 바뀌지 않았다. 힐끔 벽시계를 올려다본 엄마가
툭 내뱉었다.

"목욕 간 사람 곧 올 시간인데 안 가니?"

잘못한 것도 없는데 동생과 나는 벌떡 일어났다. 우연히
라도 마주칠까 봐 덜컥 겁이 났다. 그건 동생도 마찬가지인
듯했다. 서둘러 엄마네 아파트 단지를 벗어나려는데 주책
없이 산수유가 여기저기 화사하게 피어 있었다. 30년도 더
된 주공아파트는 나무와 화단만큼은 풍성했다. 전염병이
난리여도 꽃은 피고 날은 따뜻해지고 있었다.

"엄마 미친 거 맞지?"

아파트 입구로 나오자마자 휴대폰을 꺼내 든 동생이 나
를 쳐다보지도 않고 계속 카톡을 하며 물었다. 동생은 마스
크 때문에 숨 쉴 때마다 안경에 김이 서렸다.

"차라도 한 잔 더 할래?"

"다린이 혼자 있잖아."

"휴대폰만 쥐면 누가 들어와도 몰라. 열세 살이면 어린애도 아니고."

"데리고 오지. 하긴, 애 앞에서 할 얘긴 아니었다. 아휴, 생각할수록 짜증나. 언니, 엄마 어떡하니."

그제야 동생은 휴대폰에서 눈을 떼고 나를 쳐다보며 물었다.

"엄마, 마음 굳힌 거 같지?"

"응, 집에 먼저 들여놓고 우리한텐 이제야 말한 거 보면."

"도대체 무슨 생각인지 모르겠어."

"엄마 인생이니 마음대로 하시라 해? 그냥 모르는 척해야 되니? 아무리 생각해도 이건 아닌 거 같아."

버스 정류장까지 걸어 내려왔는데도 이야기는 끝이 나지 않았다. 동생은 좀처럼 흥분을 가라앉히지 못했다.

"어디서 뭐 하고 살았는지도 모르는 인간이잖아. 그동안 한 번이라도 얼굴을 들이밀었으면 또 몰라. 뒤도 안 돌아보고 우릴 버릴 때는 언제고 이제 와서? 그런 인간을 엄만 왜 받아주냐고."

"엄마가, 외롭나?"

"남사스럽게! 아, 진짜, 외로워서 그런 거면 마누라 먼저 보낸 영감들이나 만나 놀러 다니지. 굳이 왜 그 인간을 거둬."

"엄마가 우리 말을 듣니?"

"하여간 고집, 고집. 그 성격이니까 이만큼 살아왔지만. 아, 난 그이한테 뭐라고 말해? 죽은 사람이 무덤에서 일어났다고 할 수도 없고."

결혼한 지 3년 된 동생도 나처럼 제 남편에게는 홀어미 밑에서 자랐다고, 아버지는 어릴 때 여의었다고 말해놨던 것이다.

"이모 생각나네. 이럴 때 이모 있었으면 엄마 등짝을 후려치면서 정신 차리라고 했을 텐데. 이모 보고 싶다."

어쩌면 이모가 없어서 엄마가 더 저러는지 모를 일이었다. 이모가 그리운 건 나도 마찬가지였다. 이모가 살아 있으면 나도 이모에게 찾아가 이제 나는 어떻게 살아야 하느냐고 물어봤을 텐데. 같이 가서 그 새끼 죽이고 오자! 이모라면 그렇게 말해주고도 남았을 텐데. 내 어깨를 감싸 안으며 세상에 그딴 일은 일도 아니라고 말해줬을 텐데.

"병이라도 있으면 어떡하지? 식탁 위에 약봉지, 언니도 봤지?"

"건강검진까지 시켜줘야 해? 통과해야 받아주고?"

"그래야 하는 거 아냐? 엄마 저러다가 병 수발까지 하면, 나 내 명에 못 죽는다."

큰일은 큰일이었다. 칠순이 넘은 아버지가 돌아온 것도

기가 찰 노릇이었는데 병든 아버지까지 엄마의 몫으로 남겨진다면 엄마의 여생은 뭐가 되나. 절대 있어선 안 될 일이었다. 나는 엄마의 행동도 아버지의 귀환도 이해 불가였다. 아버지라는 호칭도 영 거북한 게 아니었다.

"할 수 없어. 안 내보내면 우리가 엄마 안 본다고 할 수밖에."

"어떻게 내쫓지? 어, 버스 왔다! 언니, 나 먼저 가. 자세한 건 전화로 해!"

후다닥 뛰어 버스에 올라탄 동생이 나를 향해 손을 흔들었다. 나보다 두 살 아래인데도 아이가 없어서 그런지 나는 여전히 동생이 어린애 같기만 했다. 어린애라고 여겨지는 동생도 벌써 서른여섯이었다. 아이는 정말 갖지 않을 생각인지, 엄마는 나만 보면 동생에게 애는 언제 가질 생각이냐고 물어보라고 닦달을 했는데. 나는 아이에게 전화를 걸었다. 응. 무심하고 심드렁한 딸아이의 목소리.

— 엄마 30분 뒤면 도착해.

— 올 때 아이스크림.

텔레비전을 보는 중이었는지 제 말만 하고는 먼저 전화를 끊었다. 며칠 전, 아이는 아빠가 출장 간 것이 맞느냐 물었다. 갑자기 받은 질문이라 무심히 그렇다고 대답해야 했는데 나도 모르게 왜?라고 되묻고 말았다. 아이는 정말 출장 간 게 맞느냐 재차 물었고, 그제야 나는 짐짓 아무렇지 않게 엉뚱한 소리 그만하라고 대꾸했다. 그게 계속 마음에 걸렸다.

남편이 외국으로 출장을 길게 떠난 걸로 한 건 내 계획이 었다. 나는 아이에게 엄마와 아빠가 헤어졌다는 걸 알리고 싶지 않았다. 미룰 수 있다면 헤어진 게 아니라고 평생을 숨기고 싶었다. 물론 그럴 수는 없을 것이다. 하지만 사실을 말하기까지 최대한 시간을 벌고 싶었다. 아이에게 엄마와 아빠가 더 이상 부부가 아니라는 것을, 사랑하기 이전의 세계로 돌아갔다는 것을, 사랑했다는 사실 자체를 지우고 싶은 시간을 지나고 있다는 것을 밝히고 싶지 않았다. 아이가 조금 더 자라서 부모의 관계를 부부의 관계로 바라볼 수 있을 때 말해도 늦지 않을 것 같았다. 나는 내가 가졌던 불안과 결핍을 아이도 느끼게 하고 싶지 않았다.

열 살쯤이었나. 며칠 동안 집 앞을 서성이던 남자가 있었다. 청바지에 티셔츠를 입은 앳된 소년 같은 청년이었다. 바깥을 살피기만 하던 엄마는 심호흡을 크게 하고 안전 고리를 채운 후에 현관문을 열었다. 도대체 누구세요? 청년은 아버지의 이름을 댔다. 나는 민소매 원피스를 입고 있었고 아버지는 퇴근 전이었다. 집에는 달고 매콤한 오징어볶음 냄새가 가득 차 있었다. 엄마가 젖은 손을 앞치마에 닦으며 다시 물었다. 무슨 일로 오셨는데요? 나는 엄마의 뒤춤에 서서 문틈으로 청년을 올려다봤다. 잠깐 눈이 마주쳤는데, 웃는 것 같기도 했고 찡그린 것 같기도 한, 어린 나는 이해할 수 없는 눈빛이었다. 엄마가 조심스럽게 문을 열고 청년을 집 안으로 들였다. 엄마는 나와 동생을 방으로 들여보내며 나오면 안 된다고 신신당부했다.

엄마가 나와 동생을 다시 불렀을 때는 저녁이 깊어 있었다. 청년은 없었고, 오징어볶음 탄내로 온 집 안이 매캐했다. 정신이 나간 표정으로 간신히 밥을 차려준 엄마는 그대로 안방으로 들어가 문을 닫았다. 그날 밤, 엄마와 아버지는 심하게 싸웠다. 나는 직감적으로 아버지의 이름을 대던 청년 때문이라는 걸 알았다.

그 뒤로 엄마와 아버지의 잦은 다툼이 이어졌고 몇 달간 집안 분위기가 흉흉했다. 엄마는 자주 울었고 아버지는 술에 취해 무릎을 꿇는 일이 많았다. 닫힌 방문으로 서로가 서로에게 애원하는 말소리가 새어 나오곤 했다. 그해 겨울, 급기야 아버지가 집을 나갔다. 어린 자식들에게만은 미안하다느니 혹은 곧 돌아오겠다느니 하는 거짓말이라도 했을 법한데, 아버지는 두 눈만 멀뚱히 뜨고 있는 나와 동생에게 단 한 번의 눈길도 주지 않고 입술을 꽉 깨문 채 집을 떠났다. 다신 돌아오지 마! 엄마의 고함 소리 끝에 쾅—
닫히던 현관문 소리. 어쩐지 슬퍼 보이기까지 했던 표정이
아버지의 마지막 모습이었다.

그로부터 두 달 뒤, 엄마는 이모와 함께 여대 앞에 분식
집을 열었다. 이모는 엄마 형제 중 막내였고, 남편이 교통
사고로 죽은 지 얼마 안 되었을 때였다. 이태 전 이모가 폐
암으로 세상을 뜨기 전까지, 꼬박 25년을 엄마와 이모는 그
자리에서 움직이지 않고 김밥을 말고 떡볶이를 끓였다. 자
매는 그렇게 번 돈으로 나와 동생, 외사촌 둘까지 도합 넷
을 가르치고 키우고 혼사를 치러냈다. 이모가 죽고서 엄마
는 근 1년여간 자신을 잃은 사람처럼 일어나질 못했다. 그
참에 가게도 접었다. 병원에 드나들기도 했지만 좀처럼 나
아지는 기미가 보이지 않았다. 이러다 엄마 초상까지 치르
는 거 아닌가 긴장했으나 다행히 이모의 첫 제사 이후부터
조금씩 기력을 회복해갔다. 요가를 시작하고, 복지관을 다
니면서 친구를 사귀고, 사람들과 여행도 다니길래 이제 좀
괜찮아졌는 줄 알았다. 그런데 저렇게 덜컥 아버지를 들인
것이다. 나는 엄마를 몰라도 한참 몰랐다.

엄마는 평생 남편 없이 산 여자였다. 엄마에게 재혼을 청
한 아저씨들도 있었던 모양이지만 성사되진 않았다. 남편
없는 삶이 어땠을지 모르지만 아버지 없이 크는 아이에 대

해서라면 나는 잘 알고 있다. 평범한 가족의 형태가 아니라는 것만으로도 내가 살아갈 현실이 불공평할 것이라는 뜻이었다. 아버지가 엄마를 떠났다는 사실, 엄마가 가장이 되었다는 변화, 어른들이 부재하는 집에 동생과 외사촌 두 명을 내가 책임져야 하는 상황이 나를 빨리 어른이 되게 했다. 엄마가 없을 때는 내가 동생과 외사촌 동생들의 밥을 챙겼다. 동생들의 숙제와 준비물을 봐줘야 했고, 청소나 세탁기 돌리는 일 정도의 집안일도 해야 했다. 가장 어린 외사촌은 소변을 참지 못해 자주 실수를 했는데 그때마다 옷을 갈아입히고 몸을 닦아주는 것이 가장 힘들었다. 나는 말수가 줄어들었고, 밤에는 잠이 깨 우두커니 앉아 있거나, 거울을 오래 쳐다보는 어린애가 되어갔다. 그래도 나는 엄마와 이모에게 한마디 투정도 부리지 않았다. 어린아이로 누려야 할 철없음을 가져본 적이 없었다. 그래서 나는 내 아이가 한밤중에 벌떡 일어나 앉아 있게 하고 싶지 않았다. 그러니 아이에게 아빠가 떠났다는 걸 말하지 못하는 것이었다. 아이가 나를 이해하기 위해 미리 어른이 될까 봐, 아이가 나를 닮을까 봐, 내 아이가 내가 될까 봐.

단 한 번도 아버지를 찾지 않는, 동생들을 챙기는 일에 불평 한 번 하지 않는 나를 속으로만 기특해하는 엄마는 아니었다. 엄마는 계절이 바뀔 때마다 나를 데리고 백화점에 데리고 갔다. 옷을 사줄 때도 있었고 운동화를 사줄 때도 있었다. 학용품이거나 머리핀이거나 작은 가방이기도 했다. 그러고는 꼭 지하 식당가로 가 돈가스를 사주었다. 김치찌개나 된장찌개가 아니어서, 떡볶이나 김밥이 아니어서 좋았고, 오로지 엄마를 차지하는 시간이라 좋았다. 엄마가 내 앞의 돈가스를 먹기 좋은 크기로 자를 때면 나는 곁들여 나온 마카로니를 먼저 하나씩 집어먹곤 했다. 엄마는 그걸 무슨 맛으로 먹느냐며 오물거리는 나를 신기해했다. 매끄럽고 쫄깃하며 달짝지근한 마카로니의 동그란 구멍에 혀를 집어넣고 굴리면서 엄마가 돈가스를 다 잘라줄 때까지 기다리는 시간은 얼마나 충만했는지. 아버지가 없어서 받는 보상 같아서, 동생들을 잘 챙겼다는 상 같아서 좋았다. 그때만큼은 내가 온전히 어린아이라는 확신이 들었을 것이다. 마카로니를 다 먹으면 엄마가 다시 부탁해 접시의 마카로니는 또 수북해졌다. 그 마카로니를 다 먹어야 자리에서 일어났다. 엄마와 돈가스를 먹는 일을 계속할 수 있다면 아버지 따위는 없어도 상관없을 것 같았다.

딸아이에게도 마카로니 같은 걸 만들어줘야 할 텐데. 난 아이에게 어떤 기억을 남겨줄 수 있을까. 나는 용기가 나지 않았다. 아이에게 현실을 직시하게끔 하고 싶지 않았다. 그건 어쩌면 내가 현실을 외면하고 싶었던 까닭인지도 몰랐다. 남편의 요구는 간단했다. 이혼을 해달라. 나는 한마디로 거절했다. 나는 엄마의 삶을 닮고 싶지 않았다.

다른 사람이 있어왔다고, 이제는 그 사람과 살고 싶다고 남편이 말한 건 작년 늦가을이었다. 크리스마스 장식을 좀 바꿔볼까 하고 인터넷으로 알아보던 참이었다. 오너먼트까지 세트로 된 상품들이 많아 남편에게 골라달라고 할 참이었다. 화면에 사랑스럽게 반짝이는 크리스마스트리를 띄운 채로 남편에게 이제 그만 헤어지자는 말을 들었다.

"오빠, 무슨 소리야. 지금?"

나는 무슨 뜻인지 단번에 알아듣질 못했다.

"불행했다는 건 아니야. 근데……"

"다린 아빠!"

"나도 이제 좀 살고 싶어."

넋이 나간 내 앞에서 남편은 알고 싶지 않은 것까지 다 말하기 시작했다. 같은 사무실 사람이라는 것, 만난 지 4년이 되었으며 자기보다 두 살이 많다는 것, 나처럼 자기에게 의존하는 여자가 아니라 자기를 품어주는 여자라는 것과 그 사람에게 아이가 생겼다는 것까지.

"그만하라고!"

남편은 주섬주섬 짐을 싸기 시작했다.

"지금 뭐 하는 짓이야? 우리를 버리겠다는 거야?"

"미안하다. 정말 미안해."

"지금 이렇게 나가겠다고?"

나는 냅다 가방을 낚아챘다. 가방 입이 벌어지면서 남편의 옷가지들이 방 안에 흩날렸다. 남편이 옷가지를 하나씩 집어 들었다. 나는 남편에게 달려들어 팔을 잡아당겼다.

"어딜 나가!"

남편이 내 팔을 잡아떼면서 다시 옷가지를 추렸다. 나는 벌떡 일어나 남편에게 소리쳤다.

"나갈 거면 차 키고 지갑이고 다 놓고 가! 지금 입은 옷 그대로 나가! 아니, 팬티 한 장도 남김 없이 다 내놓고 맨몸뚱이만 나가라고!"

나의 어깃장이 무의미한 고함이라는 걸 누구보다도 내가 더 잘 알았다. 남편은 이미 이 집에서, 나에게서 떠난 사람이었다. 그러나 어떤 예고나 증후도 없이 그냥 헤어지자고 하면 헤어져야 하는가. 관계라는 것이 일방적인 통보 한마디로 중단될 수 있는가. 결혼 생활이라는 것이, 이 가정에서 저 가정으로 마음대로 옮길 수 있는 것인가. 적어도 내가 생각하고 이해하고 납득할 시간은 줘야 하지 않나. 그러나 나는 아무 말도 못 한 채, 두 눈 멀쩡히 뜬 채로 내 앞에서 짐을 싸 집을 나가는 남편을 지켜볼 수밖에 없었다.

가지 말라고 애원도 하지 못했다. 파렴치한이라고 욕설을 내뱉지 못했다. 나와 아이가 선택받지 못한 이유를 묻지도 못했다. 모든 것이 분하고 노여웠다.

스물여섯에 서른다섯 살의 남편과 결혼했다. 아버지 없이 자랐어도 아버지를 마음껏 그리워하지 못한 탓인지 나는 결혼을 서둘렀다. 나는 대학을 갓 졸업한, 사회 경험이 전무한 여자애였고, 남편은 막 과장을 단 중소기업의 직장인이었다. 아버지의 사랑에 대한 보상 심리 때문이었는지 나는 남편에게 서슴없이 마음을 열었다.

아이를 낳은 이후로 나는 남편을 아빠라고 불렀다. 다린이 아빠였지만, 아빠라고 부르는 것이 좋았다. 아빠라는 호칭은 영원히 내 편이라는 안도감을 갖게 했다. 나는 남편에게 온전히 의존할 수 있었다. 엄마에게는 늘 의젓한 첫째여야 했지만 남편에게는 마음껏 응석을 부려도 되었다. 엄마에게는 언제나 아무렇지 않은 척해야 했지만 남편에게는 세세한 감정을 드러내도 되었다. 엄마에게는 무엇이든 잘 해내는 딸이어야 했지만 남편 앞에서는 뭐든 못해도 되었다. 엄마에게는 아버지가 그립지 않은 척했지만 남편한테는 엄마의 돈가스보다 마카로니가 더 좋았다는 걸 말해도 되었다. 이상적인 아버지 같은 남자가 남편이라고 믿었다. 그래서 아빠라고 불러도 이상하지 않았다.

엄마는 나보다 아홉 살이 많은 남편을 탐탁하게 여기지 않았다. 결혼을 왜 서두르는지도 의아해했다. 그래도 저 좋을 때, 가장 예쁠 때 보내라는 이모의 설득에 겨우 허락을 했다. 결혼으로 나는 집에서, 장녀에서 벗어날 수 있었다.

남편이 집을 나선 그날 밤, 화장대 거울에 비친 나를 하염없이 바라보며 우두커니 앉아 있는데 아이가 무서운 꿈을 꾸었다며 침실로 들어섰다. 침대에 누우면서도 아이는 아빠를 찾았다.

"오늘 아빠 늦게 오신대."

아이가 고개를 끄덕이며 아빠의 베개를 품에 껴안았다. 아빠 냄새가 난다면서 잠결에도 배시시 웃었다. 저를 저렇게 좋아하는 아이를 버리고 새로운 아이를 선택하겠다고? 나를 버리는 것은 용서가 되었지만 내 아이를 외면하는 건 절대 용서가 안 되었다.

남편은 양육비를 댈 테니 이혼만 해달라고 했다. 남편은 아이에게 사실대로 밝히고 정기적으로 만나면서 아빠 노릇은 하겠다고 했다. 네 멋대로, 네가 원하는 대로 살 수 있을 것 같냐고 나는 반문했다. 남편이 행복해지는 걸 용납할 수 없었다. 나와 아이를 버린 걸 괴로워하길 바랐다. 그러면서도 한편으로는 우리 곁으로 돌아오기를 원했다. 나는 다시 돌아오기만 한다면 모든 걸 잊겠다고도 했다. 남편은 그럴 순 없다고 했다.

그러니 내가 할 수 있는 일은 이혼에 응하지 않는 것뿐이었다. 어떻게든 남편을 곤란하게 하고 싶었다. 회사에 남편의 외도를 알려 망신을 줄 수도 있었다. 시가로 달려가 인륜을 저버린 자식을 책임지라고 드러누울 수도 있었다. 남편의 그 여자를 찾아내는 건 일도 아닐 것이었다. 그길로 그 여자에게 달려들어 죽일 수도 있었다. 아니, 죽어야 한다면 그 여자가 아니라 남편이어야 했다.

그 여자는 봄에 아이를 낳는다고 했다. 나는 눈을 부릅뜨고 남편을 증오했고, 얼굴 모를 그 여자를 시기했고, 태어나지도 않은 아이에게 저주를 퍼부었다. 그러고서 내 아이에게는 아빠가 외국으로 갑자기 출장을 가게 되었다고 거짓말을 했다. 출장을 왜 말도 없이 가버렸냐고 아이가 다시 물었다. 열세 살 아이도 이해할 수 없는 상황에 나 혼자 억지를 부리고 있는 것이었다. 그러더니 어떻게 자기에게 인사도 없이 갔냐며 아이는 그 자리에서 훌쩍이기 시작했고, 그 울음이 좀처럼 그치지 않았고, 나는 처음으로 냅다 아이에게 소리를 지르고 말았다.

"누가 죽었어? 울긴 왜 울어? 그게 울 일이야!"

자정이 넘어 돌아온 엄마를 보자마자 눈물이 뚝뚝 떨어뜨렸던 어린 내가 떠올랐다. 학교에서 아버지에 관한 글짓기를 한 것이 사달이었다. 죽었다고, 없다고도 할 수 없는 아버지에 대해 나는 거짓말을 할 줄 몰랐다. 결국 빈 종이를 냈고 아이들은 나를 향해 수군거렸다. 선생님은 다 못 썼으면 집에서 마저 써 오라며 종이를 되돌려줬다. 엄마가 올 때까지 그 빈 종이를 노려보다가 엄마를 보자마자 눈물이 터진 것이었다. 아버지라는 단어는 우리 모두에게 금기어였다. 아버지가 없지만 아버지가 없다는 것을 입으로 꺼내면 안 되는 위악은 어린아이에게 너무 가혹한 일이었다. 그때 엄마가 소리쳤다. 누가 죽었어? 울긴 왜 울어? 그게 울 일이야!

그럼 무슨 일로 운단 말인가. 어린 나에게 그 누구도 갑자기 사라진 아버지에 대해서 설명해주지 않았다. 나는 그저 눈치로 우리에게는 이제 아버지가 없다는 것을 짐작했다. 엄마가 아버지에 대한 말을 하지 않았기 때문에 나 또한 아버지라는 단어를 입에 올리면 안 된다는 걸 눈치로 알아챘을 뿐이었다. 그날 밤, 엄마는 어린 나에게 아버지가 왜 집을 나갔는지 설명해주었다. 나는 허옇게 침이 말라붙은 엄마의 입술을 뚫어져라 쳐다보았다. 입술은 계속 움직였지만 나는 무슨 뜻인지 알아듣지 못했다. 하지만 한 문장만은 뇌리에 선명하게 남았다.

"어른들은 약속을 지키지 않기도 해."

그 말을 나는 이제야 제대로 이해할 것 같았다.

엄마에게 전화가 온 건 동생과 내가 엄마네 다녀온 다음 날이었다. 아버지가 돌아온 걸 사위에게 말했느냐고 묻는 것이었다.

—그걸 뭐 하러 말해.

—네 동생도 말 안 했겠지?

—엄마, 하고 싶은 말이 뭔데.

—네 아버지가, 한 번 다 모였으면 한다고……

—죽을 거면 곱게 죽으라고 해! 자기가 뭐라고 모여라 마라야. 엄마, 정말 계속 같이 살 거야?

방에 있던 아이가 빠끔 고개를 내밀었다. 나는 휴대폰을 들고 침실로 들어가 문을 닫고 목소리를 줄였다.

—정말 우리 다신 안 보실 생각이냐고. 엄마, 우린 그 인간 절대 못 봐. 안 봐. 그래도 같이 살겠다면 살아. 대신 나 볼 생각 마. 딸 없는 셈 치시라고.

엄마가 잠시 조용하더니, 곧 차분한 목소리로 말을 이었다.

—말은 바로 해라. 아버지 없이 자라 아버지 사랑 못 받은 건 서운했겠지만, 살면서 원통하고 슬프고 서러웠던 건 다 내 일이었지, 너희들 일은 아니었잖니.

—엄마!

　—됐다, 알았다.

　전화가 뚝 끊겼다. 한숨이 나왔다. 다시 곧이어 전화벨이
울렸다. 이번엔 남편이었다.

　사회적 거리 두기를 하던 무렵이었는데도 프랜차이즈
카페는 제법 사람들이 많았다. 남편을 마지막으로 본 지 두
계절만이었다. 남편은 창가에 앉아 휴대폰을 들여다보고
있었다. 남편이 입은 셔츠는 내가 지난해 봄에 생일 선물로
건넨 것이었다. 예물로 주고받았던 시계에, 내가 골라준 구
두를 신은 남편을 보고 있자니 헛웃음밖에 안 나왔다.

　"나와줘서 고맙다."

　"할 말이나 해."

　"다린이는 잘 지내지?"

　"그 입에 다린이 이름 올리지도 마."

　남편이 얼음물을 벌컥 마셨다.

　"본론만 이야기할게. 서류 작업을 마쳤으면 해서. 보름
전에 아이가 태어났어."

　이 남자가 이렇게 매몰찬 사람이었구나. 이 남자는 이렇
게 이기적이고 무책임한 사람이었구나. 그동안 나만 모르
고 살았던 것이다. 내가 이토록 아둔한 사람이었다니. 그런

데 나는 왜 이 사람이 좋았던 걸까. 나는 왜 이 남자를 사랑했던 걸까. 가만히 쳐다보니 남편의 얼굴은 좌우 균형이 맞지 않았다. 깊게 주름진 눈가, 축 처진 입꼬리에 늘어진 턱선, 어깨를 웅송그리고 있어 더욱 왜소해 보였다. 나는 왜 이 사람을 선택했을까. 나는 고개를 저었다. 내 탓은 하지 말자. 이 모든 일은 내가 아니라 저 사람 때문이었다.

나는 자리에서 일어났다. 주저 없이 뒤돌아서는데, 남편이 내 팔목을 잡았다. 나는 방향을 틀며 다른 손으로 남편의 뺨을 냅다 쳐올렸다. 주변 손님들이 일제히 나와 남편을 향해 시선을 돌렸다.

"네가 이렇게 나오면, 우리 호적에 올릴 수밖에 없어."

한 번 더 뺨을 올려치려는데, 남편이 내 팔을 잡았다. 남편이 양손에 힘을 꽉 쥐었다.

"아파! 이거 놔!"

"대답해. 어서."

남편의 목소리는 낮고 무서웠다. 그때 옆자리에 앉아 있던 젊은 여자 둘이 자리에서 일어났다. 나와 눈이 마주친 한 명이 눈빛으로 괜찮냐고 물었다. 다른 한 명은 휴대폰을 들어 보였다. 그제야 남편이 집어 던지듯 내 팔을 놔주었다.

"어려운 길 말고 쉬운 길로 가자."

"소송이라도 하겠다는 거니? 어디 마음대로 해봐."

"네가 이렇게 나오면 내가 직접 다린이한테 연락해서 다 말할 수밖에 없어."

"뻔뻔한 새끼!"

나는 젊은 여자 둘에게 고맙다는 눈인사를 하고 먼저 카페를 나섰다. 나쁜 새끼. 개새끼. 노여워서 눈물이 나오려는 걸 이를 앙다물며 억지로 참았다. 10여 년간의 결혼 생활이 이렇게 끝나게 될 줄은 꿈에도 몰랐다. 지하철역 계단을 내려가다 말고 나는 풀썩 주저앉았다.

4년간 속여온 것도, 다른 사람을 사랑하게 된 것도, 그래, 사람이니까 그럴 수 있다. 백번 양보해서 그럴 수 있다고 치자. 하지만 그 사이에서 낳은 아이를 나와 저 사이에 낳은 걸로 하자는 건 너무 악랄했다. 소름이 끼쳤다. 치가 떨렸다. 절대 지지 말아야지. 결코 원하는 대로 해주지 말아야지. 그러나 당장 내가 할 수 있는 일은 고작 지하철역 계단 구석에 앉아 오래 우는 일밖에 없었다.

불면의 밤이 이어졌고 나는 술을 마시기 시작했다. 술에 취하면 잊을 수 있었고, 잘 수 있었다. 더 취하는 날이면 여지없이 엄마가 생각났다. 엄마는 어떻게 그 시간을 극복했을까. 먹고살기 위해서 살다 보면 잊히는 일인가. 잊었던 사람이어서 자기 자식을 버렸어도 다시 받아들일 수 있는 것일까. 나는 이제 어떻게 살아야 하나…… 엄마의 불운이 내게 옮겨 온 것 같아 자꾸 두려웠다.

아침마다 울리는 재난 경보 문자에 잠이 깨면 거실 탁자 앞에 앉은 아이의 동그란 뒤통수가 보였다. 식탁 위에 어질러진 빈 술병을 싹 치워놓고는 저 혼자 구운 식빵에 잼을 발라 먹으며 EBS 방송을 보고 있었다. 전염병으로 개학이 미뤄지고 있었다. 오전 내내 고통스러운 숙취로 소파에 누워 있다 점심때가 되어서야 간신히 몸을 일으켜 인스턴트나 레토르트식품으로 점심을 먹었다. 근 한 달 동안 집 밖으로 안 나간 듯했다. 지역의 확진자 소식과 그들의 동선이 매일 공개되는 나날이었지만 나에게는 전혀 위협적으로 느껴지지 않았다. 내가 겪는 고통보다 더 무서운 일은, 더 끔찍한 일은 없기 때문이었다. 잠식되지 않는 바이러스처럼 나의 우울도 가시질 않았다. 배달 음식과 새벽 배송과 숙취로 매일을 연명했다. 아이는 걱정스러운 눈빛으로 나를 바라보다 제 아빠의 안부를 묻곤 했다. 아이의 까만 눈동자를 마주할 때마다 어쩔 수 없이 앞으로 우리 둘이 어떻게 살아야 하는지 막막해지곤 했다.

엄마에게 다시 전화가 걸려 온 건 새벽이었다. 술기운으로 겨우 잠이 들려던 참이었다. 엄마는 다짜고짜 응급실로 가는 중이라고 했다.

― 무슨 소리야?

― 네 아버지, 아버지가 쓰러졌어!

엄마의 목소리 너머로 요란한 사이렌 소리가 들렸다. 받아주는 병원이 없어서 헤매고 있다고 했다. 나보고 어떡하라고! 나도 모르게 불쑥 튀어나온 말이었다. 엄마가 한동안 아무 말을 하지 않았다. 엄마, 엄마! 내가 몇 번을 부르자 그제야 아버지가 가게 될 병원이 정해졌다며 병원 이름만 말해주고선 전화가 끊겼다. 동생에게 전화를 할까 하다 말았다. 아직 제 남편에게 말하지 않았을 테니까. 나는 곤하게 자고 있는 아이의 머리맡에 메모를 남기고 집을 나섰다.

응급실의 가장 바깥쪽에 앉아 있는 엄마의 뒷모습이 보였다. 부스스하게 흘러내린 반백의 머리에, 실내용 얇은 카디건을 입고 맨발에 슬리퍼 차림이었다. 나는 천천히 다가갔다. 안 보고 싶었던 사람이었지만 어쩔 수 없이 침상에 누워 있는 아버지를 봐야만 했다. 나와 동생에게 눈길 한 번 주지 않고 집을 나서던 아버지의 마지막 모습을 나는 선명히 기억하고 있다는 걸, 침대에 누워 있는 늙은 남자의 얼굴을 보고서야 깨달았다. 침상에는 그 시절의 얼굴이 어디에도 남아 있지 않은, 새카맣고 초췌하고 앙상한 남자가 누워 있었다. 연민 따위는 느껴지지 않았다. 내가 기다렸던 아버지는 이런 모습이 아니었다. 화가 치밀어 올랐다.

응급실 입구의 대기석에 앉아 자판기 커피를 마시며 엄마가 입을 열었다. 조금이라도 늦었으면 큰일 날 뻔했다는 것이었다. 이유도 병명도 알고 싶지 않았다.

"안 궁금해."

"그럼 뭐 하러 여길 왔어."

"엄마가 걱정돼서. 저 인간 때문에 온 게 아니라고."

대기석 군데군데에는 보호자들이 팔짱을 끼고 앉아 졸고 있었다. 어느새 창밖이 부옇게 밝아오고 있었다. 엄마의 어깨가 가늘게 떨렸다.

"그럼 가봐. 이 서방한테는 말하고 나온 거지?"

나는 대답하지 않았다.

"이 서방한테는 내가 아팠다고 해."

엄마, 아무래도 우리 헤어져야 할 거 같아. 속 시원히 말해버리면 차라리 나을까. 어차피 돌아오지 않을 사람이었다. 남편에게 기대할 것은 아무것도 없었다. 엄마도 그랬을까. 나는 앞을 바라본 채 엄마에게 물었다.

"그나저나, 아버진…… 왜 집을 나갔던 거야? 여자라도 있었어?"

생전 처음 아버지에 대해 질문했다. 엄마가 커피를 마저 마시고선 빈 종이컵을 천천히 우그러뜨렸다.

"차라리 그랬으면 나았을지 모르지."

엄마가 고개를 숙여 자기의 맨발을 내려다보며 나직이 말했다.

"내보냈어, 내가."

"무슨 소리야?"

"마음을 먹는다고 해서, 참는다고 해서 변하는 게 아니라고 하더라. 그렇게 태어났을 뿐이라고. 누구의 탓도 아니라고. 그저 다른 사람이라는 말이 무슨 뜻인지 그땐 몰랐지. 세상이 지금 같진 않았으니까."

알 수 없는 말만 이어졌다.

"부모 등쌀에 결혼하고 아이 낳고 사는 일이 그 사람에게는 얼마나 괴로운 족쇄였을까. 그래도 책임은 피하지 않겠다며 끝까지 너희들 아빠로 살겠다고 했어. 나가라고 한 건, 인생을 거짓으로 속이지 말라고 한 건 오히려 나였고. 자기의 본성을 부인한 채 같이 살았으면 나만 더 비참했을 거야. 태어난 대로 살아야지. 각자 자기 갈 길로 가는 거야. 그렇게 생각하니까 살아지더라. 괜찮아지더라고."

나는 이해가 안 되었다. 엄마는 이어 말했다.

"다른 방법이 없었으니까."

나에게 다른 방법은 무엇일까. 남편이 원하는 대로 순순히 물러나주고 내 삶을 살아가는 것이 바른 선택인 걸까.

"그보다는 당장 너희들 키우는 게 시급했고."

벌어진 일은 잊고 앞으로 살길을 찾아야 한다는 걸 알고 있다. 그러나 그걸 받아들이는 건 별개의 문제였다. 아니, 받아들이고 싶지 않았다. 지는 것 같아서, 나만 바보가 된 것 같아서. 억울해서.

"10년쯤 지나니까 네 아버지가 연락을 해오더라. 마흔 줄 넘으니 가슴의 멍도 사라졌을 즈음이었고. 그때부터 친구처럼 지낼 수 있었어. 네 아버지 덕에 외롭진 않았지."

"자식들 앞엔 왜 안 나타났대?"

"네 아버진…… 결국 자기조차 감당해내지 못한 사람이었거든."

"어떻게 우리를 속이고……"

"너흰 어렸으니까. 아빠의 정체성을 설명할 방법도 몰랐고. 어른들의 세계까지 알게 하고 싶지 않았던 거지."

그제야 술이 깨는 기분이 들었다. 남편을 보내준 엄마의 마음을 남편에게 버림받은 내가 이해할 수는 없었다. 다만 나도 어른의 세계에 속하고 싶었다.

"엄마, 그 사람이 나랑 헤어지겠대."

엄마가 조용히 내 손을 잡았다.

"나는 아직 못 받아들이겠어."

나는 고개를 푹 숙였다.

"껍데기와 어떻게 살아. 금 간 거 도로 붙여봤자, 결국엔 다시 깨져.”

“다린이가 불쌍해.”

“너희들 잘 컸잖아. 너도 잘 키울 수 있어.”

그때 간호사가 엄마를 찾았다. 엄마가 구겨버린 종이컵을 내게 건네주고 다급히 응급실 안으로 뛰어 들어갔다. 나는 차마 엄마를 따라 들어갈 순 없었다.

병원을 나서니 바쁜 걸음으로 지하철역을 향해 출근하는 사람들이 줄지어 이어졌다. 마스크 위로 뼈꿈한 두 눈만 내놓은 사람들이 서로를 피해가며 걸어가는 길. 나는 다른 세상의 사람처럼 혼자 우뚝 서 있었다.

아이들의 개학이 한 번 더 미뤄지더니 급기야는 온라인 개학을 실시했다. 아이는 9시부터 시작하는 출석 체크를 위해 8시 반에 일어났고, 더는 술을 마시지 않는 나는 아이와 같이 일어나 토스트를 굽곤 했다. 남편에게 연락이 온 것은 그즈음이었다. 내내 집에만 있었으므로 날짜도 요일도 알 수가 없는 날들 중에 하루였다. 남편은 점잖은 목소리로 합의 이혼으로 처리하자며 서류를 보내겠다고 했다. 집을 내놨고, 생활비 통장도 정리했다고 했다. 힘들다면 아이는 자기가 키우겠다고 했다. 누구 마음대로! 나는 남편과 헤어지더라도 남편이 원하는 대로 해줄 생각이 전혀

없었다. 무엇이 이기는 건지 모르겠지만 멱살을 잡든 법정
에 서든 이 싸움에서 어떻게든 이기고 싶었다. 아이가 쳐다
보고 있었으므로 나는 아무 말도 하지 않고 전화를 끊었다.
이제 정말 살 궁리를 해야 할 때였다.

다만 여전히 아이에게 이 사실을 어떻게 이해시켜야 할
지 확신이 서지 않았다. 끝까지, 할 수만 있다면 끝까지 제
아빠의 이기심을 숨겨주고 싶었다. 제 아빠의 욕심과 무례
를 감추고 싶었다. 파렴치한 아빠의 자식이라는 것을 몰랐
으면 했다. 남편에 대해 미련이 있어서가 아니었다. 우리가
버림받았다는 사실을 숨기고 싶을 뿐이었다.

세상으로부터 부정당한 기분, 나만 외톨이가 된 기분에
서 벗어나지 못했지만 아이를 생각하며 정신을 차리려고
애썼다. 잠든 아이를 내려다보며 나는 매일 밤 다짐했다.
어떻게든 살아갈 거라고. 엄마를 닮지 않기 위해서가 아니
라 엄마처럼 살 거라고. 아이의 손을 잡으면 아이는 잠결에
도 잡은 내 손을 꼭 쥐었다. 입술이 떨리며 눈물이 흐르는
어느 밤에는 어쩔 수 없이 엄마에게 전화를 걸었다. 도대체
엄마는 그 시간을 어떻게 이겨냈는지 묻지 않을 도리가 없
었다.

엄마는 내 질문에 대답하기 전에 먼저 아버지 이야기를
했다. 오늘은 죽을 좀 먹었다든지, 마스크를 쓰고 휠체어로

동네 한 바퀴 돌고 들어왔다든지, 병원에서 링거 주사를 맞고 왔다든지, 아버지 손님이 와서 한참 있다 갔다든지 하는. 그런 후에야 답을 했다.

　—놔줘라. 보내버려.

　—억울하잖아.

　—차라리 다린이를 보내. 그리고 새 인생 시작해. 인생 길어.

　—엄만 우리 안 버렸잖아.

　—그거야…… 내가 미련해서 그랬지. 내가 똑똑했으면 나도 너희들 어디라도 맡기고 새 인생 시작했을 텐데.

　—아쉬워?

　—아쉬울 때도 있었지.

　—후회도 했어?

　—했지. 나도 사람인데.

　—나중에 다린이가 날 원망하면 어떡해.

　—할 수 없지. 그건 또 걔의 인생이니까.

　—엄마……

　—사는 게 언제 내 마음대로 흐른 적이 있어야 말이지. 네 아버지가 다시 나에게 돌아올 줄 어떻게 알았겠어.

　—엄마는 아버지가 용서가 돼?

　한동안 말을 잇지 않던 엄마가 대답했다.

— 요즘 장지를 알아보고 있어.

　마지막까지 곁에 있겠다는 뜻이었다. 엄마는 이제 혼자
가 아니었다. 아버지를 지키며 스스로를 꾸려갈 것이었다.
나에게 남편이 없지만 아이가 있는 것처럼. 나는 조심스럽
게 덧붙였다.

　— 나도 곧 정리될 거야. 조금만 기다려줘. 나도 엄마한
테 자꾸 안 묻고 기다릴게.

　쉽지 않은 봄이 지나가고 있었다. 전염병은 사그라질 기
미가 보이지 않았다. 언제부턴가 아이는 더 이상 아빠의 안
부를 묻지 않았다. 이제는 예전의 일상을 되찾을 수 없을
것이다. 그래도 나는 다음 계절을 기다리기로 했다. 그것이
내가 유일하게 할 수 있는 일이었다.

치유정원에서

입장은 9시 30분부터였다. 지난주까지만 해도 푸근했던 날씨가 밤부터 영하로 떨어졌다. 곧 3월이 시작인데 추위는 좀처럼 물러나지 않았다. 수목원은 하루 8회, 회당 3백 명으로 입장으로 제한하고 있었다. 날씨 탓인지 월요일 1회 입장 예약자는 37명이었다.

입장 시간이 다 될 때까지 현지와 나는 연화수 아래의 벤치에 앉아 있었다. 작은 밀림 같은 열대식물관은 추운 몸을 녹이기에 적격이었다. 우리를 서둘러 현장으로 내보낸 건 운영지원실의 박 주임이었다. 월요일은 윤 언니의 휴무여서 현지가 대신 사계절온실 입구 앞에서 발열 체크를 하게 되었다. 현지는 가슴에 수목원 이름이 적힌 조끼를, 나는 등판에 수목원 이름이 박힌 롱패딩을 입었다.

시간제 입장이었으므로 매표가 시작된 9시 15분부터 대기해야 했다. 입장객이 입장권 팔찌를 팔목에 찼는지 확인하는 게 나의 일이었다. 옆구리에 찬바람이 숭숭 들어왔다. 단체복의 보온력이란 기대할 바가 못 되었다. 평상시는 현지와 같이 하는 일이었지만 매주 월요일은 나 혼자였다.

첫번째 입장객은 4인 가족이었고, 두번째 입장객은 연인, 세번째 입장객은 어른 셋에 아이들 넷이었다. 귀가 시리고 손가락 끝이 아렸다. 마스크 안쪽으로 습기가 맺혀 찬물방울이 인중과 입술로 떨어졌다.

"안녕하세요. 즐거운 관람 되세요."

입장객마다 고개를 숙여 인사를 하며 입장권 팔찌를 확인했다. 9시 30분 입장객은 10시까지만 입장할 수 있었다. 나는 45분 동안 밖에 서 있고 15분 동안 매표소 안으로 들어가 몸을 녹였다.

"안녕하세요. 입장권 좀 보여주시겠어요?"

똑같은 말을 서른 번쯤 반복했을 때 양동이를 든 석우가 사계절온실로 들어가는 것이 보였다. 반가운 마음이 들었으나 혹시라도 표가 날까 봐 고개를 돌려 매표소 안으로 들어갔다. 몸을 녹일 수 있는 시간은 15분밖에 없었다. 매표 담당 몇몇이 모여 커피를 마시고 있었다. 나는 구석에 마련된 정수기에서 뜨거운 물을 받아 현미녹차 티백을 우렸다. 온실에서 나온 석우가 권 계장과 함께 잰걸음으로 후계목

정원으로 걸어가는 것이 유리문 밖으로 보였다. 온실에서 일하던 차림 그대로 작업복만 입은 채였다. 석우의 하얀 입김이 선명하게 보였다. 한겨울에도 패딩 안에 반팔만 입고 다니는 석우였다. 밖에서 작업하는 날에는 겉옷을 챙겨 입으라고 했는데 자기는 안 춥다고 했다. 석우의 말마따나 열이 많은 사람이기는 했다. 손을 잡으면 이내 축축해졌고 안고 있으면 나도 같이 타버릴 것처럼 뜨거워지곤 했다.

겨울이 되고서는 관람객들이 사계절온실만 찾았다. 사계절온실에는 우리와 기후대가 다른 지중해식물관과 열대식물관이 있었다. 물병나무나 올리브, 대추야자, 부겐빌레아 등의 지중해 식물과 나무고사리, 알스토니아, 보리수나무 같은 열대 식물 등은 사계절온실의 자랑이었다. 700여 종에 달하는 식물이 들어찬 온실은 더웠고 습했다. 화려한 색깔의 꽃을 피우거나 키가 크고 잎이 넓은 식물이 많았다. 관람자 데크길을 따라 올라가면 온실이 한눈에 보였는데, 마치 다른 나라에 와 있는 기분이 들게 했다. 사계절온실은 계절과 날씨와 상관없이 늘 푹한 여름날이었다.

*

그날은 비가 온 다음 날이었다. 바람도 많아 겨우 남아 있던 벚꽃잎이 다 떨어져버린 날이기도 했다. 도로는 짓이겨진 꽃잎들로 검었고, 젖은 도시는 잿빛보다 더 어두웠다. 그날 아침 나은은 내게 선뜻 운동화를 빌려주었다. 나은이 아끼던 운동화였다.

"신어. 이제부턴 언니가 신어."

나은의 표정을 더욱 세심히 살폈어야 했다. 나은의 선의를 의심했어야 했다. 백 번도 넘게 후회해봤자 이미 벌어진 일이었다. 그날 아침 나은은 이미 모든 결심을 마친 후였다.

사람들은 쉽게 물었다. 죽기 전에 자신의 죽음에 대해서 어떤 방식으로든 미리 알린다는데, 죽을 것이라는 경고 신호를 보낸다는데 몰랐느냐고, 없었느냐고, 기억해보라고, 떠올려보라고 닦달했다. 그러나 나은에게는 별다른 징후가 없었다. 정말 기억나는 것이 없었다. 나은은 평범했다. 여느 때처럼 허리를 접어 교복 치마를 짧게 입었고, 여느 때처럼 수학 학원에 다녀왔으며, 여느 때처럼 컵라면을 야식으로 먹었다. 유난히 짜증을 내거나, 눈물을 보인 적도, 고백을 하거나, 속엣말을 털어놓지도 않았다. 특별히 이상한 점이라곤 없었다. 보통의 날들처럼 꼭 밥을 한 숟가락씩 남겨 엄마에게 잔소리를 들었고, 내가 빌려달라는 카디건이나 가방을 빌려주지 않았으며, 스터디 플래너에 중간고사 공부 계획을 세우기도 했다. 모아두었던 용돈으로 새 이어폰을 샀고, 엄마에게 관리형 독서실을 등록해달라고 조르기도 했으며, 앞머리 펌을 하는데 미용실에 같이 가달라고 했다. 그랬던 나은이가 스스로 세상을 떠났다는 사실은 아무리 생각해도 납득이 되지 않았다.

엄마는 독서실 비용을 대주지 못했고 나는 같이 미용실에 가주지 못했다. 나은이 벗어놓은 교복 치마는 허리춤에 주름이 더 많았다. 까맣게 때가 탄 이어폰과 새하얀 이어폰이 같이 책상 위에 동그랗게 말려 있었다.

경찰로부터 전화를 받았을 때, 나는 순간적으로 엄마를 떠올렸다. 엄마에게는 스스로 목숨을 끊을 이유들이 많았다. 오래된 빚이 있었고 키워야 할 자식이 둘이었다. 상권이 죽은 상가에 있던 엄마의 노래방은 석 달째 문을 닫은 상태였다. 엄마는 낮에는 가사 도우미, 밤에는 식당에서 설거지를 했다. 나는 엄마를 말리지 못한 게 마음에 걸렸지만 어쩔 수 없었다. 나는 나대로 고군분투 중이었다. 카페 아르바이트에 심야 편의점 아르바이트까지 늘려 하루에 겨우 서너 시간만 자며 일하고 있었다. 어떻게든 벌어야 했다. 엄마와 나는 공부 머리가 있는 나은을 꼭 대학에 보내고 싶었다.

나은이 아니라 엄마였으면 나는 조금 덜 슬펐을까. 나은이 아니라 엄마였으면 조금 덜 힘들었을까. 나은이 아니라 엄마였다면…… 부질없는 생각에 고개를 저었다. 소용없었다.

＊

　마지막 회차는 오후 4시 30분이었지만 5시까지 입구를 지켜야 했다. 해가 저물수록 추위는 점점 더 그악스럽게 온몸에 달라붙었다. 볼 양쪽이 얼어붙은 듯 아무 느낌이 없었다. 실내에서 15분씩 몸을 녹였지만 온몸에 파고든 한기가 좀처럼 사라지지 않았다.

　석우는 아무래도 늦을 것 같다고 했다. 치유정원을 둘러보는 날이라고 했다. 치유정원은 처음으로 석우를 마주친 곳이기도 했다. 1층이 매표소인 방문자센터에서 면접을 보고 나오던 3월 중순이었다. 5분 만에 끝난 면접이 허무하기도 하고, 셔틀버스 시간까지 시간이 남아 수목원을 둘러보던 참이었다. 방문자센터에서 조금만 걸어가면 실개천을 따라 목련과 벚꽃이 듬성듬성 피어 있고, 조팝나무 꽃이 가냘프게 피어 있는 길이 나타났다. 그 길의 끝에 치유정원이라는 동산이 나타났다. 피톤치드를 분비하는 식물을 모아 식재한 공간이라는 설명이 안내판에 적혀 있었다. 편백나무, 전나무, 구상나무 등 상록침엽수를 포함해 360여 종의

식물을 볼 수 있다고 했다. 설핏 연둣빛으로 물오른 다른 구역들보다 완연한 초록색이 가득한 곳이었다.

나는 치유정원의 가장자리로 난 길을 걷기 시작했다. 봄바람이 시원했다. 바스락거리는 소리에 뒤돌았을 때 군청색 작업복을 입은 남자가 키 큰 나무를 살피고 있었다. 내가 주저하자 뭔가 알아차렸다는 듯이 남자가 나를 앞질러 걸어갔다. 치유정원을 둘러싸고 흐르는 실개천의 졸졸거리는 소리가 희미하게 들렸다. 사박사박, 나무 그늘 밑을 걷는 남자의 발소리에 나의 발소리가 섞였다. 앞서 걷던 남자가 조심스럽게 뒤돌아 나를 바라보았다. 그 남자가 석우였다.

4월부터 수목원으로 출근을 했다. 조성된 지 얼마 안 된 수목원은 군데군데 맨땅을 드러내고 있었다. 식물분류원이나 민속식물원, 습지형생태숲, 희귀특산식물원 등은 여전히 조성 중이었다. 식재된 식물만 2천 5백 종이 넘는 수목원의 나무들은 대체로 어리고 빈약해 줄기와 가지가 가늘었다. 계절 꽃들은 뿌리를 내리느라 힘겨워 보였고, 제대로 펼쳐지지 않은 잔디들은 군데군데 흙빛을 드러냈다. 그래도 관람객은 많았다. 인구 30만 명의 신도시에 개장된 수목원은 국내 최초의 도심형 수목원이라는 이름으로 진작부터 많은 관심을 받았다. 신도시 주변의 위성도시에서도 관람객이 찾아왔다. 주중에는 단체 관람객이 많았고, 주말에는 연인과 가족이 많았다. 그런데 나는 왜 엄마와 같이 갈 생각을 못했을까.

그때마다 석우는 괜찮다고, 내 잘못이 아니라고 말해주었다. 그러나 나는 나의 잘못에 대해서 잘 알고 있었다. 불 꺼진 나은의 방에서 나오지 않던 엄마를 데리고 병원에 가지 않은 것이 잘못이었다. 밥은 제대로 먹는지, 잠은 제대로 자는지 살피지 않은 것도 잘못이었다. 나의 감정에 매몰되어 엄마의 허망함을 헤아리지 못한 것도, 나라도 살아보겠다고 출근하고 회식하고 연애를 하느라 엄마를 혼자 둔 것도 모두 내 잘못이었다. 그래서였을까. 엄마를 요양원에 넣어놓고 오는 길에는 차마 눈물도 흐르지 않았다.

석우가 먼저 집으로 가라고 문자를 보내왔다. 박 주임이 잔업할 사람 한 명이 필요하다고 했다. 시간 외 수당이 있느냐고 먼저 물은 현지가 남기로 했다. 나는 작업복 차림으로 권 계장과 같이 치유정원 방향으로 걸어가는 석우를 한참 쳐다보다 셔틀버스에 올랐다. 셔틀버스의 온기에 이내 양 볼이 가려워졌다. 곧 봄이라는데 나는 자꾸 추웠다.

*

나는 왜 몰랐을까. 분명 자기를 잡아달라고, 살려달라고 애원하는 몸짓을 보였을 텐데. 나는 왜 못 알아챈 것일까. 내가 조금 더 일찍 집에 왔으면, 그 전날 시험 성적에 대해 잔소리하지 않았다면, 그 전전날 감기라고 누워 있던 나은을 발로 건드리며 꾀병 부리지 말라고 하지만 않았다면, 나는 조금 덜 괴로웠을까.

그러다 문득문득 후회하곤 했다. 수학여행을 갈 때 용돈을 조금 더 쥐여줄걸, 사달라는 후드 티셔츠를 사줄걸, 야자 끝나고 집으로 올라오는 골목이 무섭다고 데리러 와주면 안 되냐고 할 때 군소리 없이 기꺼이 마중 나가줄걸, 그렇게 귀를 뚫고 싶다 할 때 말리지 말걸, 컵라면 대신 제대로 된 밥상을 차려줄걸. 탐내던 내 청바지쯤이야 백 번이고 빌려줄 수 있었는데.

나은의 휴대폰과 이메일, 다이어리, 가방과 서랍을 아무리 뒤집고 찾아도 나은이 왜 그런 선택을 했는지 알 수 없었다. 나은의 친구들도 그 이유를 짐작하지 못했다. 아이들이 보여준 나은과의 문자 대화는 별다를 게 없었다. 생소한 전화번호 같은 건 저장되어 있지 않았고, 무슨 뜻인지 모를 문자 같은 것도 없었다.

나은은 남은 사람들이 무엇을 할지 알았다는 듯이 휴대폰의 사진, 문자, 메모를 싹 다 삭제해놓은 뒤였다. 이메일과 인스타그램은 계정을 없애버린 상태였다. 책상과 침대

위는 반듯하게 정리되어 있었고, 옷가지들은 정갈하게 접혀 있었다. 어디 하나 흠잡을 거 없도록 주변을 정리하면서 나은은 얼마나 두려웠을까. 살지도 않는 낯선 아파트의 25층 옥상으로 올라가는 동안 얼마나 무서웠을까. 얼마나 슬프고 얼마나 아팠을지 생각하다 보면 숨이 막히도록 괴로웠다. 그러나 그 괴로움은 나은이가 경험했을 외로움에 비하면 아무것도 아니었다. 가슴이 미어졌다.

엄마는 나은의 죽음을 받아들이지 못했다. 나은의 방에 틀어박혀 하루 종일 먹지도 않고 긴긴 잠을 자거나, 가슴을 부여잡고 하염없이 울곤 했다. 엄마는 나은의 물건이라면 먼지 한 톨도 손대지 못하게 했다. 나은이 그럴 리 없다고 울부짖을 때는 차라리 나았다. 입을 꾹 다문 채 주인 잃은 교복만 무심히 쳐다보는 엄마를 바라보는 것이 더 처참했다. 엄마가 울고 있으면 내 눈물은 감춰야 했다. 엄마가 물 한 모금 못 마시면 나는 죽을 쑤고 차를 끓였다. 나은의 유품을 그러안을수록 나는 이제 그만 받아들이라는 말을 모질게 하곤 했다.

"독한 년, 제 동생이 죽었는데 어떻게 눈 하나 깜짝하지 않고 그렇게 말할 수 있어?"

엄마는 식구가 죽었는데 어떻게 밥이 넘어가고 잠이 올 수가 있느냐고 악을 질러댔다. 그것이 엄마 나름의 애도 방법이라는 것을 모르지 않았다. 그럴수록 나는 두 눈을 부릅뜨고 엄마에게 달려들었다.

"나까지 죽어야 정신 차릴래?"

"그래, 너 말 잘했다. 죽자 죽어. 나도 죽고 너도 죽자."

"내가 왜 죽어! 죽을 거면 엄마나 죽어!"

"그래 이년아, 나도 죽어줄게! 이깟 세상 다 필요 없다. 이대로 콱 죽어버릴 거다!"

서로에게 억지를 부리며 한바탕 소리를 지르다 보면 숨이 좀 쉬어졌다. 시간이 해결해준다는 말은 믿지 않았다. 이제는 더 이상 나은이 죽기 전으로 되돌아갈 수 없었다. 나는 자매를 잃었고 엄마는 자식을 잃었다.

*

"너도 떠날 거니?"

나는 하루에도 몇 번씩 같은 질문을 했다. 너도 떠날 거지? 너도 나 혼자 두고 가버릴 거지? 석우는 그때마다 고개를 좌우로 흔들었다. 그리고 분명한 어조로 아니라고 대답해주곤 했다. 그래서 나는 석우를 몹시 사랑했다. 의지할 수 있어서, 나의 처지를 알고 있어서, 유일하게 내 울음을 보일 수 있는 사람이어서. 그런데도 나는 석우를 의심했다. 사랑하느냐 되물었고, 얼마나 사랑하느냐고 보챘으며, 그 사랑을 증명해 보이라고 떼를 쓰곤 했다. 그러면 석우는 말없이 나를 안았다. 석우의 품에 안기면 내가 얼마나 지긋지긋한 여자인지 후회가 되곤 했지만, 다음 날이 되면 다시 석우에게 매달려 사랑해달라고, 떠나지 말라고 애원했다.

나를 먼저 집으로 보낸 날, 석우는 집에 들어오지 않았다. 현지가 잔업을 했던 날이었으며 석우가 치유정원을 돌보던 날이었다. 밤이 되어서야 석우로부터 갑작스럽게 회식이 잡혀 늦겠다는 연락이 왔다. 석우는 전시사업부의 기간제 직원으로 수목 관리를 해오고 있었다. 다른 직원들끼리도 잘 어울리는 편이어서 퇴근 후에 맥주를 마시는 일도 더러 있었다. 그날도 그런 자리려니 했다. 물론 나는 한 시간 간격으로 어디냐고, 뭐 하고 있느냐고, 언제 오느냐고 문자를 보냈다. 그때마다 석우는 꼬박꼬박 답변을 보내왔다. 아직, 조금만 더, 이야기가 안 끝나네, 한 잔씩 더 하기로 했어. 급기야는 취한 것 같다는 답변을 끝으로 연락이 되지 않았다. 전화도 받지 않고 문자의 답변도 없었다.

나는 밤새 뜬눈으로 석우를 기다렸다. 늦어도 안 들어오는 날은 없던 석우였다. 거실에는 석우의 낡은 가방이 놓여 있었다. 옷가지와 면도기만 들고 온 석우의 짐은 단출했다. 나는 석우의 가방을 홀딱 뒤집었다. 개어 넣어둔 옷들과 속

옷, 양말이 후드득 떨어졌다.

나를 혼자 두다니. 내가 어떨지 뻔히 아는 사람이 나를 혼자 두다니. 나는 화를 내다가도 무슨 일이 생긴 건 아닌지 덜컥 겁이 났다. 이럴 사람이 아닌데. 다른 날과 다른 석우의 행동이 걱정되고 두렵기도 했다. 나은과 엄마처럼 내게 또 불운한 일이 생길까 봐 무서웠다.

석우는 새벽녘이 되어서야 돌아왔다. 술이 취하지는 않은 상태였다. 연락 두절에 대해서는 배터리가 없었다는 이유를 댔다. 옷을 갈아입는 석우에게서 달짝지근한 비누 냄새가 났다. 나는 정말 궁금한 것은 숨긴 채 괜한 것만 쏟아냈다.

"내가 불안해할 거라는 걸 몰랐어? 사람이 어떻게 그래? 다른 사람 전화라도 빌려서 연락했어야지! 왜 내 연락이 귀찮았니? 이제 내가 우스워졌어? 나 따위는 신경도 안 쓰여?"

석우가 가만히 나를 쳐다봤다. 혼자 소리를 지른 내가 무안하도록 무구한 눈동자였다.

"입이 있으면 말 좀 해보라고!"

나의 고함에 석우가 낮게 대답했다.

"내가 네 가족도 아니잖아."

나는 그만 아무 말도 하지 못했다.

석우의 그날 밤 행방에 대해서 알게 된 건 뜻밖에도 현지를 통해서였다. 출근하자마자 현지가 나를 잡아끌었다. 밤을 새우고 아침부터 석우와 한바탕 한뒤라 나는 이미 지쳐 있던 상태였다. 연화수 아래의 벤치엔 물기가 맺혀 축축했는데도 나는 깊숙이 앉았다. 현지가 두리번거렸다. 그러고는 대뜸 석우 이름을 댔다.

"넌 그 사람 알고 있었어?"

"전시사업부에 있는 사람 아니야? 권 계장님이 계속 데리고 다니는."

"어? 넌 어떻게 알고 있었어? 나만 몰랐던 거야?"

그냥 아는 거지 뭐. 나는 말을 얼버무렸다. 현지가 상관없다는 듯이 내게 가까이 다가와 속삭였다.

"나, 어제 그 사람이랑 잤어."

그러더니 히죽히죽 웃어댔다. 내 앞에 앉을 때부터 호감이 있어 보였다니까,라고 시작한 석우의 이야기가 계속 이어졌다. 술자리 내내 둘이 이야기를 나눴는데 마음이 잘 맞았다, 회식 자리가 파했지만 어쩐지 아쉬운 마음이 들어 한 잔 더 하기로 했다, 그러다가 현지 집으로 가게 되었고……나는 물끄러미 현지를 바라보았다. 현지의 양 볼이 꽃이 핀 것처럼 붉었다. 현지는 물론이고 수목원 사람들은 나와 석우가 같이 사는 걸 몰랐다. 알리지 말자고 한 건 석우였다.

팬히 사람들의 입에 오르게 될까 봐 싫다고 했다. 나와 현지가 친하다는 걸 석우라고 모르지 않았다. 그런데 석우는 현지가 내게 이런 이야기를 전할 줄 몰랐을까.

현지가 말하는 석우는 내가 아는 석우와 많이 달랐다. 현지가 말하는 석우는 말이 많고 잘 웃는 사람이었다. 내가 아는 석우는 최소한의 말만 하고, 소리 내서 웃지 않는 사람이었다. 현지가 묘사하는 석우는 적극적인 남자였으나 내가 알고 있는 석우는 정적인 남자였다. 석우의 꿈은 나무 의사가 되는 것이라는 말을 들었을 때는 그만 아득해지고 말았다. 겨우 하룻밤 잔 사이가 같이 살고 있던 나보다 더 많은 것을 알았다.

"어쩌다 보니 그렇게 됐어."

석우는 부정하지 않았다.

"미안하다는 말부터 해야 하는 거 아냐? 차라리 아니라고 거짓말을 해. 실수였다고 변명이라도 하란 말이야!"

그러나 석우는 입을 꾹 다물었다.

"일부러 그런 거지? 그렇지 않고서야 다른 사람도 아니고 어떻게 현지랑. 말해봐, 말해보라고!"

수긍도 부정도 아닌 석우의 침묵이 나를 더 못 참게 했다.

"그만두자. 가. 나가버려!"

기다렸다는 듯이 석우가 조용히 자기 짐을 꾸리기 시작

했다. 마치 이런 날이 올 줄 알았다는 듯이 담담한 몸짓이었다.

"지금 뭐 하는 거야? 가란다고 정말 가?"

내 말에 아랑곳하지 않고 짐을 싸는 석우의 뒷모습에 대고 나는 고함을 질렀다.

"정말 가버리면, 나는!"

석우가 몸을 돌려 다시 나를 바라봤다.

"나 혼자 어떡하라고! 안 떠난다고 했잖아! 내 옆에 있겠다고 했잖아!"

나는 석우의 품으로 파고들었다. 석우는 나를 밀쳐내지 않았고 나는 눈물을 흘렸다. 나는 떨리는 목소리로 물었다.

"그래도 나 사랑하지?"

석우가 대답하지 않았다. 얼굴을 들어 석우의 표정을 살폈다. 석우의 눈빛이 낯설었다. 나는 주춤 뒤로 물러났다.

"왜 나한테 이러는 거야! 도대체 왜 나한테만!"

정신을 차리고 보니 석우는 집에 없었다. 석우의 가방도 없었다. 집어 내던진 물건들로 온 집 안이 난리였다. 깨진 유리컵의 잔해들이 여기저기 흩어져 있었다. 악을 질러댄 바람에 목소리는 잠겼고, 우느라 짓이겨진 눈가가 쓰라렸다. 그제야 손바닥에 박힌 유리 조각이 보였다. 조각을 빼내자, 빨간 피가 올라왔다. 피가 좀처럼 멎지 않고 바닥으로 뚝뚝 떨어졌다. 나는 손에 쥔 유리 조각을 손목에 갖다 대보았다. 살짝 대보았을 뿐인데 날카로운 선이 그어지더니 천천히 피가 맺혀 올랐다.

*

나은과 내가 유난한 사이는 아니었다. 여느 집 자매들보다는 친밀했지만 또 여느 집처럼 투덕투덕 싸우기도 잘했다. 일 나간 엄마 대신 나은을 돌봐온 건 나였다. 나은이가 일곱 살 때부터 열한 살의 내가 밥을 차려주고, 숙제를 봐주고, 같이 놀아주고, 씻기고, 재웠다. 열한 살이면 나도 어린아이였는데, 나는 언제든 내가 어리다고 생각해본 적이 없었다. 나은이 중·고등학생일 때는 같이 학원을 알아봐주고, 담임과 상담을 하고, 용돈을 쥐여주는 역할도 했다.

나은은 제 얘기를 곧잘 하는 아이였다. 나은이는 수연이와 정원이와 단짝이었다. 사회 선생님을 좋아하고 정보 선생님을 싫어했다. 대학은 특수교육과에 가고 싶어 했다. 멤버가 열일곱 명이나 되는 아이돌 그룹을 좋아했다. 미역국을 좋아하고 된장찌개는 싫어했다. 생선은 안 먹었지만 닭고기로 한 음식은 대체로 다 좋아했다. 1학년 때는 3반 17번, 2학년 때는 6반 15번. 발 사이즈 245, 시력은 1.0,

0.9…… 이런 건 다 알고 있는 내가 나은이 세상을 저버린 이유는 끝끝내 알아낼 수 없었다.

그래도 엄마는 나에게 매번 미안하다는 짧은 메모를 남겼다. 몇 번의 자살 시도가 실패로 돌아가자 엄마는 정신을 놓고 말았다. 자식을 잃은 어미의 참담함에 대해 헤아릴 수는 없었으니 나는 그저 받아들여야 했다. 엄마에게 나도 자식이라는 말을 하지 못한 것이 후회되었으나 이미 늦은 뒤였다.

그날 아침에 대해서라면 선명히 기억할 수 있었다. 엄마는 차려놓은 죽을 거의 먹지 않았고, 오래 잠을 이루지 못해 두 눈이 퀭했다. 나은의 방에서 나오지 않고 내 말에는 대꾸하지 않았다. 유일하게 평소와 다른 게 있었다면 출근하는 나와 눈을 맞추고 희미하게 웃었다는 것이다. 나는 그 자리에 우뚝 멈춰 섰다. 엄마가 미소를 지었다는 사실이 놀라웠다. 몇 년 동안 볼 수 없었던 엄마의 미소였기 때문이었다. 나도 엄마에게 미소를 지어 보였다. 나 역시 얼마 만에 집에서 웃는 것인지 몰랐다.

나는 단 한 번의 엄마의 창백한 미소에 쉽게 안도했다. 이제 곧 나은의 방에서 나올 수도 있을 거라 생각했다. 다시 밥을 먹고, 다시 일을 할 수도 있겠다고 생각했다. 그럼 다시 웃을 수 있을 것이다. 얼마 안 가 나와 같이 나은의 이야기도 할 수 있을 거라 생각했다. 나는 엄마의 그 미소가 신호였다는 걸 못 알아챈 것이었다.

응급차를 부르고, 담당의에게 상태를 안내받고, 입원 수속까지 마치고 나면 넋이 빠지곤 했다. 죽으려던 엄마를 다시 살려내고, 왜 살려냈느냐는 원망의 눈빛을 받는 일은 반복될수록 익숙해지는 게 아니라 점점 더 못할 짓이라는 생각이 들었다. 그래도 나는 엄마가 어떻게든 살았으면 했다.

엄마를 결국 요양원에 보내고 셋이 살던 집에 석우를 들인 이유는 단순했다. 혼자가 되는 게 싫었기 때문이다. 아무도 없는 집에 나 혼자 들어가기가 세상에서 제일 싫었다. 다리가 부서지고 허리가 꺾이고 머리가 터져 피범벅이 된 나은과 정신을 놓아버려 실없는 웃음을 흘리는 엄마가 마주 앉아 나를 기다릴 것만 같았다. 석우와 같이 산다고 해서 외롭지 않은 건 아니었다. 슬프지 않은 것도 아니었다. 그래도 혼자라는 생각은 들지 않았다. 그만큼 나는 석우에게 많은 것을 기댔다.

그런 석우가 집을 떠나자 나는 모든 것을 잃은 기분이 들었다. 세상에 남아 있던 마지막 끈 하나마저 뚝 끊긴 것 같았다. 빈집에 들어설 때마다 나마저도 집을 떠나야 할 것 같은 기분이 들었다.

접대실 창문으로 보이는 요양원의 봄은 온 천지가 꽃나무였다. 목련이 떨어지고 벚꽃이 시들자 분홍과 다홍색의 영산홍이 요양원 주변을 뒤덮었다. 하염없이 밖을 쳐다보고 있으니 엄마가 내 어깨를 두드렸다.

"왜 혼자 왔어?"

"언젠 혼자 아니었나."

정말 석우와 함께 왔던 걸 기억하는 건지, 그냥 하는 말에 나 혼자 지레 놀라는 것인지 알 수 없었다. 나는 짐짓 아무렇지 않은 듯 대답했다.

"그렇게 됐어."

석우와 함께 병원에 오던 날들 — 봄에는 따뜻하게 녹은 햇볕을 받으며, 여름엔 우렁찬 매미 소리를 들으며, 가을엔 부서지는 낙엽을 밟으며, 겨울에는 추워 둘이 꼭 붙은 채로 찾아왔던 날들이 떠올랐다. 석우를 밀어낸 건 결국 나였다. 나를 버린 건 석우가 아니라 내 자신이었다. 다른 데 쳐다보지도 못하게 조이고, 숨도 못 쉬게 옥죄었던 내 탓이었다. 언제나 후회는 부질없었다.

이별의 이유를 모르는 것보다 이별의 기억을 안고 사는 것이 더 괴롭다는 걸 나는 이미 경험으로 알고 있었다. 석우가 떠난 이유보다 석우가 떠났다는 사실을 받아들이는 것이 더 힘들었다. 석우 없는 일상을 어떻게 꾸려야 하는지 몰라 허둥댔다. 그러나 결국 석우 없이도 거뜬히 살아가야 한다는 걸 나는 잘 알고 있었다.

엄마가 물끄러미 나를 쳐다봤다. 나는 엄마가 좋아하는 약과와 커피를 테이블 위에 차렸다. 두 손에 약과를 하나씩 움켜쥔 엄마가 나에게 말했다.

"와서 같이 먹자고 해."

"누구?"

"누군 누구야, 네 동생이지."

현실을 받아들일 수 없어 차라리 환상 속에 갇혀버린 엄마가 부러울 때가 있었다. 나쁜 일을 잊을 수 있다면, 어둔 기억을 지워버릴 수 있다면. 차라리 그럴 수만 있다면. 하지만 살아 있다는 것은 언제든 나쁜 기억과 마주하는 일이었다. 살아 있다는 것은 어두운 상처를 피하지 않는 일이었다. 살아 있다는 것은 끝에 대해서 그대로 받아들이는 것이었다. 엄마가 온전치 않다고, 석우는 떠났다고, 나는 아직 연약하다는 사실을 그대로 받아들이는 것이었다. 인정하고 싶지 않지만 받아들여야 하는 현실이었다. 약과를 오물거리는 엄마의 입가는 잔주름이 자글자글했다. 엄마가 내게 약과 하나를 내밀었다.

"드세요. 우리 딸이 사온 건데 아주 맛나요."

나는 약과를 받아들어 한 입 베어 물었다. 엄마가 배시시 웃어 보였다. 어떻게든 웃으니 좋았다.

"엄마."

"네? 왜요?"

엄마의 대답에 눈물이 뚝 떨어졌다. 엄마가 손에 들고 있던 약과를 내려놓고는 나를 향해 두 팔을 벌렸다.

"이리 와, 아가. 엄마가 안아줄게."

나는 엄마 품에 안겼다. 비어져 나온 눈물이 좀처럼 멈추지 않았다. 얼마나 울었는지 온몸의 물이 다 빠져 바싹 말라버린 것 같았다. 엄마가 숨을 점점 가쁘게 쉬더니 급기야는 나를 슬쩍 밀어냈다. 그러고는 말간 눈빛으로 물었다.

"누구세요?"

엄마를 감당해야 할 사람은 나 혼자였다. 나의 슬픔을 달래주는 것도 나여야 했고, 애도와 위로도 내 스스로 해야 했으며, 다시 살아갈 수 있도록 정신을 차리는 것도 나 혼자의 힘으로 해야 했다.

*

현지가 얼마나 표를 많이 내는지 수목원에서 현지와 석

우의 연애를 모르는 사람이 없었다. 현지는 석우와 어떻게 지내는지, 석우와 매일 무엇을 했는지 말해주곤 했다. 석우를 제대로 소개하겠다면서 자리를 만들겠다는 걸 나는 간신히 만류하곤 했다. 수목원에선 종종 석우와 마주치곤 했다. 그때마다 석우는 나에게 목례를 했지만 나는 그 인사를 받지 않았다.

계절이 바뀌었지만 전염병은 여전히 극성이었다. 입장 제한이 오래 이어지면서 급기야는 인원 감축이 시작되었다. 고객·교육서비스부의 기간제 직원들부터 수목원을 그만둬야 했다. 1차 감축 인원에 내가 포함되어 있었다. 발 빠르게 박 주임이 소속된 운영지원실로 자리를 옮긴 현지나 전시사업부의 석우는 그대로 머물렀다.

마지막 하루를 마치고 유니폼을 갈아입는데, 현지가 내 뒤에서 괜히 안절부절못했다.

"왜?"

"아니, 그냥 마음이 좀 그래서⋯⋯"

"네 잘못이 아니잖아. 너처럼 빨리 부서 이동을 못한 내 잘못이지."

맞다. 현지의 잘못은 아니다. 그럼 석우의 잘못인가. 아님 내 잘못일까. 아무렴 상관없었다. 나는 내키는 대로 떠들었다.

"현지야, 석우에게 내 얘기 못 들었어?"

현지가 멀뚱히 나를 쳐다봤다.

"석우가 나랑 같이 살았던 건 얘기 안 했나보네. 넌 잘 해봐. 나처럼 뺏기지 말고."

현지가 무슨 말인지 모르겠다는 듯이 두 눈을 동그랗게 떴다. 나는 로커 룸을 나섰다. 해가 저물고 있었다. 뜨겁게 달궈신 수목원에 후터분한 노을이 내려앉고 있었다.

나은이 그리우면 나은의 침대에 눕고, 엄마가 그리울 때면 부엌 식탁에 앉아 우두커니 허공을 응시했다. 석우가 생각나면 현지의 쾌활한 목소리를 떠올렸다. 혼자가 되는 건 서글프지만 견딜 수 있었다. 혼자가 되는 건 두려운 일이었지만 나를 포기할 정도는 아니었다. 그래도 마음 한구석이 쓰라린 듯 아려오는 날이면 나는 수목원으로 향했다.

무인 매표소에서 입장권을 산다. 얼굴이 벌겋게 익은 현지에게 손목에 찬 입장권 팔찌를 보여준다. 어서 오세요, 즐거운 관람 되세요 — 라는 기계적인 인사말을 받으며 수목원으로 입장한다.

한여름의 수목원은 온통 짙은 녹색이었다. 무궁화원에는 갖가지 색깔의 무궁화가 피었고, 생활정원은 키우던 채소를 제때 수확하지 않아 수풀을 이루고 있었다. 실개천에

발은 담근 사람들의 웃음소리가 들렸고, 활엽수 그늘에 앉아 땀을 식히는 사람들도 많았다. 그들을 지나 조금 더 안쪽으로 걷다 보면 치유정원이 나왔고 이내 전나무 냄새를 맡을 수 있었다. 그 냄새를 맡으면 기분이 나아졌다. 치유정원이라고 해서 무너진 마음이 금세 아물 리 없었다. 덧난 상처가 나아지거나 나쁜 기억이 사라지게 할 수도 없었다. 다만 혼자서 오래 걷기에 맞춤이었다. 꼿꼿하게 머리를 쳐든 침엽수를 보며 하루를 버틸 수 있는 힘 정도만 얻으면 충분했다. 그것으로 충분했다.

계절이 바뀌는 곳

최빛나에게 연락이 온 건 자정이 한참 넘어서였다. 목욕을 끝낸 시연의 몸에 로션을 바르다가 받은 전화였다. 다짜고짜 박민수를 아느냐고 물었다. 로션이 묻은 손바닥이 기분 나쁘게 미끌거렸다. 최빛나는 할 이야기가 있으니 집 앞으로 오겠다고 했다. 침대에 누워 옷을 입혀주기만을 바라는 시연의 앙상한 알몸이 덜덜 떨렸다. 씻길 때마다 시연은 접힌 양팔과 안으로 구부러진 양손에 힘을 더 주기에, 난 온힘을 다해 사지를 풀어가며 씻겨야 했다. 나는 이미 진이 다 빠진 상태였다. 최빛나는 막무가내였다. 어서 시연의 옷을 입혀줘야 했다. 나는 알았다 대답하고 시연에게 매달렸다.

아버지의 두번째 제삿날이었다. 고모네와 작은아버지네 식구들, 엄마 형제들 셋에 민수까지 왔다 돌아간 게 두어 시간 전이었다. 하루 종일 제사 음식을 한 데다, 울기도 많이 울어 시연을 씻기기 전부터 무척 피곤했다. 마르고 비틀어졌지만 시연도 엄연한 성인이었다. 그런 시연을 옮기고 씻기고 눕히고 입히는 일은 매일 힘들었다. 시연이의 잠자리까지 살펴주고 나오니 온몸이 땀으로 범벅이었다. 설거지를 마친 엄마는 마른행주로 제기를 닦고 있었다. 엄마는 내가 내려온 이후로 시연의 뒤치다꺼리를 일체 나에게만 맡겼다. 이해는 되었지만 서운하기도 했다. 나는 이 집에서 일하는 사람으로만 존재하는 듯했다. 나는 바람 좀 쐬고 오겠다며 집을 나섰다. 민수에게 잘 자라는 문자가 도착해 있었다. 민수에게 전화를 걸어볼까 하다가 말았다.

동네 어귀에서부터 집 앞까지 이어진 길을 올라오는 자동차 불빛이 보였다. 불 켜진 집들이 띄엄띄엄 보였다. 4월 중순의 밤공기는 차가웠다. 이내 연두색 경차 한 대가 집 앞 마당에 멈췄다. 차에서 내린 최빛나가 성큼 내 앞으로 다가왔다. 나는 카디건을 여미고 팔짱을 꼈다.

최빛나가 꺼낸 이야기는 별로 놀랍지 않았다. 전화기 너머로 박민수라는 이름이 나왔을 때부터 얼마간 예상했던 터였다.

"그러니까 언니가, 언니 맞죠? 암튼, 언니라고 할게요."

서슴없이 언니라고 부르는 최빛나는 내가 어떤 남자랑 결혼하려고 하는지 알려주겠다는 것이었다.

"왜요?"

"불쌍하니까."

"나에 대해서 잘 알지도 못하잖아요."

"같은 여자잖아."

자기가 민수의 여자가 된 건 사장의 상납에 의해서였다
는 것을 밝힌 최빛나는 민수가 업소에서 뒷돈을 받아오고
있다는 사실을 말해줬다. 업소가 한두 군데도 아닐 테니 자
기 같은 여자가 또 있을지 모른다는 것. 그런 사실을 숨기
고, 속이며 살기에는 나 같은 무던한 사람이 필요하다는 말
까지 했다고. 그러니까 내 이야기도 했다는 것이다.

"박민수랑 결혼을 하든 말든, 그건 언니 자윤데요. 어떤
새끼인지는 알려주고 싶었어요. 뒷돈 먹는 걸로 유명한 인
간이라고요. 꼬리 길면 잡힌다고, 그거 얼마 못 가 종 칠 텐
데. 그러다 언니 인생도 종 치게 될지 몰라서."

"그러니까 그걸 왜 나한테 알려주는데요?"

최빛나가 빤히 쳐다봤다.

"왜 자꾸 이유를 묻지? 지금 나한테 고맙다고 해야 하는
분위기인데?"

20대 초반이나 되었을까. 진한 화장과 성숙한 옷차림을
했지만 가느다란 팔과 다리, 발달하지 못한 골반, 말투에서
어린 나이 특유의 애틋한 애처로움이 묻어나는 아가씨였다.

"고마워요."

"이제야 말귀 좀 알아듣네."

최빛나는 피우던 담배가 짧아지자 손가락으로 탁 튕겨 담뱃불을 껐다.

"눈치 없이 박민수한테 내 이야기 꺼내서 사실인지 아닌지 확인하지 말고요. 그럼 다 피곤해져."

나는 고개를 끄덕였다. 할 말을 다 마친 최빛나는 주저 없이 차에 올라 곧바로 떠났다. 나는 멍하게 멀어져만 가는 붉은 빛을 좇았다. 입이 썼다.

민수가 결혼 이야기를 꺼낸 건 작년 가을, 추석을 앞두고 마지막 명절 선물 세트 포장을 하던 날이었다. 늦게까지 일을 도와준 민수와 읍내에서 저녁을 먹을 때였다. 앞에 놓인 추어탕에 산초 가루를 넣어주면서 민수가 말했다.

"어머님이, 너 어떠냐고 물으시더라."

산초 가루 때문인지 재채기가 터졌다. 한참 기침을 한 후에야 그래서 뭐라고 대답했냐고 물었다. 민수는 추어탕에 다진 양념을 풀며 말했다.

"너만 좋다면 나도 좋다고 했다."

그때만 해도 나는 농담이거니 생각했다. 심드렁하게 말하는 민수의 표정이 그랬고, 금세 다른 화제로 넘어가기도 했으며, 손님이 많은 추어탕 집이 시끄러워 더 이상 대화가 이어지지도 않았다.

식당 주인은 민수를 알아보고 추어탕 값을 받지 않았다. 추어탕집 앞에서 자판기 밀크커피를 마시면서 나는 민수에게 말했다.

"우리 엄마 말, 신경 쓰지 마."

지나가는 사람들 중 몇몇이 민수에게 알은체를 했다. 민수는 손을 들어주며 인사를 대신했다.

"아버지 떠나보내고 엄마가 아직도 정신이 없어. 괜한 말 듣게 해서 미안해."

"왜? 나는 진심인데."

나는 민수를 빤히 쳐다봤다. 경찰 제복 때문인지 새삼 낯설었다. 아버지가 민수를 좋아했던가, 잘 기억이 나지 않았다.

재작년 5월, 이삿짐을 챙겨 집으로 내려왔을 때 대문 앞에 서 있던 건 엄마가 아니라 제복을 입은 민수였다. 다니던 출력 사무실을 그만두고, 살던 월셋방을 정리해서 내려온 길이었다. 아버지의 장례를 치른 지 한 달 만이었다.

엄마 혼자서 버섯 농장을 꾸릴 수 없었다. 설사 사람을 써서 한다 해도 시연이가 문제였다. 엄마 혼자서는 버섯 농

사에 시연까지 돌보기에는 수월치 않았다. 엄마는 나에게
매달렸다.

"네 아버지도 없는데 나 혼자 어떡하라고. 난 혼자 못한
다. 혼자 안 돼. 너라도 옆에 있어야 살지. 나 혼자서는 못
살아."

엄마의 눈물 앞에선 어쩔 수 없었다. 엄마는 아쉬운 소리
를 할 때마다 눈물을 보였다. 생활비가 부족하다면서도 울
었고, 시연이 때문에 너무 힘들어 하루만이라도 쉬고 싶다
며 울었고, 아버지는 버섯만 생각한다고 울었으며, 사는 게
외롭다고 울었다. 그때마다 나는 생활비를 보탰고, 온천 여
행을 보내고, 아버지에게 엄마 좀 챙기라는 말을 건네곤 했
다. 외롭다고 울었을 때는 안아주었던가. 엄마는 아버지나
민수 어머니에게 터놓지 못하는 감정을 모두 내게 풀어냈
다. 나는 첫째 딸이라는 이유로, 아프지 않은 자식이라는 이
유로 무조건 엄마 이야기를 들어줘야만 했다. 그럴 때마다
나는 엄마의 인생을 여자의 인생으로 받아들이려고 노력했
다. 그럼 내 감정이 힘에 겨워도 묵묵히 감당할 수 있었다.

서울 생활을 정리하는 건 오래 걸리지 않았다. 쓸 만한
것들을 처분하고 남은 살림만 가지고 내려온 참이었다. 서
랍장, 옷 가방 몇 개와 이불, 책 뭉치 두어 개와 부엌살림.
10여 년간의 서울 생활의 흔적치고는 단출했다. 짐을 나르

는 걸 민수도 도왔다. 민수의 제복 어깨에 검은 먼지가 묻은 걸 엄마가 툭툭 털어주었다.

서울 생활이 녹록하진 않았다. 전공과 상관없는 출력 사무실을 6년 동안 다녔다. 월급을 받아 월세와 생활비, 학자금 대출을 갚으면 남는 게 별로 없었다. 그걸 아끼고 아껴 적금을 부었다. 그러고도 남은 돈은 엄마 용돈으로 내밀곤 했다. 그러다 재현을 만나고부터 씀씀이가 커져 엄마 용돈도 한동안은 끊어야 했다. 그래도 재현을 만나 앞날에 대한 기대를 품을 수 있었다. 연인과 카페를 차리고, 연인과 함께 세계 곳곳을 누리는 여행. 그러니 집으로 내려오고 싶지 않았다. 젊은 사람들이 일할 데가 없는 곳, 변화랄 것은 계절밖에 없는 여기로 내려올 이유가 없었다. 어떻게든 서울에서 살아남고 싶었다.

민수 앞에서 이삿짐을 나르던 나는 조금 서글펐다. 허름한 이삿짐 때문이 아니었다. 다시 안 돌아올 줄 알았던 집이었기 때문이었다. 엄마와 시연이가 살고 있었던 집인데도 아버지가 없다는 이유만으로도 휑한 기운이 들었다. 아버지는 어디서 전해 들은 우스갯소리를 꼭 내게 전해주곤 했다. 내가 크게 웃으면 아버지는 기뻐했고, 별로 안 웃으면 서운해했다. 그래서 나는 재미가 없어도, 이미 아는 이야기였어도 처음 듣는 것처럼 깔깔거리며 웃곤 했다. 그것이 아버지를 향한 나의 최선이었다는 걸 생각하니 새삼 마음이 무거웠다. 내가 쓰던 건넛방에 다시 짐을 부리는데 가슴이 답답했다. 마음을 다 거둔 공간이라고 생각했는데 다시 찾아들어오게 되다니. 기분이 영 별로였다.

이사를 마치자 엄마가 민수의 등을 쓸어내리며 고맙다는 말을 몇 번이고 반복했다. 그러더니 나보고 가서 저녁 좀 먹이라 했다. 민수는 마다했지만 나는 엄마를 못 이겼다.

"뭐 먹고 싶은 거 있어?"

"이삿날은 짜장면이지."

민수가 설핏 웃었던가. 민수의 차로 읍내까지 가는 데 20분 정도 걸렸다. 20분이면 신호등 천지인 서울에서는 서너 정거장이 고작인데 여기선 브레이크 한 번 안 밟고 한참을 갔다. 읍내 터미널 근처 골목으로 들어간 민수가 서원각 앞에 차를 세웠다.

"이게 아직도 있네?"

고등학교 졸업하고 처음이었다. 10년이 넘게 시간이 흘렀는데도 예전 모습 그대로였다.

"여기 나름 맛집으로 유명해."

민수가 앞장서 들어갔다. 흰머리가 성성한 주인 남자가 민수에게 알은체를 했다. 주인 남자가 나를 가리키며 누구냐고 묻는 눈짓을 보낸 모양이었다. 친구예요, 친구. 민수는 창가 테이블로 나를 안내했다. 민수는 짜장면, 나는 마파두부밥을 주문했다. 탕수육 소짜와 맥주 한 병도 추가했다. 맥주는 나만 마셨다.

민수는 기억을 못 하는 모양이었다. 서원각은 민수와 처음으로 단둘이 밥을 먹은 곳이기도 했다. 고등학교 3학년 겨울, 수능이 끝난 직후였을 것이다. 점수에 대한 걱정보다는 당장 수능을 마쳤다는 사실만으로 한창 들뜬 기분에 빠져 있을 때였다. 아이들은 작정을 하고 놀거나, 한창 아르바이트를 시작하던 때이기도 했다. 나 역시 아르바이트를 구하고 있었다. 서울로 대학을 가기 위해서라면 어떻게든 한 푼이라도 더 모아서 올라가야 한다고 생각했다. 나 하나 사는 데 드는 돈은 내가 벌어야 했다.

그날은 아르바이트 면접을 세 군데나 봤다. 터미널 근처의 패스트푸드점과 길 건너편의 카페, 그 뒷골목의 호프집이었다. 영업 전의 호프집은 평범한 카페처럼 보였다. 벽면과 천장을 원목으로 꾸민 호프집이었는데, 작은 바에는 웨스턴이라고 적힌 빈티지 장식 현판이 세워져 있었다.

호프집 사장은 호프집에서 일한 경험이 있는지 물었다. 고개를 저으니 술을 마시러 다녀본 적은 있느냐고 물었다. 역시나 고개를 저었다. 그때 문이 열리며 민수가 들어섰다. 내 다음 면접 차례였던 것이다. 사장 앞에 앉아 있는 나를 본 민수가 사장에게 꾸벅 인사를 하고 출입구 옆의 의자에 앉았다. 기다리겠다는 뜻이었다. 사장은 앞에 앉아 있는 나를 두고 멀찍이 앉아 있는 민수에게 물었다.

"호프집 알바해봤어? 아님 술 좀 마셔봤냐?"

민수는 네! 하고 큰 소리로 대답했다. 사장의 표정이 확연히 바뀌었다. 선택받지 못한 사람이 되는 건 유쾌한 느낌은 아니었다. 나는 그 자리에서 일어나 꾸벅 인사를 하고 호프집을 나왔다. 패스트푸드점이나 카페의 연락을 기다릴 수밖에 없었다. 정류장으로 걸어가는데 민수가 나를 불렀다.

그때도 창가 자리에 앉았다. 단둘이 마주 앉아 있는 것이 쑥스러웠던 기억이 선명하다. 어릴 적부터 무람없이 어울렸던 사이라는 게 믿어지지 않을 만큼 어색했다. 아마 처음으로 단둘이 있었기 때문이었다. 그런데 나는 왜 같이 밥이나 먹고 가자는 말에 거절하지 않았을까. 정말 배가 고프기도 했고, 그 기분 그대로 집으로 들어가기 싫었던 탓도 있었을 것이다. 우리는 짜장면과 짬뽕을 시켰고 각자 자기 앞의 한 그릇을 깨끗이 싹 비우고 일어났다. 무슨 이야기를 했는지는 전혀 기억이 나지 않는다. 그때도 민수는 짜장면을 먹었다.

"얼굴이 안됐다."

"땀 많이 흘려서 그렇지."

"네가 많이 힘들겠어. 우리 엄마도 너 걱정 많이 하더라."

나는 탕수육 소스에 둥둥 떠 있는 길쭉한 오이를 괜히 젓가락으로 쿡쿡 찔러댔다. 힘든 걸로 따지면 엄마나 나나 매한가지였다. 그때였다. 경찰 아저씨! 뒤돌아보니 서넛의 아가씨 무리 중에 한 명이 민수에게 손을 흔들었다. 누군가 한 마디 얹었다.

"빛나는 얻다 두고?"

다들 어려 보였는데 모두 풀 메이크업에 짧은 치마 정장을 입고 있어 나이보다 더 들어 보였다. 동네에 어울리지 않는 차림임은 분명했다. 아가씨들이 나를 유심히 쳐다본다는 걸 나라고 모르지 않았다. 민수가 신경 끄라는 듯 아가씨들에게 손사래를 쳤다. 그리고 짐짓 표정을 가다듬고 다시 물었다.

"아주 내려온 거지?"

"엄마 혼자서는 안 되니까. 시연이도 그렇고."

"그럼 버섯은? 네가 해?"

"아무래도."

"감당하겠나, 어디."

민수가 남은 맥주를 컵에 따라주며 걱정스럽다는 눈빛을 보냈다. 도울 일이 있으면 말하라고 했다. 그렇게 말하는 민수의 입가에 춘장이 묻어 있었다. 나는 화장지를 뽑아 민수에게 건넸다.

"묻었어."

나는 민수의 입가를 손가락질했다. 민수가 머쓱하게 웃으며 얼른 입을 닦았다. 나는 남은 맥주를 마저 마셨다. 그런 나를 민수가 빤히 쳐다봤다. 근데…… 민수가 조심스럽게 물었다.

"근데 사귀는 사람은 있어?"

나는 맥주잔을 마저 비우고서 대답했다.

"응."

그랬더니 언제 한번 내려오라고 해라, 남자는 같이 술을 마셔봐야 안다, 이 오빠가 좀 봐야겠다 같은 흰소리를 해댔다. 술은 내가 마셨는데 민수의 얼굴이 벌게졌다. 그러고 보니 아버지의 오토바이 사고를 알린 것도 민수였다.

아버지의 원래 꿈은 가수였다고 했다. 「전국노래자랑」의 애청자였고, 세 번이나 출연했다고도 했다. 한 번도 입상은 못했지만 아버지는 그 경험을 늘 인생의 황금기를 회상하듯이 말해주곤 했다. 엄마 표현을 빌리자면 언제나 바닥에서부터 한 뼘쯤 붕 떠 있던 시절이라고 했다. 늘 다른 꿍꿍이를 품고 있는 사람 같았다는 표현도 했다. 꿈은 가수였어도, 먹고살기 위해 천냥백화점, 철물점, 비료상, 농기구 대여점 등 여러 일들을 전전하다 민수 아버지의 권유에 따라 버섯 농사를 짓겠다고 마음먹고 시작한 게 11년 전이었다. 있는 돈 없는 돈 다 끌어모아 재배사 두 동을 세웠다. 시연이 몫으로 모아둔 돈까지 다 쏟아 넣었어도 버섯 농사는 시작한 지 3년 동안 수익을 남기지 못했다. 간신히 이익을 남기기 시작한 게 7년 전부터였다. 가수가 꿈이었다는 아버지는 그제야 천직을 찾은 사람처럼 버섯 농사에 공을 들였다. 아버지는 부지런히 움직인 만큼, 공을 들인 만큼의 결과가 나온다고 믿었기 때문이었다. 딸들 생일은 잊어도 버섯만큼은 어쩔 줄 몰라 애지중지했다. 두 동에서 시작한 재배사는 몇 해 안 되어 네 동이 되었고, 다음 해에 세 동을 더 증축할 계획이었다.

톱밥 배지의 링을 혼자 제거한 아버지는 다음 날 외가 식구들을 모아 개봉 작업을 했다. 연초에 접종한 배지를 100여 일 만에 하는 개봉이었다. 네 개 동 중에 두 개 동만 작업을 했는데도 꼬박 하루가 걸렸다. 사고는 개봉 작업을 마치고 외가 식구들과 사우나에 갔다가 돌아오는 길에 났다고 했다. 막걸리를 마시고서 오토바이를 몰았다는 건 장례식이 다 끝나서야 엄마가 말해주었다.

흉상이었다. 어떤 사고사든 흉상이 될 수밖에 없었다. 사

람 인생이 허망하다고는 하지만 그게 내 식구 일이 될 줄
몰랐다. 나는 하루아침에 아버지를 잃은 자식이 되었다. 황
망해 눈물조차 나지 않았다. 남편을 잃은 엄마는 장례 내내
오열을 하다 쓰러지기를 반복했고, 조문을 온 사람들도 모
두 경황이 없어 어수선했다. 고모네와 작은아버지네서 장
례를 도왔지만 같이 막걸리를 마셨던 외가 친척들은 얼굴
을 들이밀지도 못했다.

　나는 슬퍼할 겨를이 없었다. 장례 내내 수시로 집에 들러
야 했다. 장례식장까지 시연을 데리고 올 엄두를 못 낸 까
닭이었다. 그 문제로 작은 소란이 있었다. 그래도 아버지
가는 길은 봐야 한다, 사정이라는 것이 있는데 굳이 여러
사람 힘들게 그래야겠냐, 시연은 아버지 딸 아니더냐, 시연
이 제 아버지 죽은 걸 알기는 하겠냐,는 말이 조심성 없이
튀어나와 장례식장 분위기가 싸늘해지곤 했다.

　"시연이는 제가 알아서 해요."

　단호하게 말한 내가 집과 장례식장을 들락거릴 때마다
운전을 해준 것도 민수였다. 민수는 꼬박 3일 휴가를 내 궂
은일들과 귀찮은 일들을 도맡아 해주었다. 민수뿐만이 아
니었다. 민수 아버지가 장지를 알아봐주었고, 민수 어머니
가 때마다 엄마에게 죽을 쒀 왔다. 민수 어머니는 엄마 옆
에서 함께 울어주고 함께 슬퍼하고 함께 원통해했다.

민수 어머니와 엄마는 중학교 동창인데 같은 동네로 시집을 와 비슷한 또래의 아이들을 같이 키웠다. 민수네 식구들과 우리 집 식구들은 허물없이, 여느 친척보다 더 가깝게 지냈다. 서로가 서로에게 이웃이며 친구이자 형제자매와 같은 사이였다. 민수와 나 또한 초등학교 동창이었다. 아주 어릴 때부터 무람없이 어울리다 내가 서울로 대학을 가게 된 이후로 괜히 서로를 머쓱해하는 사이가 되었다. 그러다 서른 줄이 넘어서 간혹 맥주 정도는 같이 마시게 되었다.

엄마는 사람들 앞에서는 더욱 크고 슬프게 오열했다. 울다 지쳐 기절하듯 쓰러지면 가족실에 눕혔다. 가족실에 잠시라도 둘만 있을 때면 엄마는 버섯 걱정을 했다. 개봉 버섯이 잘 나오는지 봐야 하는데. 그거 솎아줘야 하는데. 재배사 창을 열고 왔어야 했는데. 버섯이 잘 자라고 있어야 할 텐데.

"이 와중에 버섯이 걱정돼?"

"그럼. 한 해 벌이가 그게 단데."

아버지가 없으니 엄마가 아버지처럼 굴었다. 집에 내려올 때마다 아버지는 나를 데리고 재배사로 데려가곤 했다. 수천 개의 톱밥 배지에서 특유의 달짝하고 비릿한 버섯 냄새가 났다. 아버지는 갓이 곱게 펼쳐진 잘생긴 버섯들을 가리키며 말하곤 했다.

"야, 이게 버섯으로 보이냐? 내 눈엔 보물로 보인다. 이게 다 다이아몬드야! 이놈들이 너나 시연이보다 효자야, 효자!"

아버지의 허풍은 언제나 웃음 짓게 했다. 그러나 이제는 웃을 일이 없어져버렸다. 보물 같은, 다이아몬드 같은 버섯이 있으니 여기 걱정은 말라고, 버섯만 있으면 엄마랑 시연을 다 건사할 수 있다고, 그러니 너는 네 한 몸만 책임지라고 큰소리치던 아버지는 더 이상 없었다.

버섯을 키우는 일은 생각처럼 쉽지 않았다. 버섯은 예민한 녀석이었다. 배지의 영양분 상태, 온도와 습도, 하다못해 일교차와 광량의 영향까지 받았다. 에어컨과 스프링클러, 제습기를 상황에 맞게 사용해야 했고, 날씨에 따라 수시로 측창을 여닫아야 했다. 보통 일곱 번 수확을 하는데, 네번째 수확을 마치면 반드시 균사가 회복하는 휴면기를 줘야 했다. 그때조차도 25도 이상, 90퍼센트 이상의 습도를 유지해주기 위해 거듭 물을 뿌려야 했다. 이 모든 기술은 모두 민수 아버지가 일러준 것들이었다. 나는 시키는 대로 하는 것도 버거웠다.

집으로 내려와 나는 서둘러 운전면허부터 땄다. 민수가 주행 연습을 도왔다. 틈틈이 아버지의 작업 일지를 읽었다.

아무리 읽어도 이해할 수 없는 암호문 같았지만 나는 외울 정도로 읽고 또 읽었다. 한편으로는 버섯 농사를 하는 민수 아버지의 도움을 받아 여러 가지 기술도 직접 익혔다.

제일 먼저 배운 건 솎는 일이었다. 배지에 두어 개만 남기고 올라오는 싹을 똑똑 잘라 없애는 일이었는데 성장이 빠를 때는 아침저녁으로 따고 따도 계속 올라왔다. 그렇게 골라낸 버섯을 키우고 수확하면 도매상에 넘기거나 인터넷 직거래 장터에 올렸다. 출하 작업과 택배 발송도 수월하지 않았다. 밤 기온이 서늘해지는 9월 말쯤에는 버섯들의 성장이 빨라 매일매일 솎기와 수확의 나날을 보내야 했는데, 그때는 도대체 내가 뭘 하고 있는지, 여기가 어딘지조차 잊어버리곤 했다. 뭐든 처음 하는 일인 데다 몸을 쓰는 일이어서 해가 저물 때쯤이면 허리가 끊어질 듯 아팠다. 사람을 사서 하면 한결 수월했겠지만, 노임이라도 남기려면 엄마와 나, 친인척들을 동원해 수확하는 방법밖에 없었다. 민수는 자기네 농장 대신 우리 집 일손을 도왔다. 민수의 다른 형제들이 부모와 함께 버섯 농사를 짓는다 해도 고마운 일이었다.

버섯 농사만 지었으면 나았을까. 농장 일을 마치고 오면 다시 시연을 돌보는 일이 고스란히 내 몫으로 남아 있었다. 하루 종일 책상 앞에만 앉아서 일을 해왔던 나는 오금과 팔꿈치, 손목, 관절 구석구석이 안 아픈 날이 없었다. 그래도 참고 어떻게든 버텼다. 엄마 혼자서 감당할 수 없는 일이었다.

그러나 정작 내가 가장 힘든 건 버섯 농사도, 시연을 살피는 일도 아니었다. 나는 재현이 그리웠다. 이별 선언을 거두고 당장이라도 올라가 재회하고 싶었다. 보고 싶은 사람을 못 보는 것이 세상에서 제일 슬픈 일이었다.

아버지의 부음을 받았을 때, 나는 재현과 함께 침대 위에 있었다. 옆 사무실의 아르바이트 휴학생이었던 재현은 나보다 다섯 살 아래였다. 재현은 다음 해부터 공시를 준비할 예정이었다. 그전에 학원비라도 벌기 위해 아르바이트를 하는 중이라고 했다. 제대한 지 얼마 안 된 재현은 내가 마음을 주기에 적당한 사람이었다. 어렸을 때부터 시연을 돌보는 일에 익숙해져서 그런지 나는 상대를 보살피는 관계에 익숙했다. 상대방에게 나의 효용성이 드러나야 안심이 되었던 것이다.

공시를 준비하겠다는 재현을 설득해 바리스타 학원에 다니게 한 것은 나였다. 버는 돈을 쪼개 바리스타 학원에 등록시켜준 것도 나였다. 나는 재현에게 나의 꿈을 전이시켰다.

우리가 같이 카페를 차려 돈을 벌자. 그 돈으로 전 세계

의 커피 맛을 찾아다니자. 브라질, 베트남, 콜롬비아, 인도
네시아, 온두라스, 에티오피아, 인도, 페루, 멕시코…… 세
계 곳곳을 누비며 현지 커피를 직접 마셔보자. 너는 커피
전문가가 되고 나는 여행가가 되자.

중·고등학교 시절의 수학여행과 대학 시절 몇 번의 엠티
를 제외하면 나는 제대로 된 여행이라는 걸 해본 적이 없었
다. 가족과의 여행은 꿈도 꾸지 못했다. 태어날 때부터 아
팠던, 그래서 늘 누워 있었던 시연 때문이었다.

여행뿐만 아니라 외식이나 근교 나들이 한번 제대로 해
본 적이 없었다. 가끔 아버지가 나를 데리고 낚시를 가기
도 했지만 그것도 어렸을 때 서너 번이 다였다. 엄마랑 단
둘이 갔던 곳은 시장밖에 없다. 셋이거나 넷이었던 적이 없
는 가족. 그런데 가족이라는 이유로 다른 집보다 유난히 서
로에게 묶여야 하는 집. 모든 원인이 시연 때문이라는 명쾌
한 원인에 화가 났다. 아버지와 엄마에게는 자식의 일이겠
지만 자매인 나는 나 혼자 희생해야 하는, 그래서 불완전한
성장기를 거쳐야 한다는 사실이 못마땅하고 억울했다.

가장 빠른 해결책은 빨리 포기하는 것을 배우는 것이었
다. 안 되는 것을 오래 붙잡고 있을수록 미련만 늘어나고,
그건 내 정신을 좀먹게 할 뿐이었다. 차라리 받아들이고 다
른 대안을 찾는 것이 바람직했다.

계절이 바뀌는 곳

그래서 나는 늘 떠나고 싶었다. 집을, 가족에게서, 여기와 지금으로부터 벗어나고 싶었다. 굳이 서울로 대학을 갔던 것은 집을 떠나기 위해서였다. 재현과 살기 시작한 건 가족에게서 벗어나고 싶어서였을 것이다. 먹는 걸 줄여 돈을 모아온 건 여기와 지금으로부터 더 멀리 떠나고 싶기 때문이었다. 단순히 여행을 해보지 못한 이의 빈약한 대리만족이어도 좋았다. 누군가에게는 아무렇지 않을 세계 여행이 나에게는 언젠가는 꼭 이루고 싶은 소망이었고, 나에게는 제일 진지한 일이었다. 그 꿈을 재현과 함께 이룰 수 있다면 조금 더 행복할 것 같았다.

그러나 재현에게는 내가 다른 의미였을지도 모르겠다. 재현은 부고를 듣고 경황없는 나에게 어떤 위로도 해주지 못했다. 집까지 동행해달라는 말에는 주저하며 발을 뺐다. 그저 데려다만 달라고, 같이 시외버스만 타달라는 걸 재현은 거절했다. 그제야 비로소 나는 재현의 나이를, 우리 관계의 기이함을 실감했다.

엄마네로 아예 내려가야 한다고 말했을 때, 재현은 정말 그 방법밖에는 없냐고 물었다. 나는 그렇다고 대답했다. 재현은 커피 한 모금을 마시더니 인상을 구겼다. 재현이 물었다.

"그럼 우리는? 우린 헤어지는 거야?"

"응."

"나는 어떡하고?"

"그걸 왜 나한테 물어."

"바리스타를 하라고 한 건 누나였잖아."

"결정은 네가 했어."

늘 다정했던 나의 단호한 어조에 재현은 적잖게 당황한 듯싶었다. 내 말이 틀린 말이 아니었으므로 재현은 더 이상 입을 떼지 못했다. 눈에 힘을 꽉 주어 나를 응시하는 재현을 보면서 나는 재현이 억울해하고 있다는 걸 알 수 있었다. 가슴이 아팠다. 그 억울함이 어떤 종류의 감정인 줄 알기 때문이었다. 나 역시 이렇게 헤어지려고 했던 건 아니었다. 하지만 어쩔 수 없을 때는 빨리 포기하는 것, 빨리 버려버리는 것이 가장 현명한 답이 되곤 했다. 나는 재현이 나에 대해 미련이 남지 않기를 바랐다.

엄마네로 짐을 옮긴 후, 마지막으로 재현을 만났을 때도 재현은 재차 다시 물었다.

"정말 가는 거야?"

"응."

재현의 눈가에 눈물이 맺혔다.

"누나가 이렇게 올라와서 만나면 안 돼? 아니면 내가 내려갈게."

"싫어."

이별은 간결할수록 좋았다. 나라고 마음이 안 아픈 게 아니었다. 그럴수록 단호해야 했다. 나는 미련 없는 사람처럼 일어섰다. 재현이 내 팔을 잡았다. 그러나 내가 보살펴야 할 사람은 재현이 아니라 엄마와 시연이라는 걸 떠올리며 재현의 손을 뿌리쳤다.

재현을 마지막으로 만나고 온 그날, 막차에서 내린 나는 어둔 터미널을 나서다가 민수와 마주쳤다. 퇴근하는 길이라 했다.

그날 민수를 만나지 않았더라면, 그날 같이 맥주를 마시지 않았더라면, 그날 함께 자지 않았더라면 민수와 나는 계속 친구로 남았을까. 민수를 만났기 때문에, 같이 맥주를 마셨기 때문에, 같이 잤기 때문에 나는 재현을 쉽게 잊을 수 있었던 걸까. 모를 일이었다. 우연을 필연으로 착각하는 것이 조금 더 마음이 편했을 뿐이었다.

민수는 그날 이후로 '뭐 하냐'는 문자를 자주 보내왔다. 가끔 통닭이나 족발을 들고 와 엄마와 한참 떠들다 가거나, 바깥으로 나를 불러내 별말 없이 같이 담배 한 개비씩 피우고 돌아가곤 했다. 때론 불을 끄면 천지가 새카맣게 변하는 폐가 근처에 차를 세워두고 섹스를 하기도 했다.

상강을 며칠 앞두자 버섯은 뚝 떨어진 밤 기온 탓에 활동을 멈춘 듯 천천히 자랐다. 건조해 가습기를 틀었더니 갓색이 어둡게 나오고 있었다. 여하튼 버섯 농사는 엉망이었다. 긴 여름 장마 대비를 못해 버섯 종균이 활력을 잃었고, 제대로 수확을 못해 배지를 버리는 사태까지 벌어졌다. 수익은 고사하고 배지값도 못 건진 상황이었다.*

버섯 농사는 아버지가 시키는 일만 해오던 엄마와 농사일지만 보고 머리로만 이해한 내가 할 수 있는 일이 아니었다. 민수 아버지가 옆에서 지시하는 대로 했다 한들, 직접 주관해서 농사를 지어보지 못한 엄마나 내게는 한계가 있었다. 아버지 없이 버섯을 키운다는 것 자체가 잘못인지 몰랐다. 엄마와 나의 노임은 고사하고 빚만 는 한 해가 되었다.

그러나 민수네는 더없는 풍작이었다. 민수네 버섯 농장은 주변의 버섯 농장 중에서 규모가 가장 컸다. 외국인 근로자까지 쓸 정도로 수확량이 지속적으로 많았다. 고향 특산품을 찾아다니는 텔레비전 프로그램에 출연하기도 했는데, 그때 민수 아버지는 버섯 다발을 번쩍 치켜세우며 아버지의 입버릇이었던 '버섯이 효자다!'를 외쳤다. 그 뒤로 지역 우수 농산물 인증을 받았고, 어린이집과 초등학교에 독점으로 급식 납품을 했으며, 지역 대형 마트와 직거래를 맺었다. 아들 둘과 함께 경영하는 버섯 농사는 우리 집과는 차원이 달랐다.

민수 어머니가 찾아온 건 마지막 수확을 했던 날이었다. 민수 어머니가 우리 집 재배사를 사고 싶다는 뜻을 비쳤다.

"올해 해봐서 알겠지만 이게 쉬운 일이 아니야. 세연이가 이를 갈며 농사를 지을 거 아니면 힘들 거라고. 그런데 세연이를 시골 촌구석에 잡아두는 거 아깝지 않아? 서울로 대학 보낸 보람이 없잖아. 세연이 보내고 넌 조금 편히 살아. 우리가 필요해서가 아니라, 세연이랑 너를 위해서 하는 말이야."

나는 엄마를 쳐다봤다. 엄마는 의중을 알 수 없는 표정이었다. 엄마는 내가 아까울까? 엄마는 그저 혼자가 아니기 위해서, 짐을 나눠 들기 위해서 나를 불러 내렸다. 내가 무얼 꿈꾸는지, 내가 어떻게 살고 싶은지 고려할 틈이 없었을 것이다. 그때 시연의 신음 소리가 들렸다. 용변을 봤다는 신호였다. 나는 자리를 떴다. 문밖으로 민수 어머니 목소리가 또랑또랑하게 들렸다.

"우리에게 넘겨. 값은 잘 쳐줄게."

아버지의 여생을 함께할 농장이었고, 아버지의 인생 전부가 담긴 곳이기도 했다. 그런 농장을 이렇게 쉽게 처분해도 되는 일인가. 나는 농사를 잘 지을 자신도 없었지만 농장을 넘기는 것도 내키지 않았다. 그러나 엄마는 내 생각과 달랐다. 민수 어머니가 대문을 나서자마자 기다렸다는 듯이 농장을 다 팔아버리자고 했다. 어딘가 비장한 느낌마저 들었다. 나는 선뜻 대답하지 못했다.

"그래도 아버지의……"

"누가 그렇게 먼저 가버리래. 소용없어. 이제 없는 사람이야. 산 사람은 살아야지."

엄마의 제안은 뜻밖이었다. 어디서 무엇을 들었는지 군청 앞에서 가게를 하자는 것이었다. 식당은 기술이 없으니 못하고, 술 가게는 재주가 없어 힘들 거다. 찻집은 어떠냐? 지저분한 일 겪지 않고 깔끔하게 할 수 있는 일 같다. 사람 더 들이지 않고 엄마와 나 둘이서 운영하기에도 적당할 것 같다는 이유도 덧붙였다.

"엄마, 장사가 말처럼 쉬운 게 아니야."

"짧게 생각한 거 아니다."

엄마가 화장대 서랍에서 서류 봉투를 꺼냈다. 여러 창업 컨설팅 회사의 팸플릿과 프랜차이즈 카페의 가맹안내서, 인테리어 회사, 커피 물품 도매업자 등의 명함이 어수선하게 쏟아졌다.

"아무리 생각해도 우리 둘이 버섯 농사는 무리야, 세연아."

"해보지도 않고 어떻게 알아."

"해봤잖아."

"처음이었잖아."

"그럼 너, 평생을 버섯 농장에서 썩고 싶어? 말해봐. 그러고 싶냐고."

나는 선뜻 대답을 못했다.

"어차피 할 고생이면 눈에 보이는 걸 하자. 너도 그래. 평생 엄마랑 시연이한테 붙잡혀 살 순 없잖아. 배운 거 써먹으려면 다시 서울로 올라가야 할 거 아냐."

서울로 가라고? 나는 엄마가 한 말을 되씹었다. 엄마에게 내려온 건 사는 곳만 옮기는 단순한 이사가 아니었다. 나의 경력과 나의 지금과 나의 내일까지 버려두고 내려왔다는 뜻이었다. 나 없으면 죽을지도 모른다고, 나 없이는 절대 살 수 없다고 매달려서 다 포기하고 내려온 나에게 엄마가 이제 다시 또 올라가야 하지 않겠냐고 말하는 것이다. 이제야 내 생각이 났다는 듯이, 선심 쓰듯이 다시 서울로 올라가야 하지 않겠냐고 반문하는 엄마의 불성실한 애정이 나는 싫었다.

민수와 군청 앞의 상권을 알아보기로 한 날은 대한이 놀러 왔다 도망쳤다는 소한이었다. 패딩을 입었던 나는 다시 코트로 바꿔 입었다. 민수가 집 앞까지 데리러 왔다. 엄마가 잘 다녀오라고 대문 앞에서 나와 민수를 배웅을 해주는데 기분이 조금 이상했다.

상권을 알아본다는 것이 뭐 대단한 건 아니었다. 군청 주변을 걸어 다니면서 카페가 몇 개나 있나, 어느 정도 떨어져 있는지 확인하고, 유동 인구가 얼마나 되는지 살펴보는 일이었다. 중앙 사거리의 북쪽을 끼고 군청이, 그 건너편으로 지역에서 가장 큰 상설 재래시장이 있다. 시장 맞은편에 시외버스 터미널, 그 뒤 골목은 유흥가였다. 그 건너편 사거리 서쪽은 단층 아파트와 빌라가 들어서 있는 주택가였다. 군청 앞은 사거리를 따라 3, 4층의 상가 건물이 줄지어 있는, 은행과 상점이 모여 있는 번화가였다.

해가 질 무렵이 되어서야 사거리가 훤히 보이는 주택가의 카페에 들어가 앉았다. 민수를 아는 사장이 찻값을 받지 않고 커피를 내왔다. 얼마나 걸었는지 무릎이 시큰거리고 발목이 아렸다. 추운 날이었다. 민수의 코와 귀가 빨갰다. 나는 장갑을 낀 손으로 내 귀를 감싸 쥐었다. 테이블 위의 민수의 손이 빨갰다. 나는 장갑을 벗고 민수의 손을 잡았다. 차갑고 커다란 손이었다. 퇴근 시간인데도 추워서 그런지 거리에 사람들이 별로 보이지 않았다. 민수가 헛기침을 하며 슬그머니 손을 뺐다.

"하루만 봐서는 모를 거야. 평일과 주말, 점심과 저녁 시간도 살펴보고."

나는 뜨거운 커피를 홀짝이면서 고개를 끄덕였다.

"시장 쪽이랑 터미널 쪽은 또 분위기 다를 테니까, 거기도 가보고."

"알았어."

"그나저나 나 없이 혼자 다닐 수 있겠어?"

나는 민수를 빤히 쳐다봤다. 아무리 동네까지 차로 20분 거리라지만 스무 살까지 살면서 들락거린 곳이었다. 나를 아주 애 취급하고 있었다.

"같이 저녁 먹고 들어가면 좋은데, 내가 일이 좀 있다."

"볼일 봐. 오늘 고마웠어."

"너 데려다주고 갈 거야."

"그럴 필요 없어."

"어머니 걱정하신다. 같이 나가는 걸 봤는데 곱게 데려다드려야지."

그때 민수에게 전화가 걸려왔다. 전화기 화면에 최빛나라는 이름이 떴다. 쉽게 잊히는 이름이 아니었다. 민수가 황급히 휴대폰을 들고 카페를 나갔다. 카페 유리문 너머로 자꾸 나를 흘깃대며 통화를 하는 민수가 보였다. 커피는 너무 뜨거워서 무슨 맛인지 하나도 알 수가 없었다.

물장사가 남는 게 많다더라,는 말을 얼마나 많이 들었는지 모르겠다. 그 말을 할 때마다 엄마의 표정은 매번 해맑기만 했다. 얼마간의 희망이 담겨 있기도 했다. 어차피 처음 하는 일은 뭐든 힘들 것이었다. 버섯 농사보다 카페가 쉬울 것이라는 보장도 없었다. 그래도 같은 고생이라면 버섯 농사보다는 카페가 나을 것 같았다. 적어도 몸이 부서질 것처럼 아프지는 않겠지. 며칠 돌아다니며 보니 군청 앞이면 상권도 괜찮았다. 터미널 쪽은 매물이 없었고, 시장 쪽 상가라면 괜찮을 것 같았다. 군청 앞 상가를 헤집고 다니다 돌아오면 재현은 바리스타가 되었을까, 문득 궁금해지곤 했다.

한번 해보기로 했다. 얼마 안 되지만 적금도 깨고, 재배사와 하우스, 집, 증축하기 위해 비워두었던 재배사 부지의 빈 땅을 담보로 대출을 받아 목돈을 만들었다. 아무리 민수네라 해도 덜컥 버섯 농장을 팔 수는 없었다. 다만 재배사를 놀릴 수는 없었으므로 버섯 농사는 민수네에 부탁했다. 조건은 없었다.

작년 초, 군청 앞 시장 쪽 상가에 가게를 구했다. 휴대폰 판매점이 있던 목이었다. 곧바로 카페 창업 컨설팅을 받고 간단한 기술을 배웠다. 인테리어 공사를 마친 다음 개업을 했다. 아버지의 첫 제사를 지내고 열흘 뒤의 일이었다. 카폐를 하자고 결정을 내린 지 5개월 만이었다. 전염병이 한창 극성을 부리기 시작할 무렵이었다.

Coffee with You. 카페 유리문에 레터링된 글씨의 그림자가 카페 바닥에 길게 늘어지고 있었다. 재현과 카페를 차리면 유리문에 새겨 넣자고 했던 문구였는데. 일곱 가지의 커피 메뉴와 스무여 가지의 음료를 채 다 만들어보기도 전에 카페는 문을 닫을 지경이 되었다. 외출할 수 없고 모일수 없는 시절이 돼버렸다. 월세가 밀렸고, 대출금 상환이 연체되었다. 앞으로 어떻게 살아야 할지 매일이 아득했다.

월세를 못 내기 시작하면서 엄마는 참아왔던 걸 이제야 밝힌다는 듯이 민수와 결혼하는 건 어떠냐고 물었다. 나는 엄마의 저의를 모르지 않았다.

"사람들이 그걸 뭐라고 부르는지 알아? 취집이라고 해, 취집. 딸이 그런 소리 듣게 하고 싶어?"

"민수가 어때서? 민수네 정도면 시가로도 나쁘지 않아."

"엄만 딸을 그런 식으로 결혼시키고 싶냐고. 쓰레기 버리듯이 해치우면 그만이야?"

"그래서 물어보는 거 아냐. 어떠냐고."

엄마 말처럼 민수 정도면 괜찮은 결혼 상대자일 수 있었다. 경찰이라는 직업과 형편이 좋은 시가라는 사실만으로도 부족하지 않았다. 나에게는 건사해야 할 엄마와 아픈 동생이 있다. 우리 집 형편을 뻔히 아는 민수네여서 더욱 다행일지도 모른다. 그러면 결혼을 하고도 마음 편하게 엄마와 시연을 챙길 수 있을 터였다. 하지만 결혼이라는 걸 이렇게 해도 되는 걸까. 무엇보다도 나는 민수의 진심을 알지 못했다.

나만 좋다면 자기도 좋다고 했지만 그건 사랑한다는 고백은 아니었다. 간혹 섹스를 했지만 그것이 어떤 약속을 의미하는 것도 아니었다. 나는 민수와 함께 담뱃불이 타들어가는 걸 물끄러미 바라볼 때의 쓸쓸함이나 허기진 숨소리만 가득한 차 안의 고요 같은 것들에 안정감을 느꼈다. 결속력이 없어도 외롭지 않은 시간이 좋았다.

차마 닫지 못한 카페에 혼자 앉아 있는 나날이 이어졌다. 민수는 하루에 한 번씩 꼭 카페에 들렀다.

"오늘은 어떤가 해서."

"보이는 대로."

나는 커피 머신 앞으로 다가갔다. 민수가 빈 테이블을 괜히 툭툭 치며 물었다.

"괜찮아?"

"안 괜찮지. 뭐 마실래?"

"됐어. 손님도 없는데."

"그래도."

"그럼 아이스커피. 그나저나 어머니가 여기 그만 접고 싶다고 하셨다던데, 진짜야?"

"그건 엄마 혼자 생각이고."

"네 생각은? 앞으로 어떡하려고?"

나는 빈 컵에 얼음을 가득 담으며 무심히 말했다.

"그러게. 이렇게 된 거…… 너랑 결혼이나 할까?"

민수가 픽 웃으며 말했다.

"우리 엄마 허락만 받아와."

농담처럼 들렸지만 뼈가 있는 말이었다. 아니나 다를까. 결혼 이야기가 나오자마자 다음 날로 민수 어머니가 엄마를 찾아와 진중하게 거절 의사를 밝혔다. 슬쩍 꺼내본 말에 득달같이 달려온 모양새가 영 별로였다. 그뿐만이 아니었다. 그다음 날엔 카페로 직접 나를 찾아왔다. 민수 어머니는 굳이 속마음을 숨기지 않았다.

"나는 우리 민수가 군청 아가씨나 면사무소 아가씨라도, 그러니까 같은 공무원 아가씨를 만났으면 해. 둘이 맞벌이라도 할 수 있는 아가씨 말이야. 소개 들어오는 데도 다 그런 아가씨들이고. 세연아, 아줌마가 너에게 이런 말 하는 거, 너무 미안한데. 민수, 그냥 놔줘라. 더 좋은 신랑감을 찾아. 너 우리 집으로 들어오면 나한테 구박받아. 네 엄마는 나랑 친구도 못하고. 무엇보다도 이 카페 어떻게 안 되면 우리랑 버섯 키워야 하는데, 그걸 네가 할 수 있겠어?"

민수 어머니는 진심으로 내가 걱정된다는 표정을 지었다. 나는 담담하게 대답했다.

"못할 것도 없어요. 아픈 동생도 키우는데 버섯 정도야."

내 대답에 민수 어머니가 어이가 없다는 듯이 쳐다봤다. 나는 표정 하나 바꾸지 않았다. 그 상황에서 민수 어머니가 하자는 대로 하겠다 할 수도 없는 노릇이었다. 민수 어머니가 결심을 한 듯 숨을 크게 들이쉬고는 어쩔 수 없다는 표정으로 말을 이었다.

"나는 네 동생 때문에 싫다. 그거, 유전이 안 된다는 보장이 없잖니."

나는 지지 않았다.

"시연이 키워봤으니 애 키우는 일은 더 잘할 텐데요, 뭘."

내 대답에 민수 어머니는 말을 잃었다. 버섯 농장을 팔지 않은 게 얼마나 다행한 일인지 몰랐다. 나에게 아무것도 없는 건 아니었다.

최빛나의 붉은 차 뒤꽁무니가 사라지자 4월의 서늘한 밤 공기에 정신이 번쩍 들었다. 최빛나의 말마따나 고마워해야 할 상황인데, 알게 된 것이 이상하게 다행처럼 여겨지지 않았다. 차라리 끝까지 완벽히 몰랐으면 어땠을까 하는 생각도 들었다. 나는 담배를 하나 피워 물었다. 불어온 바람에 담배 연기가 빠르게 사라졌다.

다 정리하고 서울로 갈까. 어떻게든 살아지지 않을까. 시연은 시설에 맡기고 엄마와 같이 벌면 되지 않을까. 엄마가 번 돈은 시연에게 쓰고 내가 번 돈으로 대출을 갚으며 먹고살면 되지 않을까. 욕심을 내지 않고 살면 가능하지 않을까. 그러다 이내 고개를 저었다. 도시의 삶은 만만한 게 아니었다. 나 혼자서 사는 것도 수월하지 않았다. 그런데 입이 두 개나 는다.

다시 버섯 농사를 짓는 것도 방법일 것이다. 민수네에 맡겼던 재배사를 돌려받아 엄마와 내가 버섯을 키우면 된다. 한 해 동안 제대로 공부해서 나도 청년 농사꾼이 되는 거다. 하다 보면 늘겠지. 어떻게든 버티다 보면 나아지겠지. 못할 이유가 없다.

민수랑 결혼하는 방법도 있다. 인생 종 치게 생겼다 해도 굶기지는 않을 거 아닌가. 경찰을 그만두고 버섯 농사를 시작한다 해도 상관없었다. 민수 어머니와 사이가 좋지 않다고 해도 민수만 내 편이 돼주면 살 수는 있을 것이다. 내가 진 빚과 내가 감당할 일을 누군가와 나눠 부담한다는 것만으로도 숨통이 트였다. 그런데, 그래도 되는 걸까?

나는 재배사를 빙글빙글 돌았다. 밤공기가 점점 더 차가워졌다.

마지막으로 시연과 엄마를 버리는 방법도 있었다. 나 혼자만이라도 잘 사는 것이 그들에게 다행한 일이 될 줄 누가 알겠는가. 셋 모두 불행해지는 게 아니라 한 명이라도 행복해지는 것이다. 나는 어디든 갈 수 있고, 무엇이든 할 수 있다. 아는 사람 하나 없는 서울에서도 살았던 나 아닌가. 그곳에서 연애도 하고 미래도 꿈꿨다. 이제라도 세계 여행을 떠날 수도 있었다.

"안 들어오고 뭐 해! 자자!"

엄마가 나를 불러들였다. 나는 무거운 발걸음을 떼어 집으로 들어섰다. 여기는 끝이 아니었다. 나는 어떻게든 방법을 찾을 것이었다. 아직은 마음먹은 대로 할 수 있었다. 그 사실을 나는 누구보다도 잘 알았다.

---

* 버섯 재배와 관련해 '하회 참 표고 농원'의 블로그 중 「표고버섯 그냥 저냥 생각」(2020. 12. 19)을 참조했습니다(https://blog.naver.com/kimjaeha80/222178812933).

반 뗀 라 지?

반, 뗀, 라, 지? 당신의 이름은 뭐예요? 또이 라 박두연.
내 이름은 박두연입니다. 그러나, 냐, 반, 어, 더우? 당신의
집은 어디냐고 묻는다면 뭐라고 대답해야 하는지 모른다.
두연이 가지고 있는 책은 예문이 풍부하게 실려 있지 않다.
그래도 두연은 자기 입장에 맞는 문장 몇 개를 외워뒀다.
모이 웅아이 또이 디 람 비엑, 나는 매일 일하러 가요. 또이
무온 쩌 타인 까 씨, 나는 가수가 되고 싶어요. 마 꾸어 또이
당 컴 꺼 어냐,는 나의 어머니는 집에 안 계세요라는 뜻이
었다. 두연은 한글로 적힌 베트남어 발음을 천천히 읽었다.
또이, 녀, 매. 또이 녀 매는 엄마가 보고 싶다는 의미였다.

　방문 밖으로 인기척이 들렸다. 아침밥을 하러 나온 고모
였다. 두연은 보던 책을 요 밑으로 숨기고 이불을 머리끝까
지 뒤집어썼다. 고모에게 들키면 당장 불려 나갈 것이 뻔했

다. 할 일이 없으면 마당 비질이라도, 현관의 신발 정리라
도, 하다못해 굴러다니는 돌멩이를 여기서 저기로 옮기라
고 시킬 사람이었다. 올해 칠순 된 고모는 이 집에서 제일
뚱뚱했고, 제일 목소리가 큰 데다, 제일 부지런했으며, 제
일 무서웠다.

곧이어 고모의 아들인, 두연과 사촌인 서병식이 일어나
는 소리가 들렸다. 이어 지혁과 지은을 깨우는 소리가 들렸
다. 지혁과 지은은 서병식이 깨우고 두연만 꼭 고모가 깨웠
다. 고모는 쾅쾅, 방문을 발로 세게 차면서 밥 먹어!라고 고
함을 쳤다. 해가 중천이다!라고 말할 때도 있었다. 그래 봤
자 6시밖에 안 되는 시간이었다. 그도 그럴 것이 고모는 식
구들을 내보내야 과수원으로 나갈 수 있었다. 고모는 칠순
의 몸으로 배 농사를 거뜬히 해내고 있었다. 그만큼 굳세고
기운이 셌다.

두연은 식구들이 다 같이 모여서 밥 먹는 시간이 제일 싫
었다. 고모와 서병식, 오촌 남매까지, 직계 가족들 사이에
서 두연은 너무 도드라진 존재였다. 고모와 고모의 아들,
그 아들의 아이들은 모두 체격이 커다랬다. 특히 서병식과
지혁은 어지간한 씨름꾼처럼 가슴이 두툼하고 키가 컸다.
두연만 유난히 키가 작았다. 서 있으면 다른 식구들의 어깨
에도 닿지 못했다. 그중에서 두연과 동갑인 지은이가 제일

컸다. 지은은 고등학교 2학년이었지만 두연은 학교에 다니지 않았다.

고모는 두연에게만 일을 시켰다. 설거지나 빨래 돌리기 같은 사소한 것들부터 배꽃 수분 작업이나 배 봉지 씌우기 등 과수원 일까지 두연의 손을 빌리곤 했다. 지혁과 지은은 공부를 하니까 제외되었고, 학교에 안 다니는 두연만 늘 고모의 부름에 동동거려야 했다.

아침상에는 어제저녁에 먹다 남은 비지찌개가 올라와 있었다. 멸치볶음과 진미채볶음, 깻잎장아찌와 콩자반과 김치뿐이었다. 그러나 서병식과 지혁, 지은의 밥그릇 위에는 반숙 계란프라이가 하나씩 올려져 있었다. 두연의 밥에만 아무것도 없었다. 어릴 때에는 어려서, 다 크고 나서는 그것이 무슨 의미인지 알기 때문에 더욱이나 아무 말도 하지 못했다. 고모는 두연에게만 계란프라이를 주지 않는 것으로 이 집에 어울리지 않는 군식구라는 걸 자각하게 했다.

아침상 앞에 앉는데 그제야 지은이 젖은 머리로 방에서 나왔다. 교복을 다 입고, 가방까지 멘 상태였다. 허리선이 강조된 교복은 가슴을 더 도드라져 보이게 했다. 짧은 교복 치마 아래로 맨다리가 허옇게 드러났다. 밥상 앞에 먼저 앉아 있던 지혁이 지은의 종아리를 찰싹 때렸다.

"팬티 다 보인다!"

"뭐래."

지은이 제 오빠에게 발길질하는 시늉을 하고 현관으로
향했다.

"계집애가 어디 오빠한테!"

고모가 계속 소리쳤다.

"밥 안 먹어?"

"주번이라 오늘 일찍 간다고 했잖아!"

"썩을년, 언제 그런 말 했어!"

"했다고!"

고모가 눈을 부라렸다. 현관문 여닫는 소리가 들리고 곧
대문이 쾅, 소리를 내며 닫혔다. 남은 사람들은 마루에 동
그랗게 앉아 아침을 먹기 시작했다. 지은의 계란프라이는
지혁의 밥그릇 위에 올려졌다. 지혁이 밥상 밑으로 자기 무
릎을 두연의 무릎에 슬쩍 비볐다. 두연은 고쳐 앉는 척하며
지혁으로부터 조금 더 떨어졌다. 지혁이 비죽 웃었다. 두연
은 고개를 푹 숙이고 서둘러 아침밥을 먹었다. 아무도 안
보는 텔레비전 뉴스 소리만 아침 밥상을 맴돌았다.

밥을 먹을 때뿐만 아니라 이 집에서 말소리를 듣기란 쉽
지 않았다. 말소리라고 해봤자 고모의 고함 소리, 지혁의
용돈 달라는 소리, 서병식이 술주정하는 소리나 지혁을 혼
내는 소리 외에는 별로 없었다. 지은이나 두연은 대답 외에

는 입을 뗄 일이 별로 없었다. 침묵은 편리하게 자신을 숨길 수 있는 맞춤한 벽이자, 누구든 다가갈 수 없게 하는 벽이기도 했다.

아침을 먹고 곧바로 서병식의 차에 올랐다. 다른 때라면 지은이의 등교 시간에 맞춰 서둘러야 했는데, 지은이 먼저 간 날은 조금 느긋하게 움직일 수 있었다. 보통은 서병식이 운전을 하고, 조수석에 두연, 뒷자리에 지혁과 지은이 앉았다. 제일 먼저 내리는 건 지은이었다. 지은의 학교 앞에는 지은과 교복이 같은 아이들이 줄지어 등교하고 있었다. 두연은 그네들을 얼마간 부러운 눈빛으로 바라보곤 했다.

두연은 서병식의 플라스틱 사출 공장에서 사상 작업을 했다. 사출기에서 나온 플라스틱 제품의 뾰족한 부분을 칼로 다 쳐낸 후에 팔레트 랙에 담았다. 제품의 크기에 따라 적게는 몇백 개에서 많게는 몇천 개까지 진열장에 가지런히 겹쳐 쌓아두는 일이었다. 외부용 제품일 경우에는 포장재에 싸는 것까지 해야 했다.

고등학교 진학을 않기로 선택한 건 두연 자신이었지만 누구도 만류하거나 다시 생각해보라고 권하지 않았다. 3학년 담임은 특성화 고등학교를 권했지만 그마저도 사치스럽게 느껴졌다. 두연은 돈을 벌고 싶었다. 그것도 아주 많이 벌고 싶었다. 그래서 엄마를 찾아 나서고 싶었다. 열여덟 살이 되도록 돌아오지 않는 엄마였지만 무슨 수를 써서라도 찾고 싶었다.

한때 두연은 엄마를 원망했다. 미워하던 때도 있었다. 그 누구도 자기편이 아닐 때, 억울한 일을 당하거나 비밀이 생겼을 때, 속을 털어놓을 사람이 없을 때, 그래서 자기가 불운하고 불행하다는 생각이 들 때마다 두연은 엄마 탓을 했다. 모두 엄마 때문이라고 생각해버렸다. 그러면 마음이 조금은 편해지는 것 같았다.

그러나 이제는 그렇게 생각하지 않는다. 이제는 그럴 만한 이유가 있었을 거라고 생각한다. 오죽하면 남의 나라에서, 자기 아이를, 그것도 어린아이를 두고 가버렸을까. 텔레비전에서 흔히 볼 수 있는 타국살이의 고단함이나 외국인 며느리의 시집살이에 관해서라면 두연도 모르지 않았다. 채원과 현광에게 들어왔던 수많은 일화들, 외국인 엄마들의 고생에 대해서라면 귀에 딱지가 앉도록 들어온 까닭이었다. 그래도 채원의 엄마는 복지센터에서 이중 언어 통역을 담당하고 있었다. 셋 중에 학교를 다니는 것도 채원뿐이었다. 두연은 엄마가 어떻게 살고 있는지 궁금했다. 아직이 나라에 있는지, 자기 나라로 돌아갔는지, 제대로 살고는 있는지, 두연 생각은 하고 사는지, 마는지.

또 하나의 바람이 있다면 가수가 되는 것이었다. 두연은 서너 살 때부터 어른들의 노래를 불렀다. 하루 종일 텔레비전이나 라디오가 켜 있는 집이어서 두연은 노래를 따라 부르면서 우리말을 익혔고, 노랫말로 한글도 뗄 수 있었다. 무뚝뚝한 고모도 두연의 노래를 들으면 어린 게 어쩌면 저렇게 부를 수 있느냐고 신기해하곤 했다. 모두 두연이 어렸을 때의 일이었다. 언젠가부터 두연은 집에서 입을 꾹 다물었다.

그러나 공장에서의 두연은 달랐다. 공장에서 막내인 두연은 사람들에게 인기가 좋았다. 평상시에는 조용했지만 박수를 쳐주면 다른 사람으로 바뀌기 때문이었다. 공장 사람들은 지루하고 졸음이 쏟아지는 오후 3, 4시만 되면 두연에게 노래를 부르게 했다. 유행하는 트로트며 지나간 가요, 옛날 노래를 부르면 모두들 그렇게 좋아했다. 구성진 목소리라고 칭찬하고, 인생을 아는 애처럼 부른다는 말도 들었다. 눈을 지그시 감고 「대전 블루스」나 「무시로」 「엄마 아리랑」 같은 노래를 부르면 박수를 치며 좋아했고, 「님과 함께」 「신사동 그 사람」이나 「거울도 안 보는 여자」 「어머나」 같은 걸 부르면 다들 엉덩이를 들썩이며 따라 불러주곤 했다. 노래를 부르는 순간만은 두연이 주인공일 수 있었다.

두연은 살면서 주인공이었던 적이 없었다. 서슬 퍼런 시누이 시집살이를 했을 엄마가 두연을 앞세웠던 적은 없었다. 언제나 지혁이 우선순위였고, 그다음이 지은, 마지막이 두연이 차례였다. 학교에서도 주목받은 적이 없었다. 부모 중 한 명이 외국인인 경우는 반에 서넛은 더 있었고, 그중에서도 두연은 말이 더디고 수줍은 아이일 뿐이었다. 그러니 노는 아이들 뒤쪽에서 맴돌거나 멀찍이서 구경하는 아이에 속했다. 그런 두연이 마음껏 목소리를 크게 낼 수 있을 때가 음악 시간이었다. 다 같이 부르니 눈치 볼 것 없이 소리를 질러도 되었다. 아이들 목소리에 자기 목소리가 묻혀버려 좋았다. 발음이 이상해도, 무슨 뜻인지도 몰라도 신이 났다. 두연은 그렇게 노래를 부르고 나면 속이 시원해진다는 걸 어릴 때부터 알았다.

두연은 수중에 동전 서너 개만 생겨도 노래방에 갔다. 매일 노래방을 들락거리며 수많은 노래를 불렀다. 근래 유행하는 노래나 어렸을 때부터 들어왔던 옛날 노래를 부르다 보면, 유명한 가수들의 창법을 흉내내다 보면, 찌글찌글한 일상은 아무려면 어떤가, 싶은 마음이 들 때가 많았다. 두연에게는 노래 부르기가 세상에서 제일 쉬운 일이자 가장 좋아하는 일이었다.

그런 두연이 갖고 싶은 건 오토바이였다. 현광의 오토바이 뒤에 앉아 달리는 것도 좋았지만 두연은 자기가 직접 모는 게 더 좋았다. 얼마 전, 두연은 현광의 도움으로 오토바이를 몰아본 적이 있었다. 부릉! 시동이 걸릴 때 두 손에 전해진 진동이 짜릿했다. 오토바이 몸체의 떨림과 엔진 소리가 마치 지금 당장 튀어 나가라고 재촉하는 것 같았다. 정말 어디든 갈 수 있을 것 같았다. 작동은 생각보다 쉬웠다. 양손으로 액셀을 당기기만 하면 되었다. 몸이 뒤로 확 젖혀지면서 앞으로 나아갔다. 처음에는 공터를 천천히 뱅글뱅글 돌다가 내친김에 도로로 방향을 틀었고, 큰길까지 나가 봤다.

얼굴에 쏟아지는 바람이 시원했다. 조심스럽게 속도를 높여봤다. 속도가 높아질수록 얼굴에 쏟아지는 바람이 더 거세졌다. 두연은 그 느낌이 좋았다. 마음속에 엉켜 있는 무언가가 조금씩 풀리는 것 같았다.

"너 이 새끼, 정신 차렸어?"

마을을 막 벗어나 큰길로 진입하자 서병식이 지혁에게 물었다.

"제대로 공부하고 있냐고!"

그제야 지혁은 뻔뻔하게 네, 라고 크게 대답했다. 두연은 힐끔 뒤를 쳐다봤다. 지혁이 턱을 치켜올리며 입 모양으로 뭐? 왜!라고 반문했다. 올해 스무 살이 된 지혁은 재수 중이었다. 원래 공부에 뜻이 없어 공업고등학교에 다녔던 지혁은 취업을 못한 채 졸업했다. 그러더니 올봄에 갑자기 대학에 가고 싶다고 해 재수생이 되어버렸다. 지혁이 하는 일은 어지간하면 탐탁하지 않게 생각하던 서병식이 순순히 그러라고 한 것이 오히려 더 놀라웠다.

서병식은 매일 아침마다 지혁을 도서관 앞에 내려주었다. 읍내의 유일한 도서관이었다. 그러나 지혁은 하루 종일 피시방에서 살고 있었다. 매일 받는 점심값으로 그날의 피시방 비용을 대고, 점심은 어울리는 애들한테 얻어먹거나 뺏어 먹었다. 그러고는 서병식이 퇴근하는 시간에 맞춰 도서관 앞에 서 있었다. 그럼 서병식이 지혁을 태워 집으로 돌아왔다. 그러다 언젠가 서병식에게 걸리는 날이 올 것이었다. 그럼 뼈도 못 추릴 정도로 맞을 것이 뻔한데도 그랬다.

지혁이 피시방에서 산다는 걸 알려준 건 피시방에서 오후 아르바이트를 하는 채원이었다. 채원은 눈이 동그랬다. 어딘가 모르게 두연과 분위기가 비슷했다. 작은 키, 푸석한 검은 머리칼, 짙은 쌍꺼풀. 사람들은 두연과 채원을 마주치게 되면 한 번씩 더 쳐다보곤 했다. 의아하다는 눈빛을 숨기지 못하는 사람들은 함부로 엄마의 국적을 묻기도 했다. 두연은 베트남이었고, 채원은 태국이었다.

두연은 아버지의 얼굴이 잘 기억나지 않았다. 시커먼 얼굴로 대문 앞에 쪼그려 앉아 담배를 피우는 모습이나, 이부자리에 눈을 감고 누워 있던 장면, 오열하는 엄마가 내리치던 죽은 아버지의 바짝 마른 가슴팍 같은 것들이 아버지 이미지의 전부였다. 두연의 아버지가 살아 있다면 지금 일흔여섯쯤 되었을 것이다. 두연의 엄마는 마흔하나겠지. 오십줄에 들어서도 혼사를 못 치른 막냇동생이 불쌍하다고 여긴 고모가 수선을 떨어 여자를 사 오다시피 해 결혼을 시켰다. 스물한 살의 베트남 여자였다. 그 사이에서 두연이 태어났다. 두연의 엄마는 시누이 시집살이를 못 견뎌 서병식의 오토바이를 끌고 집을 뛰쳐나갔다고들 했다. 배은망덕한 년이었다고 덧붙인 건 서병식이었다. 서병식은 자기 부인과 두연의 엄마를 이야기할 때마다 꼭 빌어먹을 바람난 년, 재수 없이 도망친 도둑년이라고 표현했다. 두연은 엄마 이야기만 나오면 자기를 향한 이야기처럼 들려 얼굴이 화끈거렸다.

두연이 기억하는 엄마는 목소리와 이름, 떠나는 날의 장면 정도였다. 엄마가 입고 있던 초록색 바지, 엄마가 닫고 나간 방문, 곧이어 들려오던 오토바이 소리 같은. 그중에서 미엔,이라고 발음하는 검붉은 엄마의 입술을 또렷하게 기억했다. 미엔은 검은 눈동자라는 뜻이라고 했다. 쯔엉 티미엔. 어쩌면 쓰엉치미엔인지, 뜨엉떠미엔인지, 트엉티미엔은 아닐지 의심해본 적도 있었지만 입에 붙은 쯔엉 티 미엔,이라는 발음을 믿기로 했다. 엄마가 떠나던 그날, 엄마가 두연에게 해주었던 말은 딱 네 문장이었다.

데리러 올게.
다른 데 가지 마.
내 이름은 쯔엉 티 미엔.
너 이름은 밧 뚜옛.

두연은 최근에야 밧 뚜옛의 뜻이 흰 눈이라는 걸 알게 되었다. 두연의 생일이 겨울이었다. 어쩐지 밧 뚜옛은 박두연이라는 이름과 비슷한 발음처럼 느껴졌다.

데리러 온다던 엄마는, 그러니 다른 데 가지 말라던 엄마는 이제껏 소식 한 번 없었다. 두연이 여덟 살에 떠난 엄마였다. 두연의 아버지가 죽은 지 3년째 되던 해이기도 했다. 10년이 다 되도록 엄마를 기다리느라 두연은 집을 떠나지 않았다. 지혁이 상습적으로 추행하고 때리는데도, 제대로 돈도 못 받고 일하면서도, 학교에 다니지 않고, 친구라곤 채원이밖에 없는데도 떠날 수 없었다.

두연은 엄마와의 재회를 상상해보곤 했다. 씬 짜오,라고 먼저 인사해야지. 엄마를 만나면 엄마 말 잘 듣고 있었다고 말해줘야지. 그러려면 베트남 말을 알아야 했다. 오늘은 홈 나이, 내 생일은 씽 녓 또이, 행복한은 하잉 풉, 선물은 꾸아, 노래방은 까라오께, 결정하다는 꾸이엣 딩, 운전하다는 라이 쌔, 감사하다는 깜 언. 뿐만 아니라 수도는 하노이, 화폐 단위는 동, 국기는 금성홍기, 전통 의상은 아오자이. 오토바이가 떼를 지어 다니고, 여섯 개의 성조가 있으며, 숫자 9를 좋아하는 사람들이 산다는, 엄마가 살았던 베트남이라는 나라에 대해서도 공부했다. 엄마와 함께 엄마의 나라로 갈 수도 있을 테니까. 베트남에 가게 되면 한 번도 볼 수 없었던 외할머니와 이모들을 만날 수 있겠지. 이모들은 나를 예뻐해주겠지…… 그런 상상을 하다 보면 외로움에 조금은 둔해질 수 있었다.

점심시간이 되면 공장 앞의 백반집에서 부서별로 점심을 먹었다. 말이 백반집이지, 공장 사람들이 끼니를 대고 먹는 구내식당과 같은 곳이었다. 콩나물국에 두부조림, 해초무침과 소시지부침이 오늘의 메뉴였다. 두연이는 아껴 먹던 두부의 마지막 조각을 입에 넣었다. 그때 비쩍 마른 현광이 들어왔다. 이름 대신 '김깡'이라는 별명으로 불리는 현광이었다. 두연과 동갑인 현광은 거리낌 없이 두연의 앞자리에 앉았다. 두연은 두리번거린 후 고개를 숙이고서 현광에게 문자를 보냈다.

— 할 얘기 있어. 오늘 끝나고 봐.

— 지금 하면 안 돼?

— 직접 말로 해야 돼.

— 응. 근데 기분이 안 좋아 보여. 무슨 일?

두연은 고개를 가로저었다.

— 만나던 데서 봐.

그때 서병식과 윤 주임이 식당으로 들어섰다. 두연은 아직 밥이 남아 있는데도 벌떡 일어났다. 인기척에 뒤돌아본 현광도 벌떡 일어나 꾸벅 인사를 했다. 서병식은 두연과 현광을 번갈아 쳐다본 후에 자리에 앉았다.

"두연아."

집에서는 눈도 마주치지 않는 서병식은 사람들 앞에서만 친절하고 다정한 목소리로 두연을 불렀다. 식당 안의 사람들이 모두 두연과 서병식을 쳐다봤다. 둘이 사촌지간이라는 걸 모르는 사람은 없었다.

"두연이 다 먹었니?"

"네."

서병식은 밥이 남아 있는 두연의 식판을 쳐다보더니 더먹으라고 말하면서 시선을 다시 현광에게 옮겼다. 두연은그 상황이 불편했다. 현광은 서병식이 쳐다보는 것을 아는

지 모르는지 콩나물국에 밥을 말아 허겁지겁 먹어댔다. 두연은 더 앉아 있기 싫었다.

"먼저 가보겠습니다."

"응, 가봐. 힘든 일 있으면 언제든 찾아오고."

두연이 꾸벅 인사를 하고 식당을 나서는데 현광이 돌아보며 손을 흔들었다. 눈치가 없는 것인지, 일부러 저러는 건지 도통 알 수가 없었다. 두연은 서병식에게 다 들킨 것 같은 기분이 들어 괜히 불안했다. 속이 더부룩했다.

그날 저녁, 두연은 시외버스 터미널 상가 골목에서 현광을 기다렸다. 한 무리의 여고생들이 까르르 웃으며 두연의 옆을 지나갔다. 여고생들의 교복 치마는 지은의 것처럼 아주 짧았다. 길게 뻗은 흰 다리가 다들 시원시원해 보였다.

"너 다리 예쁘다."

현광에게 그 이야기를 들은 이후로 두연은 여자를 볼 때마다 다리부터 보게 되었다.

"또?"

"처진 눈."

"칫, 또?"

"이마 주름."

"그게 뭐야."

"귀여워."

"귀여운 데 말고 예쁜 데 말이야."

"예쁜 데? 어디냐면……"

현광은 이불 속으로 들어와 두연의 배꼽에 입을 맞추었다. 간지러운 두연이 몸을 비틀며 웃어댔다. 작았던 현광의 성기가 점점 부풀어 올랐다. 두연은 그것이 매번 신기했다.

지혁은 언제나 발기된 상태에서 두연을 찾았다. 거칠게 잡아끌고 가 무턱대고 엎드리게 한 다음 두연을 올라타곤 했다. 자기가 하고 싶을 때면 사람이 없을 때를 기다려 폐가나 불 꺼진 비닐하우스, 집 뒤편의 공터 수풀이나 농기구 창고, 심지어 화장실에서도 달려들었다.

그러나 현광은 달랐다. 두연에게 계속 괜찮겠냐고 물었다. 입을 맞추기 전에도, 안기 전에도, 삽입을 하기 전에도 묻고 또 물었다. 두연은 존중받는다는 기분이 들었는데 그걸 뭐라 표현하는지는 몰라 그저 현광에게 사랑한다는 말만 되풀이했다.

동갑인 현광도 두연처럼 학교를 다니지 않았다. 엄마가 외국인인 경우 적지 않은 아이들이 상급 학교 진학을 포기했다. 두연처럼 어렸을 때 엄마가 떠나거나, 현광처럼 엄마가 우리말을 잘 못할 경우 아이들의 언어 습득이 원활하지 못했고, 초등학교 때부터 학력 차가 벌어지는 이유가 되었다. 한글도 제대로 숙지가 안 된 상태에서 서술형 수학 문제나 역사를 다룬 사회 과목을 따라갈 수는 없었다. 엄마가 없거나, 아버지가 자식 교육에 관심이 없을 때, 도시에서 멀어질수록 그랬다. 그런 아이들은 두연이나 현광처럼 시 외곽의 공단에서 일을 시작했다. 그도 아니면 배달 기사를 하거나 더 큰 도시로 사라지곤 했다.

현광의 엄마도 베트남 사람이었다. 이름이 남 프엉이라던가. 말이 안 통한다는 이유로 남편에게 맞아오던 사람이었지만 현광이가 큰 이후로, 아버지를 힘으로 이길 수 있게 된 이후로 잠잠해졌다고 했다. 엄마에게 손찌검을 하는 아버지를 때려눕힌 게 중학교 1학년 때라고 했다. 깡이 좋아 김깡으로 불리는 데에는 다 이유가 있었다. 현광의 아버지는 더 이상 엄마를 때리지 않는다고 했다. 두연은 현광의 보호를 받는 현광의 엄마가 때때로 부러웠다.

지혁에게 맞아 팔이나 옆구리에 색이 다른 멍이 든 걸 현광에게 들킬 때마다 두연은 넘어졌다고, 부딪혔다고 변명을 하곤 했다. 현광에게 지혁에 대해서 말할 수는 없었다. 현광은 두연이 조심성이 없다고 생각했다. 그래서 안 넘어지게 잡아주는 사람이 되고 싶다고 했다. 늘 곁에 있고 싶다고 했다. 두연은 현광의 따뜻하고 세심한 마음이 좋았다. 오토바이를 탄 현광이 두연을 발견하고선 반갑게 다가왔다. 두연의 표정을 살피더니 과장되게 말을 꺼냈다.

"한 바퀴 돌고 올까?"

"아니."

"오랜만에 노래방? 기분 좀 풀까? 응?"

두연이 가수가 되고 싶다고 말할 때마다 현광은 못 할 것 없다고 대신 큰소리를 쳐주었다. 그때마다 두연은 정말 그렇게 된 것처럼 활짝 웃곤 했다. 가수가 아니라 다른 무언가가 되고 싶다고 해도 충분히 할 수 있다고 대답해줄 현광이었다. 노래방 가는 걸 제일 좋아한 두연이지만 지금은 그게 중요한 게 아니었다.

"할 얘기 있다니까."

"그럼 밥 먹으면서 얘기하자. 배는 안 고파?"

두연은 고개를 저었다.

"아이스크림?"

두연이 다시 고개를 저었다. 현광이 빙긋 웃더니 물었다.

"거기 갈래?"

두연이 고개를 끄덕였다. 터미널 부근에는 신분증 검사를 하지 않는 모텔이 있었고, 둘은 익숙하게 객실로 들어섰다. 현광이 두연을 덥석 안았다. 두연이 천천히 현광을 밀어내고 침대 모서리에 앉았다. 두연이 물었다.

"우리 할 때마다, 너 그거 했지?"

"어?"

"콘돔."

"그럼, 맨날 했잖아."

두연의 표정이 어두워졌다.

"왜?"

현광이 멍하게 두연을 쳐다봤다. 그런 현광에게 생리를
안 한다고 말할 수는 없었다. 두연은 현광을 와락 껴안았다.

"이게 할 말이었어?"

현광이 큰 소리로 웃었다. 두연은 따라 웃지 못했다.

막차를 타고 마을 입구에 내리자 11시를 넘어서고 있었
다. 마을 가장 안쪽의 집까지 가로등이 띄엄띄엄 서 있었
다. 간혹 불 켜진 집들이 보였지만 집까지 올라가는 길은
어둡기만 했다. 시내까지 30분 거리의 마을이었지만 어둠
이 쉽게 내려앉는 곳이었다. 두연은 현광과 메시지를 주고
받으며 집으로 향했다. 현광이 데려다준다는 걸 두연은 만
류했다. 혹시라도 동네 사람들 눈에 띌까 봐 싫었다. 집에
먼저 도착한 현광은 무서우면 전화하라고 했다. 두연은 그
정도는 아니라고 했다. 메시지만 주고받아도 옆에 있는 것
처럼 느껴진다고 보냈다.

대문을 막 들어서려는데 어둠 속에 숨어 있던 지혁이 두
연의 손목을 잡아끌었다. 그러고는 집 뒤편 공터로 끌고 올

라갔다. 가로등은 꺼져 있고, 녹슨 운동기구들만 드문드문
자리해 휑했다. 두연은 지혁의 손을 뿌리치려 했지만 마음
대로 되지 않았다. 씩씩거리는 지혁의 숨소리가 거칠었다.
공터에 다다르자 그제야 집어 던지듯 손목을 놔주었다.

"너 어디 갔다 와?"

"무슨 상관이야."

"이게, 콱!"

지혁이 팔을 올려 뺨을 내려칠 시늉을 했다. 움찔한 두연
이 뒤로 물러섰다.

"어디 갔었냐니까."

"말하기 싫어."

"왜? 그 새끼 만나서?"

두연은 아무 말도 하지 않았다.

"내가 그 새끼 만나지 말라고 했지!"

지혁이 크게 숨을 들이켜더니, 상체를 기울여 손바닥으
로 두연의 뺨을 천천히 쓰다듬었다.

"얼마나 맞아야 정신을 차리지?"

두연은 두 눈을 꾹 감으며 고개를 돌렸다. 멀리서 개구리
울음소리가 들렸다. 아까시나무 꽃 냄새도 났다. 지혁은 두
연의 허리춤을 움켜쥐더니 두연의 바지 단추를 풀었다. 지
혁은 두연이 거부할 틈도 주지 않고 바지 안의 팬티 속으로

거칠게 손을 집어넣었다.

"아, 씨발, 젖어 있는 거 봐라. 그 새끼랑 했네? 응? 했어."

집어넣었던 손을 꺼내더니 코에 대고 냄새를 맡았다.

"아, 존나 냄새 오져. 야, 이 창년아! 좋디? 좋아?"

그러더니 엉덩이에 손을 쓱 문지른 다음, 두연을 수풀 쪽으로 넘어뜨렸다. 일어서려는 두연의 배를 몇 차례 발길질로 제압한 지혁이 두연의 바지를 내렸다. 엎어진 두연의 뺨이 땅바닥에 닿았다. 허벅지가 쓸려 풀냄새가 났다. 두연은 이를 꽉 깨물었다.

처음은 초등학교 5학년 때였다. 빈집에 어른 없이 두연만 있을 때였다. 중학생이던 지혁은 이미 어른만큼 커다랬다. 작고 왜소했던 두연은 제대로 저항하지 못했다. 저항은 고사하고 지혁이 무얼 하려는 것인지도 몰라 어리둥절한 사이에 벌어진 일이었다. 지혁은 두연이 상대하기에 너무 커다란 존재였다. 무거웠고, 아팠고, 두려웠다.

지혁은 바지를 올려 입으면서 어른들한테 이야기하면 죽인다고 말했다. 비밀에 부쳐야 하는 일이란 잘못된 일일 터였다. 일어나면 안 될 일일 것이었다. 두연은 도움을 요청해야 한다는 것쯤은 알아챌 수 있었다.

그날 저녁, 두연은 고모에게 낮의 일에 대해 말을 꺼냈다. 막 설거지를 마치고 앉은 고모의 앞섶이 물에 젖어 얼록져 있었다. 두연은 숨을 크게 쉰 다음, 지혁이 어떻게 자기를 방으로 불러들였는지, 어떻게 이불 위에 눕게 만들고, 어떻게 자기 몸을 만졌는지 자세히 말했다. 얼마나 놀라고 아프고 무서웠는지에 대해서도 설명했다. 고모는 표정의 변화가 없었다. 두연은 고모의 말을 기다렸다. 한참 만에 고모가 입을 뗐다.

"쓸데없는 소리 하지 마라."

낮고 무거운 목소리였다.

"어디 가서 그런 소릴 입 밖으로 꺼내기만 해봐, 아주. 이 집에서 당장 쫓겨날 줄 알아. 알았어?"

고모는 두연의 두 눈을 바라보며 한마디 더 했다.

"조용히 살자."

더 이상 말하지 말라는 뜻이었다. 두연은 입을 꾹 다물었다. 열두 살 두연은 지혁보다 고모가 더 무서웠다. 쫓겨나는 것이야말로 세상에서 제일 겁나는 일이었다. 갈 곳이 없고 거둬줄 사람이 없다. 자기의 이야기를 귀담아 들어줄 곳은 어디에도 없다는 걸 두연은 누구보다도 잘 알았다. 그때부터였다. 지혁은 습관처럼 두연을 찾았다.

간혹 지은이 제 오빠를 불러대며 찾아다니는 바람에 순간을 모면한 적이 있었다. 지혁에게 끌려갈 때나, 방에 간히거나, 맞기 직전이면 두연은 어쩔 수 없이 지은을 기다렸다. 지은이, 오빠 — 하고 불러주기를. 오빠 어딨어 — 라고 찾아주기를. 그렇게 자신을 구해주기를 바랐다. 그러나 매번 그럴 수는 없었다.

언제부턴가 지은은 두연에게 말을 걸지 않았다. 중학교에 들어간 이후부터였다. 초등학교 때까지만 해도 지은과 두연은 곧잘 어울렸다. 소꿉놀이와 숨바꼭질과 인형놀이를 하며 같이 자란 사이였다. 그러나 지은의 엄마가 사라진 후부터 지은은 변했다. 서병식이 빌어먹을 바람난 년이라고 부르는 지은의 엄마는 서병식의 공장 사람과 떠났다. 공장과 과수원, 집안일까지 감당하던 지은의 엄마로서는 살기 위해 떠난 것인지도 모를 일이었다.

지은은 엄마가 떠나고 난 뒤로 부쩍 말수가 줄었다. 두연과 같은 입장이 되었는데 오히려 두연을 멀리했다. 좀처럼 어울리려고 하지 않았다. 종종 두연을 힐난하는 눈빛으로 쳐다보기도 했다. 두연은 영문을 몰랐다. 자기는 바뀐 것이 하나도 없기 때문이었다. 중학생이 되어서는 더욱 노골적으로 두연을 피했다. 학교도 같이 가기 싫은지 지은은 늘 새벽같이 집을 나섰다. 물론 학교에서도 일절 알은체를 하지 않았다. 게다가 귀가 시간이 달라지면서 더욱 사이가 멀어졌다.

학교가 끝나면 지은은 학원에 갔고, 두연은 읍내에 있는 복지센터로 갔다. 복지센터에는 노인정과 영유아 놀이방, 청소년 쉼터 그리고 다문화실이 있었다. 다문화실은 다문화 가족 아이들의 언어 발달 지원 사업을 하거나 이중 언어 환경 조성이나 가족 상담 등을 하는 곳이었다. 초등학생들은 외국인 엄마의 손을 잡고 들르곤 했지만 중등부 아이들은 저희들끼리 무리 지어 찾곤 했다. 중등부 아이들은 두연과 비슷한 처지의 아이들이 많았다. 그 아이들을 모아놓고 활동가 선생들이 한글을 가르쳤다. 적어도 초등학교 고학년 정도의 읽고 쓰기가 가능하도록 가르쳤고, 그걸 수행한 아이들은 수학과 영어를 배우게 되어 있었다. 그러나 수학이나 영어 수업까지 듣는 아이들은 많지 않았다. 채원과 현광을 알게 된 곳도 센터였다. 셋 모두 역시 수학과 영어 수업은 듣지 않았다.

활동가 선생들은 국어, 수학, 영어를 가르치는 것 외에도 아이들의 고민을 들어주거나 해결책을 제시해주기도 했다. 두연은 몇 번 고심한 적이 있었다. 지혁에 관해 털어놓고 싶었기 때문이었다. 해결이 안 되는 일이어도 좋으니, 누가 좀 알아줬으면 싶었다. 자기가 어떻게 사는지, 자기가 어떤 비밀을 품고 사는지 털어놓으면 조금 더 가벼워질 것 같았다. 두연은 스스로가 무겁다고 느꼈다. 무거워서 어둡고, 어두워서 힘겨웠다. 자기가 왜 이렇게 살아야 하는지

246

그 이유를 알려주는 사람이 있었으면 했다. 그럴 때마다 고모의 낮고 무거운 목소리가 떠올랐다. 비밀은 비밀이어야만 하는 이유가 있을 터였다.

센터에서는 여자아이들을 모아놓고 성교육을 하기도 했다. 학교에서 배운 것과는 조금 다른, 조금 더 노골적이고 현실적인 이야기들이 보태졌다. 생리와 임신, 피임에 대해서 제대로 배운 것도 그때였다.

퇴근 후, 약국에서 임신 테스트기를 사 온 두연은 종종걸음으로 근처의 카페로 들어섰다. 생리가 멈춘 게 석 달째였다. 두연은 음료가 나오기도 전에 화장실부터 갔다. 현광을 만나기 전에 결과를 알고 싶었다.

임신 테스트기 결과를 보고 두연은 한숨을 쉬었다. 염려했던 대로 임신이었다. 머리가 터질 것 같았다. 학교나 센터에서는 원하지 않는 아이가 생기면 어떡해야 하는지 알려준 적이 없었다. 그러나 두연은 알고 있었다. 키울 수 없는 아이라면 없애야 한다는 것쯤은 너무 잘 알았다.

아이를 없애려면 돈이 있어야 했다. 그러나 두연의 돈은 서병식에게 있었다. 서병식은 두연에게 원래 월급의 4분의 1만 지급했다. 나머지는 두연의 통장에 저금한다고 했다. 서병식은 필요할 때면 언제든지 주겠다고 했지만 두연은 자기 통장조차 본 적이 없었다. 게다가 받는 월급의 반 정도는 고모에게 생활비로 내놔야 했다. 그것 역시 서병식이 시킨 것이었다. 남은 돈으로 교통비와 휴대폰 비용, 생리대 같은 일상 용품을 사고, 주말에 채원이나 현광을 만나 뭘 좀 먹고, 노래방에 다니다 보면 남는 게 없었다.

낳으면 안 되는 아이라는 것쯤은 두연도 잘 알았다. 병원에 가야 한다. 돈이 필요한 때란 이럴 때였다. 그러려면 서병식으로부터 돈을 받아야 한다. 그러나 두연은 서병식에게 이 상황을 어떻게 설명해야 할지 몰랐다. 사실대로 말하면 되는 걸까. 믿어주기는 할까. 지혁을 때리듯이 두연도 맞게 되는 건 아닌지. 두연은 두려웠다.

서병식은 지혁에게만 손찌검을 했다. 그것도 꼭 식구들 앞에서 그랬다. 무단결석을 했다고 때리고, 밥을 남겼다고 때리고, 늦게 일어났다고, 늦게 귀가했다고 때렸다. 술에 취했을 때도 때리고 술에 취하지 않아도 와르르 성을 내며 지혁에게 달려드는 일이 잦았다. 그때마다 두연은 덜덜 떨었다. 서병식이 지혁을 때리는 날은 지혁이 두연을 찾아오는 날이기도 했기 때문이었다. 지혁은 두연에게 꼭 서병식처럼 굴었다. 괜한 트집을 잡거나 먼저 시비를 걸어 손찌검을 했다. 그리고 힘으로 제압한 뒤 두연을 겁탈했다.

두연은 얼마 전부터 속이 메스껍고 답답증이 찾아졌다.

뭘 제대로 먹지도 못하는 날이 이어졌다. 자꾸 졸리고 신경질이 났다. 두연이 변했다고 말해준 건 현광이었다. 가슴이 커졌다고 했다. 두연은 대꾸하지 못했다. 현광이 두연의 배를 베고 누워 담배를 피웠다. 두연의 아랫배는 아직 매끈했다. 배는 언제부터 부풀어 오르는 걸까. 그전에 아이를 지워야 하는데. 두연은 속이 너무 메스꺼워 현광이 피우는 담배를 뺏어 두어 모금 빨기도 했다.

모텔 창문으로 들어온 붉고, 푸르고, 반짝이는 불빛에 따라 모텔 방 안이 현란하게 번쩍였다. 벌거벗은 두연과 현광이 천장을 보고 누운 채 서로의 몸을 쓰다듬으며 뜨거운 숨을 골랐다. 두연이 무심히 물었다.

"우리 이러다가 아이라도 생기면 어떡하지?"

"그럴 일이 없는데?"

현광은 자신 있게 말했다. 그러다 뭐가 생각이 난 듯 다시 물었다.

"왜 자꾸 그래? 무슨 일 있어?"

"아니, 그냥."

"걱정 마. 아이 가지면 낳으면 돼. 우리 엄마가 잘 키워줄 거야."

대답하고는 뭐가 좋은지 현광이 해맑게 웃었다. 두연이 다시 물었다.

"그럼 우리 결혼해?"

"그럼 안 해?"

이번엔 두연이 웃었다. 행복한데 슬펐다. 좋은데 두려웠
고, 기쁜데 화가 났다.

"이번엔 또 어디에 부딪힌 거야."

현광은 두연의 가슴 언저리 멍 자국을 쓰다듬었다. 어둑
한 방 안에서도 푸르스름한 멍은 선명히 보였다. 현광이 안
쓰러운 표정으로 두연을 안았다. 차라리 현광의 아이였으
면 쉬웠을지 모른다. 현광의 말마따나 아이를 낳을 수도 있
고, 현광과 함께 상의해서 없앨 수도 있었다. 적어도 혼자
는 아닐 것이었다. 두연은 자꾸 현광에게 거짓말을 하고 싶
었다. 너의 아이를 가졌다고. 너와 내가 아빠 엄마가 되는
거라고. 그렇게 속이면 편할 것 같았다. 충분히 가능할 거
같았다. 못할 것도 없지만…… 두연은 고개를 가로저었다.
도대체 무슨 생각을 하는 것인지. 상상만 해도 끔찍했다.

"잠깐 좀 봐."

두연이 먼저 지혁을 부른 건 처음이었다. 고모는 진작 이
부자리를 펴고 누워 있었다. 지은은 중간고사 공부를 해야
한다며 제 방에 들어갔고 서병식은 텔레비전 앞에서 졸고
있었다. 지혁이 비실비실 웃으며 따라나섰다.

"어쭈? 왜? 한번 해줘?"

두연은 조용히 집 뒤의 공터로 향했다. 지혁이 두연의 엉덩이를 자꾸 건드렸다. 지혁의 그림자에 두연의 그림자가 포개져 마치 한 사람의 그림자처럼 보였다. 공터는 여느 때처럼 어둑했다. 공터에 다다르자마자 달려드는 지혁에게 두연은 뒤로 물러서며 빠르게 말했다.

"나 임신했어."

지혁이 주춤했다. 그러더니 갑자기 두연의 뺨을 내리쳤다.

"미친. 어디다 뒤집어씌워? 그 새끼 애 갖다가!"

"아니야."

"아니긴 뭐가 아냐. 네가 어떻게 알아? 증거 있어?"

"내가 알지, 그럼 누가 알아."

지혁은 두연의 배를 발로 걷어찼다. 몸속의 모든 장기가 터진 것 같았다. 두연은 신음 소리를 내며 좀처럼 일어나질 못했다.

"그래? 그럼 내가 죽여줄게."

지혁이 발길질을 해댔다. 두연이 소리쳤다.

"너 아버지한테 말할 거야!"

우뚝 멈춰선 지혁이 낮게 중얼거렸다.

"지금 나를 협박해?"

지혁의 숨소리가 점점 더 거칠어졌다.

"하기만 해. 넌 내 손에 먼저 죽을 줄 알어. 씨발년, 임신? 그게 내 애냐? 이 창녀 같은 년아. 네가 몸을 아무렇게나 굴리니까 그렇잖아. 씨발, 아버지한테 말해. 그래, 한번 해봐. 해보라고, 이 씨발년아!"

지혁이 두연의 배를 몇 차례 더 걷어찼다. 인기척이 들렸다. 지혁이 서둘러 어둠 속에 자기를 숨겼다. 두연은 간신히 일어나 옷에 묻은 흙과 풀을 털어냈다. 어둠 속에 지은이 두리번거리는 것이 보였다. 두연을 발견한 지은은 할 일을 다 했다는 듯이 다시 되돌아 내려갔다.

고모는 미친년이 지랄한다며 두연을 잡아먹듯이 덤볐다. 어디서 말도 안 되는 소리를 지껄이느냐며, 재워주고 먹여준 은혜도 모르는 년이라며 역정을 냈다. 놀랍지 않은 반응이었다. 서병식은 콧방귀도 안 뀌었다.

"내가 너, 현광이 만나는 거 모를 줄 알아? 어디서 돼먹지 못한 게!"

그러더니 담배 연기를 두연의 얼굴에 뿜었다. 두연은 두 눈을 똑바로 뜨고 또박또박 말했다.

"그럼 낳아서 친자 확인할까요?"

서병식이 냅다 재떨이를 집어 던졌다. 그 소리에 고모가 방으로 들어섰고, 고모는 두연이의 등짝을 냅다 후려쳤다.

"너 자꾸 이럴래, 응? 네 몸 하나 간수 못하고서 어디서 귀한 아들 잡아먹을 소리를 해대는 거야!"

"안 믿으면 신고해버릴 거예요!"

"그 입 안 다물어! 이 미친년을 봤나. 너 왜 그래, 대체!"

그때 말간 표정의 지혁이 방문을 열었다. 천연덕스럽게 무슨 일이냐고 물었다. 두연은 지혁의 다리를 덥석 잡아 매달렸다.

"말해! 나한테 무슨 짓을 해왔는지 말하라고!"

지혁이 놀란 듯이 눈을 커다랗게 뜨고 두연을 떨쳐내려고 안간힘을 썼다. 고모가 나섰다.

"그래, 잘 됐다. 너 말해봐. 똑똑히 말해. 얘가 지금 네 애를 뱄다고 이 지랄인데, 이게 무슨 소리냐, 어? 진짜냐? 진짜냐고!"

"네에? 그게 지금 무슨 소리예요?"

지혁은 두연을 내려다보며 인상을 구겼다. 마치 더러운 것을 보는 듯한 눈빛이었다. 지혁은 의아하다는 표정을 지으며 무슨 일인지 모르겠다고 대답했다. 도대체 왜 그러는 거냐고도 물었다. 고모가 지혁에게 매달린 두연을 간신히 잡아 뗐다. 그러곤 지혁을 방으로 보냈다. 고모는 지혁의 방문이 닫히자마자 기다렸다는 듯이 두연의 머리통을 후려쳤다. 휘청거리다 다시 일어선 두연은 씩씩거리며 고모를 노려봤다.

"난 잘못한 거 없다고! 근데 왜 자꾸 때리는데!"

"그 주둥아리 안 다물어!"

"다 소문내고 다닐 거예요!"

"이게 진짜 미쳤나. 어디, 창피하게 진짜!"

묵묵히 쳐다보고만 있던 서병식이 낮은 목소리로 중얼거렸다.

"어디 해봐. 그래 봤자 누가 네깟 년 말에 신경이나 쓸 것 같냐?"

두연은 울지 않았다. 예상하지 못한 일도 아니었다. 잘못이라면 이런 집을 아직까지 떠나지 않았다는 사실인지도 몰랐다. 오지도 않을 엄마를 기다리다가…… 씨발, 뭘 기다리긴 기다려! 이 모든 건 다 엄마 탓이었다. 두연은 붉어진 눈을 감추며 방으로 들어가 방문을 잠갔다.

아침이 되어선 평소와 다를 바 없이 서병식의 차에 지혁, 지은과 함께 타고 출근을 했다. 다른 게 있었다면 다른 식구들은 하나씩인데 두연의 밥그릇 위에만 계란프라이가 두 개 올려져 있었다는 것이다. 두연은 섬뜩한 기분이 들었다. 두연은 밥 한술 뜨지 않고 자리에서 일어났다.

두연의 얼굴이 퉁퉁 부은 것을 보자 현광이 계속 문자를 보냈지만 두연은 답하지 못했다. 뭐라고 둘러대야 할지 엄두가 안 났다. 점심시간에야 현광이 두연을 찾아와 공장 한편의 벤치에 마주 앉을 수 있었다. 두연은 감기 기운이 있다고만 말했다. 현광이 빤히 쳐다봤다. 거짓말 말라는 뜻이었다. 두연은 말하고 싶어도 아무 말도 할 수 없었다. 어떤 이야기든 현광에게 상처가 될 것이었다. 두연은 힘없이 웃으며 물었다.

"나 사랑해?"

"사랑하지."

"그럼 내가 해달라는 거 다 해줄 수 있어?"

"다? 다는 못하지."

그러더니 키득거리며 웃어댔다.

"그렇지, 다 해줄 수는 없지."

두연도 실없이 따라 웃고 말았다.

그날 밤, 두연의 방문을 두드린 건 지은이었다. 지은은 고개를 돌려 어둔 집 안을 한 번 훑은 뒤에 조심스럽게 방으로 들어섰다. 그리고 소리 없이 방문을 닫았다. 두연의 방에 서 있는 지은은 영 어색해 보였다. 지은이 아무 말 없이 불쑥 손을 내밀었다. 지은의 손에는 통장 두 개와 도장 두 개, 카드 두 장이 쥐여 있었다.

"이 정도면 충분할 거야."

서병식 이름의 통장에는 두연의 1년치 월급이, 지혁의 통장에는 지혁의 등록금으로 쓸 돈이 들어 있었다.

"대신 다신 돌아오지 마."

두연은 헛웃음이 나왔다.

"내가 왜? 이 돈으로 뭐 하라고? 이제 도둑질했다는 말까지 듣게 하려고?"

두연이 지은 앞으로 통장을 집어 던졌다. 지은이 두연을 노려보았다. 지은이 통장을 주워 다시 두연의 손에 쥐여주었다.

"가. 도망가."

두연은 지은을 빤히 쳐다봤다. 이제 와서 이렇게 내쫓길 순 없다. 하지만 그냥 있을 수도 없었다. 두연은 가슴이 뛰었다. 그렇게 바라던 돈이었다. 이 돈이면 아이를 지울 수도, 노래방에서 원 없이 노래를 부를 수도, 심지어 엄마의 나라로 갈 수도 있었다. 여기를 떠나 고모와 서병식, 서지혁이 없는 곳으로 갈 수 있었다. 서울로 올라가 노래 학원에 다닐 수도 있고, 그러면 정말 가수가 될지도 모를 일이었다.

"너를 위해서 가란 말이야."

두연은 지은을 물끄러미 쳐다봤다. 지은이 눈물을 참으

려는 듯이 눈에 힘을 잔뜩 준 채 두연을 응시했다.

그날 새벽, 두연은 지은의 말대로 식구들 몰래 집을 나섰다. 간단하게 꾸린 짐 가방 속 가장 안쪽에 통장과 도장을 넣어두었다. 카드는 지갑에 잘 넣었다. 일단 서병식이 알아채기 전에 모두 현금으로 인출해야 했다. 두연은 심호흡을 크게 하고 발걸음을 뗐다. 발소리를 죽여 집을 나서다 문득, 현관에 걸려 있는 서병식의 오토바이 키가 눈에 띄었다. 첫차가 다니려면 아직 서너 시간은 남아 있었다. 두연은 서병식의 오토바이 키도 챙겼다. 두연은 조용히 오토바이를 끌고 대문 밖으로 나섰다.

집에서 어느 정도 떨어진 후에야 두연은 숨을 몰아쉬었다. 오토바이 시동을 넣기 전에 두연은 현광에게 전화를 걸었다. 자다 깬 현광은 두연의 말을 못 알아들었다.

—뭐라는 거야. 천천히 말해봐.

—나랑 도망가자고. 여기 떠나버리자.

—무슨 소리야?

—난 여기서 더는 못 살아. 가야 돼.

—가긴 자꾸 어딜 가.

—어떡할 거야. 나 따라갈 거야, 말 거야?

—두연아.

—너, 나 없이 살 수 있어?

해가 떠오르려는지 세상이 온통 푸르게 변했다. 현광이
짜증 담긴 목소리로 대꾸했다.

— 말이 되는 소리 좀 해. 우리 엄만? 난 엄마 두고 어디
못 가. 아니 안 가.

두연은 엄마가 했던 말이 떠올랐다. 데리러 올게. 도대체
언제? 다른 데 가지 마. 난 어떻게 살라고! 내 이름은 쯔엉
티 미엔. 그럼 뭐 해, 내 이름은 밧 뚜옛이 아니라 박두연인
데! 두연은 전화를 끊었다.

그사이 사위가 환해졌다. 두연은 오토바이 시동을 걸었
다. 갈 수 있는 한 제일 멀리 가고 싶었다. 이제 정말 서둘러
야 했다.

가족의 일생

정균이 노모의 전화를 받은 건 첫 배달을 마치고 막 네 번째 콜을 잡았을 때였다. 포테이토베이컨피자와 해물크림파스타 두 그릇을 7단지로 배달하는 주문이었다. 배차 수락을 누르고 조리 요청을 했다. 피자집에서 조리 시간을 30분 잡았다. 그 전에 로제떡볶이 한 그릇을 4단지로, 커피 일곱 잔은 5단지 상가의 수학 학원으로 배달해야 했다.

— 어미가 없다.

노모는 다짜고짜 며느리 은주가 없다고 말했다.

— 어디 갔는데요?

— 나야 모르지.

— 그게 무슨 소리예요?

— 안 들어와.

— 어제저녁에도 통화했는데?

— 그러니까 어제부터 안 들어와.

— 어디 간다고 나갔는데요?

— 소고기 국거리 좀 사 갖고 오겠다더니, 그길로 안 들어와. 전화도 안 받고.

— 그걸 왜 이제 전화해요.

휴대폰 너머로 아이의 칭얼거리는 소리가 들렸다.

— 예령이는요?

— 제 엄마만 찾지.

메뉴가 준비되었다는 알림이 떴다.

— 혹시 술 드셨어?

— 안 먹었다. 내가 언제 술 마셨다고 그러냐.

그러나 정균은 믿지 않았다. 이제 그만 드시라는 말만 하고 전화를 끊었다. 곧바로 은주에게 전화를 걸었다. 노모의 말대로 신호만 울릴 뿐 받지 않았다. 아무튼 잡은 콜은 소화해야 했다. 정균은 심란한 마음으로 헬멧을 쓰고 오토바이에 시동을 넣었다. 비가 오려는지 하늘이 검었다.

극성스러운 폭염으로 아침부터 온 도시가 끓어오르던 여름이었다. 정균이 휴대폰 판매점의 철문을 열려던 참이었다. 옆의 액세서리 가게에서 뭔가 요란하게 깨지는 소리가 들렸다. 정균은 철문 열쇠를 쥔 채로 액세서리 가게를 기웃댔다. 그때 여자의 높고 날카로운 비명 소리가 들렸다. 경찰 신고를 해야 할까, 일단 들어가볼까, 정균이 고민하는 사이 가게에서 젊은 남자가 튀어나왔다. 직감적으로 잡아야 할 사람이라는 것을 알았지만 두 발이 떨어지지 않았다. 대신 액세서리 가게로 들어갔다. 깨진 유리 진열장 뒤로 주저앉은 여자가 보였다. 얼굴과 팔에 유리 파편이 박혀 군데군데 피가 흐르고 있었다. 그제야 정균은 119에 전화를 걸었다. 놀라서 차마 울지도 못하던 그 여자가 은주였다.

정균은 지역 뉴스의 단신을 통해서 액세서리 가게를 뛰쳐나간 사람이 은주의 동거남으로 28세 신 모 씨라는 것을 알게 되었다. 순간 허탈한 기분이 들었다. 그래서였구나,라고 생각하니 한편으로는 마음이 편해지는 것도 같았다.

정균이 은주를 의식하기 시작한 건 한 달 전쯤부터였다. 가게 문을 열자마자 은주가 찾아온 날이 있었다. 휴대폰을 바꿔야 한다며 적당히 쓸 만한 걸 달라는데 마치 맡겨놓은 걸 찾는 사람 같았다. 옆 가게 점원이라는 것 정도는 알고 있던 터라 최신형이 아니라 말 그대로 쓸 만한 중저가 휴대폰 두 개를 꺼냈다. 은주는 휴대폰을 양손에 쥐고 두 개를 비교하기 시작했다. 겉모양만 가지고 판단할 모양이었다. 정균은 그날에야 은주의 이목구비를 제대로 볼 수 있었다. 가게에서 장사를 할 때는 짙은 화장에 귀걸이, 목걸이, 팔찌를 주렁주렁 매달고 있어서 화려하고 사치스럽게 보였는데 장사를 시작하기 전이어서 그런지 화장기가 전혀 없는 얼굴이었다. 늘 하늘을 향해 뻗어 있던 눈꼬리는 다 화장 때문이었다는 것이 어쩐지 안심이 되었다. 은주의 민얼굴은 영 순박했다.

정균은 은주에게 말 그대로, 판매점 유리에 적힌 노마진으로, 정말 마진을 하나도 남기지 않고 휴대폰을 팔았다. 어쩐지 그러고 싶었다. 다른 사람들에게 더 남기면 된다고 생각했다. 은주는 새 휴대폰을 들여다보며 빙긋 웃었다. 누가 봐도 20대 후반의 평범한 아가씨였다.

"대한민국 어디에서도 이 가격으로는 못 사요."

"고맙습니다."

"고마우면 밥 한 번 사요. 맥주면 더 좋고."

"그럴까요?"

발랄하게 웃던 은주의 응답을 정균은 그냥 흘려듣지 않았다. 그러나 좀처럼 자리가 만들어지진 않았다. 오가며 인사를 나눌 때마다 정균은 올해 안에 맥주 마실 수 있겠냐는 농담을 건네곤 했다.

은주가 쉽게 시간을 내주지 못한 게, 같이 사는 남자가 있기 때문이라는 걸 정균은 지역 뉴스를 보면서야 깨달은 것이다. 정균은 마시던 맥주를 단숨에 들이켰다. 어느새 미지근해진 맥주는 쓰기만 했다. 정균은 인터넷 뉴스를 검색해보았다. 28세 신 모 씨가 동거하던 여자에게 금품을 요구하는 바람에 벌어진 일이라고 했다. 어느 기사에서는 헤어진 옛 연인으로 올라와 있기도 했다. 이미 전과가 있던 신 모 씨는 자취를 감추었고, 경찰이 찾는 중이라는 기사도 있었다. 정균의 옥탑방은 선풍기만으로 열대야를 이기기 힘들 것 같았다. 빈 맥주 캔을 구겨 쓰레기통으로 던진 후에 다시 한 캔을 꺼냈다. 열린 창문으로 보름달이 훤하게 비췄다. 정균은 은주가 무서운 밤을 보내겠다는 생각이 들자 괜히 은주가 딱하게 여겨졌다.

문제는 동거하던 사람이 있다는 걸 알면서도 은주에 대한 마음이 사라지지 않는 것이었다. 단념이 안 됐다. 은주만 생각하면 가슴 저편에서 뜨뜻한 무언가가 뭉그적거리며 고개를 들곤 했다.

정균은 그날의 소동을 핑계로 아침마다 액세서리 가게 문을 여는 은주에게 괜찮냐고 인사를 건넸다. 점심때는 점심 먹었느냐고 먼저 물어봤고, 퇴근할 때는 조심히 가라며 진심을 담아 인사했다.

"도대체 내가 왜 좋았어?"

"좋은 데 이유가 있나?"

"그래도 한눈에 반한 건 아니었을 거 아냐."

"한눈에 반했는데?"

"거짓말."

"진짜야."

"왜?"

"예뻐서."

"지금은?"

"지금도."

정균이 은주에게 예쁘다고 할 때마다 은주는 정균의 옆구리를 찌르곤 했다.

정균은 허리에 손을 짚고 왼쪽 오른쪽으로 움직이며 뻣뻣한 옆구리와 뻐근한 허리를 풀어주었다. 막 포테이토베이컨피자와 해물크림파스타 두 그릇을 배달한 참이었다. 정균은 호출 알람을 무시하며 다시 전화를 걸었다. 은주는 여전히 받지 않았다. 정균은 어쩔 수 없이 처형에게 전화를 걸었다.

— 은주를 왜 나한테 찾아? 나야, 모르지. 그나저나 한동안 조용하더니, 왜. 또.

— 아뇨. 혹시 연락되면 전화 좀 달라고 해주세요.

기대한 것도 없었지만 통화를 마치니 허탈했다. 열 살 무렵에 집을 나간 엄마 대신 은주를 챙기고 키운 건 아버지가 아니라 처형이라고 했다. 은주에게 각별한 언니였지만 자주 만나진 못했다. 서로 사는 곳이 먼 데다 자매 모두 사는 일이 팍팍해 명절에도 얼굴 보기가 쉽지 않았다.

정균은 처형의 전화를 끊는 대로 곧바로 김경아에게 전화를 걸었다. 김경아는 혼자 아이를 키우는, 은주의 유일한 친구였다. 김경아는 곧바로 전화를 받지 않았다. 세 번쯤 다시 걸었을 때에야 전화를 받았다.

— 은주요? 별 이야기 없었는데? 왜요?

— 아니, 지금 연락이 안 되어서요.

— 배터리가 다 된 거 아닐까요?

— 네, 그러겠죠.

— 왜, 도망이라도 갔을까 봐?

김경아의 우스갯소리에 정균은 웃을 수 없었다. 정말 도망이라도 간 거면 어떡하지. 정균은 마음이 산란했다. 김경아 다음으로 떠오른 사람은 혜수 엄마와 나린이 엄마였다. 혜수와 나린이는 예령이와 같은 어린이집에 다니는 아이들로 엄마들끼리도 친했다. 놀이터나 키즈 카페를 같이 다니고, 생필품을 공동 구매해서 나누기도 했다. 물론 정균은 세 엄마들이 남편 귀가가 늦는 집에 모여 종종 맥주를 마신다는 것도 알고 있었다. 그러나 그마저도 은주가 일을 시작하면서 뜸해졌을 터였다. 둘의 전화번호를 알기는 했지만 그 엄마들에게까지 은주의 부재를 알리고 싶지는 않았다.

아무래도 집에 가봐야 했다. 정균은 더 이상 콜을 잡지 않기로 하고 배달 프로그램을 로그아웃했다.

한창 저녁 시간이어서 도로에는 라이더들이 많았다. 초록색 회사 깃발을 휘날리는 오토바이, 빨간색이나 하늘색 배달 가방을 달고 달리는 오토바이, 검은색 상자에 형광 연두로 큼지막하게 배달 대행사 이름이 적힌 오토바이도 쉽게 눈에 띄었다. 모두들 종횡무진 달려 나갔다. 그들이 위험을 감수하고 신호를 어기며 달리는 이유는 건당 수수료를 받기 때문이었다. 빨리 달려야 많이 배달했다. 많이 배달하기 위해서는 과속, 중앙선 침범, 불법 유턴과 인도 주행은 어쩔 수 없었다. 하루에 5, 60건은 잡아야 오토바이에 들어가는 기름값이나 수리비 등을 제외한 수입이 생겼다.* 그래 봤자 네 식구 한 달 살기에 늘 부족했다.

7단지 너머, 산자락 아래 끄트머리로 더 들어가면 허름한 주공아파트 세 동이 있었다. 재개발이 확정되어 이주 계획에 들어간 아파트 단지였다. 최근 들어 슬슬 빈집이 늘어나고 있었다. 한때는 젊은 부모들과 어린아이들이 가득했을 아파트 단지는 흐린 하늘 때문인지, 이사 나간 집의 창문과 현관에 그어진 빨간 엑스표 때문인지 어딘지 모르게 을씨년스러웠다. 정리되지 않은 화단의 무성한 잡초들 때문에 그 풍경이 더욱 스산했다. 사람이 빠져나가는 일밖에 남지 않은 아파트에는 라이더들의 숙소가 몇 집 있었다. 그중에 정균의 숙소도 있었다.

정균은 형구 형과 태영, 영찬, 민수와 같이 지내고 있었다. 형구 형과 정균이 한 방을, 태영과 영찬이 작은 방, 막내 민수가 거실에 이부자리를 폈다. 모두 정균처럼 지방에서 올라온 사람들이었다. 그들 모두 처음부터 도시에서 객지 생활을 했던 건 아니었다. 배달은 사람이 많이 사는 곳이어야 돈이 되는 구조였다. 정균이 사는 지방 소도시에서는 돈이 될 만큼의 콜 수가 충족되지 않았다. 정균이 큰 도시에서 객지 생활을 하게 된 간단한 이유였다.

정균은 숙소에 도착해 간략히 씻은 다음 형구 형에게 전화를 걸었다. 숙소의 총책임자이기도 했으며 정균이 소속된 배달 대행사의 실장이기도 했다. 오늘은 정말 돈을 갚는다고 했으니 집으로 내려가기 전에 받을 수 있으면 좋겠다고 생각했다. 그러나 형구 형은 전화를 받지 않았다. 한창 콜이 많을 시간이기는 했다. 정균은 포기하고 출발할 수밖에 없었다. 빨리 간다 해도 집까지 세 시간은 걸릴 거리였다.

운전을 하면서 정균은 지난달에 은주와 싸웠던 일을 떠

올렸다. 형구 형에게 돈을 빌려준 일을 들켰기 때문이었다.

"이걸 숨길 수 있다고 생각했어?"

"금방 갚는다고 했어. 자기 걱정하게 만들고 싶지 않기도 했고."

"그럼 더욱이나 먼저 얘기를 했어야지."

"얘기하면 안 된다고 할까 봐."

"안 되는 일인 줄 이미 알고 있었단 말이네?"

"형구 형이 급하다고 해서 그만…… 미안해."

다행히 은주는 형구 형이 어디에 쓸 돈이었는지에 대해서는 묻지 않았다. 돈을 빌려준 걸 비밀로 한 것보다 노름 빚을 갚는다는 사람에게 돈을 빌려준 일이 걸렸던 정균이었다. 아무리 생각해도 빌려주지 말았어야 했다. 그러나 정균은 좀처럼 거절에 익숙한 성격이 아니었다. 일주일만 쓰고 준다는데, 자기는 그 돈 없으면 죽는다는데, 있는데 없다고 할 수가 없었다. 같이 사는 태영이나 영찬에게도 돈을 빌렸다 갚았다는 걸 모르지 않았던 탓도 있었다. 암암리에 이번에는 자기 차례일 거라 생각하고 있었다.

형구 형은 노름판에서는 어떨지 모르지만 같이 지내기에는 좋은 사람이었다. 청소와 빨래 당번을 정해 숙소 생활의 질서를 잡아주는 것도 형구 형이었고, 떡볶이나 꽈배기, 붕어빵 같은 걸 사 와 먹으라고 주섬주섬 내놓는 사람도 형구 형뿐이었다. 돈만 제때 갚아주면 좋았을 텐데.

형구 형도 처음부터 그랬던 건 아니었다. 돈 버느라 객지에서 지내는 것도 고단한 일인데 부인이 아이들만 두고 집을 나간 게 문제였다. 객지서 벌면 뭐 하냐고, 고생한 보람이 없다고, 술만 마시면 눈물 흘리던 형구 형이 결국 라이더들 노름판에 끼게 된 것이 탈이었다. 정균은 형구 형을 볼 때마다 마치 남의 일이 아닌 것 같은 불안과 걱정이 들곤 했다.

집으로 내려가는 경부고속도로가 꽉 막혔다. 퇴근 차량에 갇힌 모양이었다. 기어를 중립으로 놓자, 그제야 허기가 느껴졌다. 하루 종일 아무것도 먹지 못했다. 정균은 차창을 내리고 담배를 피워 물었다. 비가 오려는지 공기에 습기가 가득했다. 은주에게 전화를 걸었지만 여전히 받지 않았다.

정균은 은주가 좋았다. 옆 가게 아가씨라는 걸 알고 난 뒤부터 호감이었지만 새 휴대폰을 사러 왔을 때 민낯을 보고 완전 호감으로 바뀌었다. 진하게 화장을 하고 있을 때면 산전수전 다 겪은 무서운 언니 같았지만 일단 화장만 지우면 처진 눈꼬리 때문에 사람이 송아지처럼 유순해 보였다. 정균의 눈에는 그 유순함이 예뻤다. 한번 만나보고 싶었다. 사귈 수 있으면 더 좋겠지만 그도 아니면 술이라도 한잔 같이 마셔보고 싶은 마음이 있던 차였다.

　동거남 사건이 있은 후, 처음으로 은주와 맥주를 마시던 날이었다. 은주는 술은 안 마시겠다고 했다.

　"술 말고 밥을 먹을 걸 그랬어요."

　"뭐, 어때요. 편하게 마시세요."

　정균은 5백 시시 잔을 들어 벌컥벌컥 몇 모금 마신 뒤에 물었다.

　"원래 술 못해요?"

　"아뇨, 지금 임신 중이어서요."

　정균은 급하게 마신 맥주가 가슴팍에 턱 걸린 것 같은 기분이 들었다. 겉으로 보기에는 아무 표시가 안 났다. 오히려 조금 마른 듯한 체형이었다. 은주는 덤덤하게 말을 이었다. 신 씨의 아이인데 신 씨에게는 말하지 않았다고 했다. 끝까지 말하지 않을 생각이라고 했다. 물어보지도 않았는데 은주가 먼저 술술 꺼냈다. 놀라고 당황스러운 건 오히려 정균이었다. 정균은 가위로 자른 돈가스 안주를 은주 앞으로 내밀었다.

　"앞으로 어떡하려고요?"

　"아직 아무 생각 없는데."

　씩 웃더니 정균이 가지런히 자른 돈가스 조각을 하나씩 집어 먹었다.

"너무 어릴 때 만난 게 잘못이었죠, 뭐. 지금은 만나라고 해도 안 만날 스타일인데."

"어떤 스타일인데요?"

"양아치 같지 뭐. 진득하게 일 못 하고, 사고나 치고 다니고, 여자한테나 빌붙어 살려고 빌빌대는 스타일요."

그러고는 활짝 웃었다. 정균은 은주의 그 웃음을 보자마자 가슴이 먹먹해졌다. 저렇게 웃기까지 속이 얼마나 곪았을까 생각하니 영 안쓰러웠다. 그래서였을까. 정균은 은주에게 불쑥 물었다.

"나 같은 스타일은 어때요?

"어? 아직 어떤 스타일인지 모르는데."

"여자한테 돈 벌어 오라는 소리 안 하게 생긴 스타일요."

"좋네요."

은주가 크게 웃었다. 정균은 그 웃음소리가 자기를 받아들이겠다는 신호라고 생각했다.

정균은 조금 더 적극적으로 은주에게 다가갔다. 둘은 종종 저녁으로 우동이나 잔치국수, 만둣국, 칼국수를 먹곤 했다. 헤어질 때는 정균이 꼭 은주 집 앞까지 데려다주었다.

어느 날이었던가. 은주가 치킨이 먹고 싶다는 날이 있었다. 정균은 맥주를 마셨고, 은주는 생수에 치킨을 먹었다. 술을 안 마시는 걸로 봐서 은주는 정말 아이를 낳을 생각

같았다. 정균은 그런 선택을 하는 은주가 미련하다고 생각했지만, 은주의 다짐을 자기가 말릴 수 있는 처지가 아니라고 생각했다. 정균과 은주가 어떤 사이인지 규정되지 않았을 때였다. 은주가 치킨을 너무 잘 먹어 정균은 안주로 무만 집어 먹었던 날, 그날은 다른 날과 다르게 은주가 정균을 데려다주겠다 했다. 늘 정균이 은주를 데려다주는 것으로 헤어졌는데, 그날만큼은 고집을 부렸다. 문득, 정균은 집에 신 씨가 와 있느냐고 물었다. 은주가 고개를 끄덕였다.

아, 짧게 신음 소리를 낸 정균은 은주의 손을 꽉 잡았다. 그리고 정균의 옥탑방으로 데리고 갔다. 은주가 방에 들어섰을 때까지 정균은 은주의 손을 놓지 않고 있었다.

"이제 이거 놔줘도 되는데."

머쓱한 정균이 얼른 손을 놓았다. 은주가 떨리는 목소리로 말했다.

"책임지라는 말 안 할 테니까, 나 하룻밤만 재워줘요."

정균은 그 말이 끝나자마자 은주를 확 안아버렸다. 은주와 정균의 맞닿은 가슴이 점점 뜨거워졌다.

화장을 채 지우지도 못하고 잠이 든 은주를 바라보면서 정균은 이 여자를 책임지고 싶어졌다. 쇄골이 쑥 들어간 가냘픈 어깨가 창백했다. 정균은 잠든 은주의 머리를 쓰다듬었다. 설핏 잠이 깬 은주가 정균을 보고 씩 웃었다. 잠결에 웃는 얼굴이 무구해 보였다. 이 여자를 위해서라면 뭐든 할 수 있을 것 같은 기분이 들었다. 꼭 은주가 정균의 첫 여자였기 때문은 아니었다.

　그날부터 은주는 정균의 옥탑방으로 거처를 옮겼다. 동거남 신 씨는 은주의 결별 선언을 받아들이지 못했고, 아무 때나 불쑥불쑥 액세서리 가게로 나타나곤 했다. 레퍼토리는 뻔했다. 정신 차리고 잘 살겠다. 같이 살던 때로 다시 돌아가자. 그것이 신 씨의 요구 사항이자 협박이었다. 은주가 동요하지 않자 술에 취해 가게 물건을 망가뜨리기도 하고, 칼을 들고 와 은주를 위협했던 일도 있었다. 매번 경찰에 신고해도 해결이 되지 않았다. 신 씨는 정균이 나타나면 슬그머니 자취를 감추었다. 그러나 결코 지치지는 않았다. 간간이 나타나던 신 씨는 점점 나타나는 횟수를 늘렸고, 아침부터 저녁까지 내내 액세서리 가게 앞을 서성이곤 했다. 신 씨를 떼어놓는 유일한 방법은 은주가 사라지는 것뿐이었다. 은주가 액세서리 가게를 그만두고 정균이 휴대폰 판매점을 정리해, 둘이 함께 거처를 옮겨야 할 일이었다.
　"먹고사는 건 걱정 없이 해줄게."
　정균의 프러포즈는 딱 한 문장이었다. 조금 더 멋진 말을 할걸. 그때를 생각하면 정균은 괜히 은주에게 미안해졌다.

그도 그럴 것이 배가 불러오는 은주를 빨리 설득해야 한다는 조바심에 시달렸기 때문이었다. 은주는 고집이 셌다. 신 씨의 아이를 정균의 아이로 키울 수는 없다고 했다. 같이 사는 것과 아이의 아빠가 되는 건 다른 의미라고 했다. 이미 아이는 지울 수 없는 개월 수였다.

정균은 그때마다 신 씨에게 미련이 남았냐고 되물었다. 정균이 아니었으면 신 씨를 다시 받아들였을 거냐고 반문하기도 했다. 은주는 고개를 저었다. 그러나 자기와 아이가 정균에게 부담을 주는 게 싫다고 했다. 정균은 사랑한다고 말했어야 했다. 너를 사랑하기 때문에 모든 것이 괜찮다고 말했어야 했는데. 그러지 못한 게 늘 후회가 되었다. 정균은 고작, 먹고사는 건 걱정 없이 해줄게,라는 말밖에 할 줄 몰랐던 자신이 바보 같았다.

은주가 정균의 끈질긴 구애 때문에 청혼을 받아들인 건 아니었다. 휴대폰 판매점을 정리하고, 정균의 옥탑방에서 방 두 개짜리 임대 아파트로 거처를 옮겨서도 아니었다. 신 씨가 특수 절도로 실형을 받았다는 걸 알게 된 이후에야 은주는 정균의 청혼을 받아들였다. 출산 예정일을 한 달 앞두고였다.

식은 생략했다. 우선 아이를 낳는 것이 먼저였다. 예정일보다 보름 지난 일요일 오전, 은주는 예령이를 낳았다. 정

균은 그다음 날로 예령이의 출생신고를 마쳤다. 이정균이
었으므로 신예령이 아니라 이예령이었다.

  정균은 예령이가 진짜 자기 아이라고 생각했다. 은주의
입덧을 옆에서 살폈고, 첫 태동을 같이 느꼈으며, 출산 준
비를 함께했다. 열 달의 임신 과정을 옆에서 봐온 것도 자
기였고, 예령이의 탯줄을 자른 것도 자신이었으며, 매일 열
심히 오토바이를 타는 것도 이제는 예령이를 위해서였다.
예령이가 신 씨의 아이라는 걸 잊을 수는 없겠지만 끊임없
이 부인할 자신이 있었다.
  정균은 자신과 눈을 마주치며 배시시 웃던 예령이의 첫
미소를 기억했다. 처음 아빠―라고 입을 뗀 순간도, 자기
를 향해 첫걸음을 떼던 모습도 생생하게 기억할 수 있다.
현관문을 열고 예령아―하고 부르면 어디에 있든 다다다
다 달려 나와 정균의 품에 쏙 안기는 예령이의 숨소리를 기
억하는 이상, 예령이는 정균의 아이였다. 그 비릿한 어린
것의 냄새를 기억하는 한 진심이었다.

  집으로 가는 동안 정균은 은주에게 계속 전화를 걸었다.
그러나 받지 않았다. 도대체 은주는 무슨 생각인 걸까. 걱
정과 두려움, 짜증과 염려가 마구 섞여 복잡한 마음이 들었

다. 어디에서 무엇을 하고 있을까. 어린 예령이가 걱정되지 않을까. 늘 술에 취해 있는 노모에게 아이를 맡기고 불안하지 않을까. 일상이 고단해 모든 것으로부터 도망치고 싶은 순간이 찾아왔던 건 정균도 마찬가지였다. 그렇다고 은주처럼 무책임하게 숨어버리진 않았다. 흐렸던 하늘이 결국 비를 흩뿌리기 시작했다. 와이퍼가 좌우로 움직일 때마다 삐걱거리는 소리가 났다.

정균과 은주가 아무리 노력해도 힘든 일이 있었는데, 그건 좋은 부모란 어떤 것인지 모른다는 점이었다. 배운 게 없어서였다. 정균에게는 아버지가 없었다. 은주에게는 엄마가 없었다. 편모, 편부 밑에서 자라면서 은주는 엄마의 역할을, 정균은 아버지의 역할을 본 적이 없었다. 경험치가 없었다. 그래서 둘은 서로에게 바라기만 했다. 자기가 경험하지 못한 부모의 모습을 꿈꿨다. 옥박지르는 아버지가 되지 말아줘. 짜증 내는 엄마가 되지 않으면 좋겠어. 돈은 적게 벌어도 좋으니까 추억을 많이 만들어주는 아빠면 좋겠어. 살림 잘 못해도 되니까 그저 늘 집에 있는 엄마가 되어줘. 때리는 아빠가 되면 안 돼. 술 취한 엄마도 안 돼. 무슨 일이 있어도 아이 혼자만 남게 하지 말자. 무엇보다도 싸우는 걸 보여주지 말자…… 서로에게 요구한 아빠 엄마가 되기 위해 정균과 은주는 노력했다. 가져보지 못한 좋은 아버지의 인자함과 누려보지 못한 좋은 엄마의 사랑을 받으며 자라는 예령이가 되었으면 했다. 사랑을 많이 받고 자라 밝고 명랑한 아이로 키우고 싶었다.

그러나 모든 것이 말처럼 쉬운 건 아니었다. 돈보다 추억을 만들어주는 아빠가 되길 원했지만 정균은 집을 떠나 도시에서 일을 해야 했다. 늘 집에 있는 엄마가 되어달라고 부탁했지만 은주는 일을 시작했다. 싸우는 걸 보여주지 말자고 했지만 정균과 은주의 다툼 소리는 자던 예령이를 울려 깨게 했다.

형구 형 때문에 아이 앞에서 싸웠던 날, 그날 저녁 예령이를 재워놓고 정균과 은주는 소주 한 병을 두고 마주 앉았다. 싸움은 오래 끌지 말자는 것이 정균과 은주의 생각이었고, 둘은 싸우고 나면 그날 저녁엔 어떻게든 마주 앉아 이야기를 나눴다. 대체로 서로가 서로에게 미안하다고 사과를 했다. 다 큰 어른이 되어 만났는데 어떻게 서로를 잘 알겠느냐고, 서로 조금씩 서로에게 맞춰가자고, 교과서 같은 이야기로 마무리하곤 했다. 그날도 정균은 진심으로 미안하다고 이야기했다. 은주는 사과 대신, 겨울에 온천 여행을 가자고 했다. 올여름엔 휴가 없이 지내자는 말에 나온 대답이었다. 노인네처럼 무슨 온천이냐는 말에, 쇠락해가는 온천에 가서 한적하게 놀다 오자는 것이었다. 이미 다 알아본

게 있는 모양이었다. 정균은 일단 알았다고 했지만 정말 다녀올 수 있는지는 미지수였다. 세 식구가 하룻밤만 잔다 해도, 숙박비에 서너 끼 식사 비용은 만만한 금액이 아니었다. 이틀간 일을 하지 않으니 이틀 치의 일당을 못 버는 것이었으므로 여행 비용 두 배의 손해가 생기는 셈이었다. 좋다, 어떻게든 간다고 치자. 정균은 노모를 혼자 두고 가는 것이 영 마음에 걸렸다. 그렇다고 노모와 함께 가기도 싫었다. 정균 역시 은주처럼 셋이서 보내는 오붓한 한때를 갖고 싶었다.

노모는 여섯 살 예령을 업은 채 정균을 맞이했다. 얼굴과 목덜미가 터질 듯 붉었다. 예령이는 잠들어 있었다. 정균은 서둘러 손을 씻었다.

"애가 영 안 자길래 업어봤다."

정균은 예령을 받아 들어 자리에 눕혔다. 잠결에 설핏 정균을 보고 아빠—라고 부르며 양팔을 벌렸다. 정균이 예령이를 품듯이 꼭 안아주자 예령이는 다시 잠이 들었다. 한 달에 한 번 내려오는 집이었는데, 그때마다 예령이의 팔다리가 쑥쑥 자라 있었다.

"술 취해서 애를 업으면 어떡해요. 넘어지기라도 하면 어쩌려고."

"안 마셨다니까 그런다!"

"술 냄새가 이렇게 나는데 뭘 안 마셨다고!"

노모가 싱크대 위에 있던 빈 소주병을 슬그머니 등 뒤로 감췄다.

"예령 엄마는 어제 몇 시에 나간 거예요?"

"저녁 먹고 나서니까 8시쯤? 아니다, 어둑했으니 9시는 다 되었겠다."

"그 밤에 무슨 고기를 산다고."

"다음 날 반찬이 없다면서 소고기뭇국을 끓이겠다는 거 아니냐. 뜬금없이 무슨 소고기뭇국인가 했다. 날도 이렇게 더운데."

그러고 보니 예령이 이마에 땀이 송글송글 맺혀 있었다. 올여름엔 에어컨을 하나 장만할 생각이었는데. 늘 생각은 뒤늦었고 행동은 그 생각마저 따라잡을 수 없었다.

정균은 옷장이나 서랍장, 싱크대를 뒤졌다. 어디에도 떠날 채비나 준비를 하고 나간 것 같진 않았다.

"그런 델 뭐 하러 봐. 경찰한테 신고부터 해야지."

"뭐 입고 나갔데요?"

"뭐냐, 원피스? 걔 여름마다 입는 그 초록색 원피스 있잖냐. 나뭇잎 무늬 커다란."

정균은 무슨 옷을 말하는지 알아챘다. 민소매 박스형 원피스였다. 슬리퍼에 지갑과 휴대폰만 들고 나간 차림이라고 했다. 정균은 시계를 올려다봤다. 자정이 다 되어가고 있었다. 속이 쓰렸다.

"밥 있어?"

경찰에 신고부터 해야 하는 것이 맞는데. 정균은 어쩐지 다음 날이면 은주가 아무렇지 않은 모습으로 집으로 들어설 것 같은 기분이 들었다. 아무 일도 없었던 듯이 평상시와 같은 표정, 같은 말투로 정균에게 왔어?라고 말할 것 같았다.

"라면 있으면 하나만 끓여요."

노모가 끙— 소리를 내며 주방으로 향했다. 정균은 편한 옷으로 갈아입고 텔레비전을 켰다. 지금 텔레비전을 볼 때냐는 노모의 구시렁거리는 소리가 정균에게 다 들렸다.

사실 은주가 사라진 건 이번이 처음은 아니었다. 노모와 같이 살기 전, 예령이가 네 살이 될 때까지 은주는 이렇게 갑자기 사라졌다 아무렇지 않은 듯 나타나곤 했다. 어디에서 무엇을 했느냐고 물어도 대답하지 않았다. 사람이 어떻게 이렇게 걱정을 끼칠 수 있느냐고 화를 내도 묵묵부답이었다. 1년에 한두 번씩 꼭 그렇게 사라졌다 돌아오는 은주 때문에 정균은 두려웠다. 연락이 되지 않는 동안의 은주의 안전이 걱정되었고 아이 혼자 덜렁 남겨질까 봐 아찔했다.

처음 사라졌던 건 예령이가 백일쯤 되었을 때였다. 정균이 휴대폰 판매점을 정리하고 자동차 배터리 할인점을 할 무렵이었다. 밤에는 대리운전까지 하던 터라 저녁을 먹으러 집에 들렀을 때였다. 은주가 잠깐 예령이 좀 보라며 집을 나섰다. 찌개에 넣을 두부가 없다는 것이었다. 두부 없어도 괜찮으니 그냥 달라고 하는데도 은주는 한사코 집을 나섰다. 정균은 이제 눈을 마주치면 활짝 웃는 예령이를 바라보며 은주를 기다렸다. 배도 고팠고, 한시라도 빨리 나가야 콜 하나라도 더 잡을 수 있을 터였다.

그날 밤, 은주는 돌아오지 않았다. 전화도 먹통이었다. 그제야 정균은 은주의 언니나 친구들에 대해서 아는 것이 없다는 걸 깨달았다. 연락처 하나 없었다. 예령이가 보채고 우는 바람에 밤새 잠 한숨 못 자고 새벽이 되었다. 하루치의 젖병이 수북하게 쌓인 싱크대 앞에 서서 정균은 절망했다. 은주가 떠난 것이든 사고를 당한 것이든, 결과는 모두 암울했다. 배신감과 걱정이 범벅된 마음이 좀처럼 가라앉질 않았다. 그래도 젖병을 씻고 소독하고 다시 분유를 용량대로 담아뒀다. 아무렇게나 던져진 기저귀도 한데 모아 쓰레기봉투에 넣었고, 밥통에 남아 있던 밥을 꺼내 두부 없는 찌개와 먹었다. 두어 시간이나 잤을까. 예령이가 애앵 소리를 내며 깨어났다. 서둘러 젖병을 물리며 정균은 이걸 다 먹이면 경찰에 신고하자,라고 생각했다.

예령이가 분유를 다 먹고 난 다음, 등을 쓰다듬어 트림을 하게 했다. 그러고는 텔레비전을 틀어놓고 예령이를 눕혔다. 백일 된 아이가 텔레비전을 빤히 쳐다봤다. 백일짜리 아이를 두고 사라진 엄마의 마음은 어떤 것일까. 뭔가 끝장이 난 기분이 들었다. 정균이 휴대폰을 들어 112를 막 누르려던 참이었다.

딸그락 소리와 함께 현관문이 열리더니 은주가 들어섰다. 지난밤에 나간 차림 그대로 검은 비닐봉지에 두부 한 모를 담아 돌아온 것이었다. 술 냄새나 담배 냄새가 나진 않았다. 헝클어진 차림도 아니었다. 너무 아무렇지 않아서, 마치 방금 전에 집을 나섰다가 돌아온 사람 같았다. 12시간 의 공백. 그것이 은주의 첫번째 가출이었다.

어느 해에는 1년에 두 번 사라졌던 적도 있었고, 어느 해에는 한 번만 사라지거나 계절마다 없어졌던 적도 있었다. 처음에는 12시간이었다가 18시간, 이틀, 사흘까지 이어지기도 했다. 기가 찰 노릇이었다. 정균은 은주가 왜 그러는지, 그 시간 동안 어디서 누구와 무얼 했는지 알 수가 없었다. 은주가 말하지 않는 이상 알 도리가 없었다. 정균은 얼러도 보고 화도 내보고 윽박도 질러봤지만, 은주는 그럴수록 입을 다물었다. 차분하게 묻기도 하고, 품에 안은 채 속삭이기도 했다. 그래도 은주는 고개를 저었다. 급기야 정균은 은주에게 이렇게 말할 수밖에 없었다.

"딱 하나만 약속해줘. 꼭 돌아온다고. 몇 시간이든 며칠이든 꼭 돌아온다고."

은주는 알 수 없는 표정을 지으며 고개를 끄덕였다. 정균은 은주를 믿을 수밖에 없었다.

은주의 가출이 멈추게 된 건 노모를 모시고부터였다. 예령이가 네 살이 되던 해, 정균은 은주에게 노모를 모시면 어떻겠냐고 물었다. 노모와 합치면서 집을 좀 넓히고 싶었다. 걱정과 달리 은주는 흔쾌히 응했다. 노모가 아이를 봐줄 수 있다면 자기도 나가서 돈을 벌고 싶다고 했다. 서로에게 다짐했던 약속들은 쉽게 잊혔다.

노모와 같이 산 지 2년이 다 되어간다. 노모에게 예령의 친부에 대해서 굳이 말하지 않았다. 노모는 당연히 예령이가 친손녀라는 걸 의심하지 않았다. 노모를 모시면 일을 시작하겠다고 한 은주였지만, 정작 노모는 늘 취해 있어 마음 편히 외출할 수도 없었다. 그래도 은주는 군소리 없이 노모를 모셨다.

이번에도 그런 가출일 것이었다. 그러니 걱정이 되면서

도 걱정이 안 되었다. 지금까지의 은주라면 반드시 돌아올 것이기 때문이었다.

노모가 빨리 경찰에 신고하라고 닦달을 했다. 사라진 지 이틀이 지난 셈이었다.

"조금 더 기다려봐."

"큰일 날 소리 한다. 무슨 일이 났어도 열 번은 났겠다."

"일은 무슨 일."

"아니 사람이 없어졌는데, 이게 일이 아니면……"

노모의 눈빛이 바뀌더니, 다시 물었다.

"이번이 처음이 아니냐? 예전에도 이런 적이 있었냐?"

정균은 그렇다 아니다 대답하지 않았다. 노모는 안도라 기보다는 허탈함에 가까운 헛웃음을 지으며 벽에 기대앉았다. 그러고는 싱크대에 넣어두었던, 마시다 만 소주를 꺼내 컵에 따랐다. 벌컥 한 모금을 마시고는 정균을 바라보며 혀를 찼다.

은주가 사라졌다고 돌아올 때까지 동동거리며 걱정하던 마음도 무뎌해졌다. 아무것도 못 느낀다는 것이 아니라, 걱정의 양과 무게가 가벼워졌다는 의미였다. 사라진 지 첫날에는 화가 난다. 또 사라졌구나, 또 말도 없이 없어졌구나. 마치 자기를 무시하는 것처럼 여겨져 분노가 인다. 돌아오기만 하면 끝장을 내겠다는 생각까지 하게 된다. 그러다 이

틀째가 되면 걱정이 되기 시작한다. 도대체 무슨 연유인지, 잠이라도 제대로 된 데서 자는 건지, 굶지는 않는지, 그저 돌아오기만 하면 좋겠다는 생각을 하게 되는 것이다. 그러다 사흘쯤 되면 짜증이 밀려온다. 혼자 아이를 보고 집안일을 하는 것이 너무 힘들었기 때문이다.

그러다 은주가 돌아오면 화가 더 났다가도 허탈하고, 신경질이 났다가도 안도가 되었다. 어떻게든 돌아오면 된 것일까? 정균은 그렇다고 생각했다.

정균과 노모는 하루를 더 기다렸다. 사라진 지 3일, 52시간째였다. 그사이 연락이 온 건 형구 형뿐이었다. 정균은 아무래도 며칠 더 있어야 할 것 같다고 답변했다. 형구 형이 조심스럽게, 돈을 조금만 더 있다 갚아도 되겠냐고 물었다. 정균은 지금 당장 그 돈이 없다고 어떻게 되는 일이 아니니 알겠다고 대답했다.

은주는 그런 정균의 태도에 불만이 많았다. 맺고 끊기가 그렇게 물러서 어떻게 먹여 살릴 것이냐는 말도 했다. 정균은 걱정 말라고, 지금도 이렇게 잘 먹여 살리고 있다고 대답했지만 그것은 결코 쉬운 일이 아니었다.

노모와 살림을 합칠 때쯤 자동차 배터리 할인점을 처분했다. 가게를 처분한 돈과 노모의 전셋값을 보태 방 세 개짜리 연립으로 이사를 했다. 그리고 정균은 직업을 바꾸었다. 오토바이를 사고 배달 라이더가 되었다. 아침 10시부터 밤 12시까지 길에서 시간을 보내는 일이었다. 피크 타임에는 한 시간에 적어도 여섯 건은 소화해야 했다. 한 번에 여러 건을 묶어서 배달하지 않고서는 채울 수 없는 콜 수였다. 하루 50건을 채우려면 주문이 많은 곳이어야 했다. 주문이 많은 곳은 라이더가 많을 것이고, 라이더가 많다면 콜 잡기도 그만큼 힘들다는 뜻이었다.* 주행 중에도 휴대폰으로 계속 콜을 잡으며 달려야 한다. 쉬는 날 없이 일했다.

어떻게 보면 은주는 참을성이 강한 여자였다. 적다 많다 말 한마디 없이 벌어다 주는 대로 살았다. 노모를 모시자고 해도, 떨어져서 살아야 한다고 해도, 한 달에 한 번밖에 못 만난다고 해도 은주는 알겠다고 했다. 혼인신고 전, 같이 살자는 말에 그렇게 고집스럽게 거절하던 은주가 맞나 싶을 정도였다. 그러나 같이 살고부터는 거절이라는 것을 모르는 사람이 되었다. 정균은 자기가 예령이의 아빠가 되었기 때문이라고 생각했다. 은주 나름의 고마움의 표현이라고 생각했다.

예령이를 어린이집에 보낼 수 있게 되면서 은주는 일을 구했다. 서너 시간 편의점 아르바이트를 시작으로, 슈퍼마켓에서 계산을 했고, 나중에는 대형 할인 마트의 캐셔로 일했다. 정규직은 아니었지만 출퇴근 시간이 명확하고 깨끗한 환경이어서 좋다고 했다. 정균이 한 달에 한 번 집에 내려오는 날은 은주의 휴무일이었다. 한 달에 한 번밖에 안 봐서 그런지 화장을 뽀얗게 한 얼굴로 정균을 맞이했다. 예전 액세서리 가게를 할 때처럼 눈꼬리를 올린 화장이었다. 화장을 하지 않는 은주는 순박해 보였지만 피곤하고 고단해 보였다. 그러나 화장을 하면 건강하고 발랄해 보였다. 정균은 한 달에 한 번 만나는 은주가 병주머니처럼 보이지 않아서 좋았다.

그나저나 출근은 했을까. 정균은 전화를 걸어 은주가 출근했는지 물어보았지만 알려줄 수 없다는 대답만 들었다. 업무 시간이 끝나기를 기다려 마트 앞에서 기다렸으나 퇴근하는 은주는 없었다.

사흘이 지나서도 소식이 없었다. 은주는 돌아오지 않았다. 이제껏 나흘을 넘겨본 적은 없었다. 정균은 진짜 걱정이 되기 시작했다. 동시에 천불이 났다. 나흘이나 일을 하지 못한 것도 큰 걱정이었다. 하루하루 수입이 중요한 라이더였다. 나흘치 일당은 결코 적은 돈이 아니었다.

닷새째 되는 날에야 정균은 경찰에 신고를 했다. 자초지종을 다 들은 경찰관이, 아니 어떻게 닷새가 되도록 신고를 안 했느냐고, 왜 이제야 신고를 했냐고 물었다. 은주의 가출 전력에 대해서 말할까 하다가 말았다. 그걸 밝히면 이번에 도 그런 경우가 아니냐며 사람 찾기에 소홀할 것만 같았다.

엿새째 되는 날, 경찰에게서 연락이 왔다. 놀이터에서 예령이에게 비눗방울로 놀아줄 때였다. 가출 당시의 은주의 외관에 대해 다시 묻는 전화였다.

─나뭇잎 무늬가 크게 박힌 초록색 원피스입니다. 긴 파마머리에……

─지금 와보셔야 할 것 같습니다.

느낌이 좋지 않았다. 다른 날과 달리 예령이가 울면서 가지 말라고 떼를 썼다. 아빠 금방 다녀올게. 올 때 맛있는 거 사 올게. 아무리 달래도 소용이 없었다. 정균은 우는 아이를 노모에게 맡기고 매정하게 뒤돌았다. 닫힌 현관문 저편에서 예령이의 울음소리가 더 크게 들렸다. 정균은 서둘러 발걸음을 뗐다.

그저 콜만 많이 잡으면, 그 콜에 열심히 달려가면 될 줄 알았다. 허튼 곳에 신경 쓰지 않고 살면 은주나 예령이 정도는 책임질 수 있을 것 같았다. 부자는 아니어도 먹고살만 은 한 집에서 예령이를 키울 수 있을 거라고 생각했다. 알콩달콩, 있으면 있는 대로 없으면 없는 대로 살면 될 줄 알

왔다. 은주는 예뻤고, 예령이는 더 예뻤다.

정균은 은주에게 가출에 대해서 더 꼬치꼬치 캐묻지 못한 것을 후회했다. 정균은 은주가 자기에게 말하지 못하는 무엇을, 자신이 채워줄 수 없는 무엇을 찾기 위해, 보충하기 위해 가출하는 거라고 생각했다. 은주에게, 늘 정균은 자신이 부족하다고 생각했던 탓이었다. 조금 더 적극적으로 은주의 삶에 개입했더라면 모든 게 달라졌을까.

은주가 변사체로 발견된 건 정균이 너무 늦게 신고해서는 아니었다. 그러나 정균은 죄책감을 느꼈다. 자기 때문이라고 자책했다. 습관적 가출일 것이라고 너무 쉽게 생각한 자기의 잘못이었다. 되돌릴 수 없는 일이라는 것이, 후회해 봤자 소용없는 일이 벌어졌다는 것이, 자기의 능력 밖의 일로 현실을 수긍해야 한다는 사실이 정균은 절망스러웠다.

예령이 배 속에 있던 시절, 정균은 은주의 부른 배를 신기하게 바라보곤 했다.

"남의 애한테 신경 꺼."

여전히 정균의 구애에 넘어오지 않던 시절이었다.

"그렇게 말하지 마. 아기 들을라."

정균은 은주의 배에 귀를 대보았다. 꾸르륵거리는 소리만 들릴 뿐이었지만 어쩐지 아이가 자기를 기억할 수 있을 거라는 생각이 들었다. 그러면 이상하게 가슴이 뻐근했다. 은주의 행복을 위해서라면, 아이를 행복하게 해줘야 한다고 생각했다.

은주가 발견되고 이틀 만에 예전 동거남 신 씨가 살인 교사 및 사체 유기 등의 이유로 체포되었다. 정균은 부검을 마친 은주를 내려다보며 예령을 생각했다. 예령이에게 엄마에 대해 뭐라 말해야 할지 몰랐다. 예령이가 여섯 살이라는 것이 그저 아득하게 느껴졌다.

* 배달 업무 노동자의 환경 및 일하는 장면 묘사 등은 김하영의 『뭐든 다 배달합니다』(메디치, 2020)를 참조했습니다.

긴 하루

쪼그려 앉아 있던 유순은 시멘트 바닥에 급히 담배를 비벼 끄고 곧바로 전화를 걸었다. 새로고침을 하자마자 '급구'라는 제목으로 주방 이모를 구하는 게시글이 뜬 것이다. 일당이 무려 8만 원이었다.

— 파출앱 보고 연락드렸습니다. 사람 구하신다고요.

— 경험 있으세요?

경험이야 남부럽지 않았다. 유순은 걱정 안 해도 된다고 강조했다.

— 그럼 9시까지 오세요.

새벽 3시까지 일한다 해도 여섯 시간에 8만 원이면 아주 좋았다. 백반집에서 계산을 하고 나온 장 씨가 유순에게 종이컵에 담긴 믹스커피를 내밀었다. 커피를 받아 든 유순은 담배를 하나 더 피워 물었다. 담배를 쥐지 않은 쪽 팔을 휘

휘 저으며 뭉친 근육을 풀었다. 손목과 손가락 관절도 뻑뻑해 손을 쥐었다 폈다 반복했다. 진작 나와 있던 베트남 청년 둘은 1톤 트럭에 기대어 서로의 휴대폰을 들여다보면서 자기 나라 말로 떠들고 있었다.

"새집에서는 피우지 말어."

"왜? 새댁이 뭐라고 했어?"

"아까 자기한테 뭐라 하려다가 말더라고."

주방 살림 패킹을 끝내고 짐을 다 뺀 다용도실 구석에서 담배를 피운 걸 본 모양이었다. 장 씨는 어지간하면 참아보라고 했는데 유순은 그게 힘들었다. 다른 이들이 음료수를 마시며 숨을 돌릴 때마다 유순은 구석에서 조용히 담배를 피웠다. 패킹을 마치고 한 번, 살림을 다 빼고 난 뒤 한 번, 짐을 넣으면서 두어 번이 다였는데 그걸 뭐라고 하는 사람이 많았다.

유순은 담배 연기를 깊게 들이마셨다. 뜨거운 햇빛에 정수리가 패는 것 같았다. 이삿짐을 옮기기에는 삼복더위보다 차라리 엄동설한이 나았다. 긴 장마 끝이어서 습도가 높은 데다 마스크까지 낀 채 짐을 나르니 곤욕도 이런 곤욕이 없었다. 오전 일찍부터 짐을 뺐는데도 이미 목덜미가 땀으로 끈적이고 양 겨드랑이에서 쿰쿰한 땀내가 났다. 어깨와 손목, 손가락 관절도 계속 욱신거렸다. 커피를 다 마신 장 씨가 스스럼없이 트림을 했다. 제육볶음과 마늘 냄새가 났다. 아휴, 정말. 유순은 장 씨의 어깨를 밀쳐냈다.

"입은 좀 가리고 해. 예의 없이."

"우리 사이에 예의는 무슨."

"우리가 무슨 사인데?"

장 씨가 유순의 옆구리를 꾹 찔렀다.

"아, 어딜 만져?"

"어디긴 어디야, 유순 씨 옆구리지."

그러더니 엉덩이를 툭 건드렸다.

"나와서는 그러지 말라니까."

"뭐 어때, 보는 사람도 없는데."

근처의 신축 아파트 공사장 때문에 차가 지나갈 때마다 흙먼지가 일었다.

"오늘도 밤에 나가셔?"

"놀면 뭐 해."

"그 돈 다 벌어 얻다 쓰게?"

"쓸 데가 없나. 돈이 없지."

유순은 뒷주머니에 꽂아두었던 장갑을 꺼내 괜히 무릎을 탁탁 내려쳤다.

"아, 나랑 이삿짐만 하자니깐. 그러다 젊지도 않은 몸 폭삭 상한다."

"안 하면? 장경식 씨가 먹여 살리실 겁니까?"

장 씨는 대답하지 않았다. 대답을 바란 건 아니었지만 거짓말이라도 선뜻 그러마 하지 않은 장 씨에게 서운함이 들었다. 그러나 내색하지 않았다. 사소한 것까지 신경 쓰며 살 순 없었다. 유순은 머릿속으로 남은 하루를 계산해봤다. 6시쯤 일을 마친다 해도 7시 반이면 집에 도착, 씻고 저녁 먹고 출발해도 9시까지는 충분했다.

벌어도 벌어도 부족한 게 돈이었다. 전세를 전전하다 재작년에 10년 된 20평대 연립주택을 사느라 빚이 늘었다. 늙어빠진 트럭도 언제 멈춰 설지 몰랐다. 이젠 살 만큼 살아서 언제 죽어도 상관없다는 노모는 끊임없이 병원을 들락거리며 여기저기 검사를 해대는 게 취미였다. 병원비만으로도 입이 벌어졌는데, 그 와중에 동네 노인들과 몰려다니며 건강식품을 할부로 사 들였다. 그 지출 역시 유순이 감당해야 했다. 뿐인가. 낼모레면 서른인데도 취업을 못한 딸아이가 쓰는 돈이며, 아이 앞으로 들어가는 적금과 보험도 만만한 금액은 아니었다. 학자금 대출도 남아 있었다. 조바심이 나는 이유는 무엇보다도 작년에 큰올케에게 현금을 빌려준 탓이었다. 사업이 기울 대로 기울었다는 걸 알았지만 오죽하면 손아래 시누이에게 손을 벌리나 싶어서 차마 거절하지 못했던 것이다. 잃어버린 돈으로 치자 했는데 사람 마음이 희한해서 그 돈이 점점 더 아쉽게 느껴졌다. 얼른 메워놓아야 할 것 같았다. 그러니 벌 수 있을 때 벌어야 했다. 곧 이마저도 할 수 없는 나이가 될 것이 아닌가.

장 씨와 유순이 5톤, 1톤 트럭에 올랐고 베트남 청년들은 한 명씩 각각의 차에 올랐다. 땡볕에 한창 달궈진 차 안은 에어컨을 틀어도 시원하지 않았다. 옆에 앉은 베트남 청년이 말없이 휴대폰만 들여다보았다. 한국에 들어온 지 얼마 안 되어 의사소통은 힘들었지만 일 눈치는 있는 청년이었다. 스물아홉 살이라 했으니 딸 혜서와 동갑이었다.

혜서에게 연락이 끊긴 지 열흘째였다. 어디서 뭐 하고 있는지, 정말 이렇게 연을 끊을 생각인 건지. 유순은 혜서 생각만 하면 가슴 한편이 체한 것처럼 답답했다.

독립을 하고 싶다고 한 건 제법 오래전부터였다. 유순에게는 생각할 필요도 없는, 말도 안 되는 소리였다. 유순은 혜서가 독립 이야기를 꺼낼 때마다, 식구가 많은 것도 아니고 너와 나 단둘이 사는데 무슨 독립이냐고 일축해버렸다. 노모와 같이 지낸 뒤로 혜서는 더 자주 말해왔지만 유순은 눈 하나 꿈쩍하지 않았다. 말이 쉬워 독립이지 살림을 새로 내는 데 드는 돈이 얼만데. 그러더니만 기어이 집을 나가고만 것이다.

"독한 것. 어떻게 팬티 한 장 안 남기고 싹 챙겨 나가."

유순의 혼잣말에 베트남 청년이 쳐다봤다. 유순은 고개를 저었다.

말 그대로 홀로 독립한 것이라면 걱정이 덜 되었을까. 그 꼴도 탐탁지 않기는 마찬가지였겠지. 사귀는 사람과 같이 살고 싶어서 몸 달아 있었다는 걸 유순이라고 모르지 않았다. 마음에 안 드는 상대라고 그렇게 언질을 했는데도 혜서는 밤을 새우고 들어올 때가 잦았다. 참다못한 유순이 어느 날인가 혜서의 등짝을 후려치며 기어이 한소리를 했다.

"너 정말 이럴 거야? 아비 없는 자식이라고 표 내는 거야, 뭐야?"

"내가 뭘!"

곱게 수그릴 줄 알았던 혜서가 고개를 빳빳이 들고 대들었다. 뭐 잘한 게 있다고. 유순은 기가 찼다.

"연애를 할 거면 제대로 된 놈을 만나 똑바로 하라고."

연극인지 영화인지, 하여간 연기를 하는 사람이라는 것을 알게 된 후로 유순은 혜서의 연애를 허락할 수가 없었다. 정기적인 수입이 없는 사람이라니.

"잘 모르면서 함부로 말하지 마."

"그 나이 되도록 고정 수입이 없으면 예술병 걸린 놈일 거 아니냐. 안 그래?"

"엄마가 뭘 안다고? 엄마 마음대로 판단하지 마!"

"내가 지금 나 좋으라고 하는 소리야? 너 행복하라고, 너는 멀쩡히 살라고 하는 소리잖아! 어디 만날 사람이 없어서!"

"이러니 내가 집을 나가고 싶지!"

혜서가 날카로운 목소리로 대꾸했다. 유순은 가슴이 덜컹 내려앉았다. 30여 년 전의 유순도 눈이 뒤집어져서 집을 나서지 않았던가.

그래도 어쩜 이렇게 감쪽같이 집을 나갈 생각을 한 것인지. 유순은 자기 입장을 하나도 생각하지 않은 혜서가 노여웠다. 그렇게 설명하고 몇 번이나 알기 쉽게 말했는데도 불구하고 제멋대로 나가버린 혜서가 용납이 안 됐다. 자식 일은 부모 마음대로 할 수 없다더니. 다른 집 자식도 아니고 내 자식이…… 그런 한탄은 이제 와 소용없었다.

이삿짐을 부리는 일은 짐을 싸고 빼내는 것보다 더 신경이 쓰였다. 집주인이 원하는 자리에 물건을 놓아야 했고 청소까지 마쳐야 끝이었다. 주방 살림과 냉장고, 다용도실, 욕실을 차례대로 정리해나갔다. 유순은 자기 몸에서 나는 땀내 때문에 골치가 아플 지경이었다. 콧잔등과 인중, 턱에 땀이 차올라 쓰라렸고, 겨드랑이와 오금도 땀에 절어 검게 얼룩이 생겼다. 짧은 머리칼 끝에 땀방울이 맺혔다. 유순은 수건을 머리에 둘러 두건처럼 묶었다.

장호익스프레스에서 일을 시작한 지 10년이 되어갔다. 처음 일을 시작했을 때는 온몸에 파스를 붙이고 살았는데. 그래도 그때는 빠릿빠릿 잘 움직였다. 유순은 요즘 들어 세월이 참 빠르게 느껴졌다. 예순까지 두 해밖에 남지 않았다니. 갓난쟁이를 두고 일을 나가던 때가 엊그제 같은데 품을 떠난 혜서가 곧 서른이었다. 유순이 혜서를 가졌을 나이였다. 자신을 생각하면 그 나이가 어린 나이가 아닌데도 유순은 마음이 놓이지 않았다.

　"아저씬 잘해줘?"

　몇 해 전이었던가. 혜서가 뜬금없이 유순에게 물었던 적이 있었다. 유순은 얼결에 그렇다고 대답해버리고 말았다. 만나는 사람이 있다는 걸 시인한 셈이었다. 조심한다고 했는데도 혜서는 이미 알고 있었던 모양이었다.

　"같이 살고 싶으면 그래도 돼. 나 상관하지 말고."

　혜서를 물끄러미 바라보던 유순은 얼굴이 발개졌다. 만나는 남자에 대해 혜서와 이야기를 나눠본 적이 처음이었다. 게다가 자기는 엄마를 믿으니까 엄마가 만나는 사람도 괜찮은 사람일 거라는 혜서의 말에 유순은 가슴이 시큰했다.

　유순이 장 씨를 만나기 시작한 건 장 씨의 아내가 지병으로 세상을 뜬 다음 해부터였다. 혜서와 장 씨의 막내아들이 동갑인 데다 그 당시 고3이었던 터라 장 씨와 유순은 가족들에게 한동안 둘의 관계를 밝힐 엄두도 내지 못했다. 장 씨는 때를 봐서 합치자는 말을 하곤 했지만 아비 없는 딸과 어미 잃은 아들들의 눈치를 보느라 그 '때'라는 것이 좀처럼 찾아오지 않았다. 장 씨는 아이들 혼사를 치를 때는 자기 옆에 유순을 앉히겠다고 해왔는데, 정작 올봄 장 씨의 큰아 들이 식을 올릴 때 유순은 장 씨 옆에 서 있질 못했다. 테이 블마다 장성한 아들들을 데리고 다니면서 인사를 시키던 장 씨는 유순의 테이블에는 오지 않았다. 그때 유순은 자신 의 믿음이 얼마나 쓸모없는 것이었는지 깨달았다.

집 안에서는 담배를 못 피웠으므로 새댁이 건넨 박카스 를 들고 아파트 단지 구석의 그늘을 찾아 쪼그려 앉았다. 유순은 담배를 피우며 혜서에게 카톡을 보냈다.

— 엄마 문자 보면 연락 좀 해.

숫자 1이 좀처럼 사라지지 않았다. 열흘 내내 유순 혼자 서 카톡 화면에 혼잣말을 하듯이 연락을 보내고 있었다. 처 음엔 화가 났다. 괘씸하기도 하고 서운하기도 했다. 잔소리 좀 했다고 집을 나가? 어떻게 나 혼자 두고 나갈 수 있지? 세상에 피붙이는 저와 나뿐인데. 배신감이 몰려왔다. 그러 나 독립하겠다고 해오던 말이 진짜였다는 것을 뒤늦게 깨 달은 자신에 대한 후회가 더 깊어졌다. 곧 서른인 아이를 계속 품고만 있으려 하니 숨통이 막혔겠지. 어린애도 아니니 제 인생 제가 알아서 살아가라고 등 떠밀어도 부족할 판에…… 유순은 끙 소리를 내며 일어섰다. 자기도 모르게 나오는 신음이 낯설지 않았다. 노인네들이 일어설 때마다 왜 앓는 소리를 하는지, 이제는 알고도 남았다.

— 밥 잘 챙겨 먹어.

유순은 혜서에게 메시지를 하나 더 남겼다. 순간 두 문장에 붙은 숫자 1이 사라졌다. 유순의 메시지를 읽기는 한다는 뜻이었다. 곧바로 전화를 걸었지만 여전히 받지 않았다. 답신도 없었다. 유순은 이제 많은 걸 바라지 않았다. 어차피 나간 아이였다. 억지로 잡아 끌고 들어올 수도 없을 터였다. 그러니 잘 지내고 있다는 말만 해주면 될 것 같았는데, 그 한마디를 건네지 않는 것이었다. 화는 유순이 내도 모자랄 판인데 오히려 혜서가 성질을 내는 것처럼 입을 꾹 다물고 있어서 불편하고 불안했다. 유순은 노모 같은 엄마가 되지 않겠다고 다짐하고 또 다짐했다. 이렇게 된 이상 혜서를 받아들이겠다고 마음을 먹어야 했다. 마음에 안 든다고 밀쳐냈다간 자기와 노모 꼴이 날 것이 뻔했다. 결혼까지는 절대 허락하지 않을 테지만 한번 살아보겠다고 이 난리면 말릴 도리가 없는 것도 사실이었다. 유순은 박카스를 한입에 다 마셔버렸다. 단 걸 마시면 두어 시간은 또 거뜬히 버틸 수 있었다.

새댁은 살림살이를 자기가 다 다시 정리해야 된다면서 유순에게는 알아서 적당히 넣어놓기만 하라고 했다. 결혼한 지 1년밖에 되지 않았다고 하더니 살림살이들이 모두 새것인 데다 소품들이 아기자기했다. 조리 기구와 식기 세트, 컵과 잔을 차례대로 빈 찬장과 수납장에 넣었다. 새댁은 기껏해야 혜서 또래일 것 같았다. 누군가는 이렇게 이루고 사는데…… 유순은 혜서가 어디에서 살고 있을지 눈앞에 훤했다. 수중의 돈도 없는 것이 가봤자 단칸방일 게 뻔했다. 단칸이라도 방다운 방이면 다행이게, 도대체 대책이라는 걸 세우긴 한 건지, 남자 뒷바라지한다면서 빈 독에 물 채우는 건 아닌지, 그렇게 저를 갈아 넣는 건 아닌지…… 유순은 자기도 모르게 한숨이 나왔다. 하루에도 마음이 몇 번씩 왔다 갔다 했다. 담배가 피우고 싶었지만 억지로 참았다.

살림살이가 제자리를 찾아갈수록 비닐 완충제가 이삿짐 박스에 차곡차곡 쌓여갔다. 내용물을 빼고 청소까지 싹 해온 냉장고와 김치냉장고를 마른걸레로 한 번 더 닦아내고 원래의 자리에 고스란히 채워 넣었다. 욕실과 다용도실 물건들도 간소했다. 새살림이어서 조심스러웠지만 짐이 많은 집은 아니었다. 햇빛이 거실로 깊게 들어차는 오후가 되었고, 짐 풀기가 다 마무리되어갈 즈음, 유순은 다용도실

선반에 액체 세제를 올리다가 허리를 삐끗했다.

원래 허리가 좋지 않았다. 혜서를 낳고 제대로 몸조리를 못한 탓이었다. 혜서를 낳고 열흘 뒤부터 일을 시작했다. 그때부터 이제껏 제대로 쉬어본 적이 없을 정도였다. 아이를 낳기 전에 했던 경리 일은 찾기 어려운 데다 하루가 급했으므로 유순은 몸 쓰는 일을 시작했다. 가내공업 모직 회사를 시작으로, 화장품 방문판매, 식당 서빙과 주방일을 했다. 전단지를 돌리고 세탁 공장에서 운동화를 빨고 도매시장에서 물건을 나르는 일도 했으며 하루 종일 순대를 볶기도 했다. 낮에 무슨 일을 하든 밤에는 식당에서 설거지를 했다. 하루에 다섯 시간 이상 자본 적이 없었다. 몸이 성할 리가 없었다. 평생 살집이 붙질 않았고 손톱이 자랄 새가 없어 항상 뭉툭했다. 특히 허리가 고질적인 문제였는데, 조심한다고 하는데도 이렇게 한번 삐끗하면 한동안 고생해야 했다. 허리가 아프니 등허리가 휘며 걷는 모습이 우스꽝스럽게 되었다. 삐딱한 자세로 부엌과 거실을 쓸고 닦고, 마지막으로 스팀 청소를 하자 모든 일이 끝났다. 청소를 하는 동안 베트남 청년들은 빈 상자와 완충제, 꽉 찬 쓰레기봉투를 치웠다. 유순은 허리에 손을 짚은 채 마지막으로 소파 탁자의 먼지를 휩쓸었다. 새댁이 유순을 부른 건 그때였다.

"이거 보이시죠? 금이 가 있네요."

그릇장에 세로로 꽂아두었던 접시들 중에 하나였다. 하루 종일 멀찍이 서서 휴대폰만 쥐고 있었으면서 어떻게 발견했는지 알 수 없었다. 장 씨가 눈짓을 보냈다. 패킹할 때 확인 안 했냐는 뜻이었다. 유순은 어깨를 들썩여 모르는 일이라는 표정을 지었다.

"그리고 이 에어프라이어 손잡이도 찍혔더라고요. 산 지 얼마 안 된 건데."

"무슨 소리세요. 일일이 다 포장해서 옮긴 거 보셨잖아요."

유순의 목소리에 날이 섰다. 새댁이 팔짱을 끼고 한 발짝 앞으로 다가왔다.

"저야 모르는 일이죠. 어머, 지금 내가 억지 부린다는 말이에요, 그럼?"

새집에서 좋은 꿈꾸시라고, 부자 되시라는 덕담을 건넬 시간에 실랑이가 생겨버렸다. 아무래도 그릇 핑계로 잔금을 얼마라도 깎을 모양이었다. 짜증이 난 유순은 이렇다 할 설명 없이 휙 돌아 나와버렸다. 나이도 어린 게 어디서 눈을 똑바로 뜨고 덤벼, 덤비긴. 새댁이 장 씨에게 사과를 운운하며 언성을 높이는 게 들렸지만 그냥 엘리베이터에 올라탔다. 해가 지고 있는데도 더위는 가실 줄 몰랐다. 유순은 어린애들이 쳐다보거나 말거나 트럭에 걸터앉아 담배를 피워 물었다. 보험 처리를 하든 사과를 하든 보상을 하든, 장 씨가 알아서 하겠지. 한참 뒤에나 장 씨가 내려왔다. 장 씨가 유순을 향해 못 말리겠다는 표정을 지었다.

"왜? 뭐?"

"잘하셨다고."

유순은 바닥에 침을 뱉고 트럭에 시동을 걸었다. 하루 종일 애써 일했는데 끝이 지저분하니 마음이 영 별로였다. 아픈 허리는 가라앉을 줄 몰랐다. 마치 무거운 돌덩이를 업고 있는 기분이었다. 제길, 유순은 혼잣말을 하며 액셀을 밟았다. 퇴근 시간에 걸리지 않으려면 조금 더 속도를 내야 했다. 짐을 실은 트럭을 운전할 때는 괜히 등허리가 묵직한 기분이 드는 반면 빈 트럭을 몰 때면 어깨가 가벼워진 것 같았는데 오늘은 그렇지도 않았다.

샤워를 마치고 나오니 부재중 전화가 와 있었다. 혜서였다. 열흘 만의 연락이었다. 유순은 헐레벌떡 혜서에게 다시 전화를 걸었지만 연결되지 않았다. 열 번도 넘게 전화를 걸었지만 열 번 내내 받지 않았다. 급기야는 전원이 꺼졌다는 안내가 들려왔다. 문자와 카톡을 남겼는데도 반응이 없었다. 유순은 길게 한숨을 쉬었다. 한번 의심하거나 걱정하기 시작하면 끝이 안 보이는 것이 자식의 일이었다. 별일 없을 거라고 믿어야 별일이 없을 것이었다.

형편이 어려운 집 자식들은 부모가 고생한다며 제 앞길을 알아서 척척 잘 찾아간다는데 혜서는 그런 딸은 못 되었다. 삼수와 두 번의 휴학을 하느라 졸업이 늦은 데다, 그 와중에 탐탁지 않은 연애에, 무엇보다 적당한 직장을 찾지 못한 채 아르바이트만 전전하는 게 제일 근심이었다.

혜서는 낮에는 사진관에서 촬영 보조로, 밤에는 프랜차이즈 카페에서 아르바이트를 했다. 해를 못 봐서 그런지 혜서의 얼굴은 늘 허옇게 떠 있었다. 하지만 유순은 혜서를 딱하게 생각하지 않으려고 애썼다. 그렇게 생각하면 결국 딸아이를 낳은 자신을, 돈이 많지 않아 편하게 키우지 못한 자신을, 뭐든 마음껏 못해준 자신에 대한 원망을 피할 도리가 없었다. 부잣집 자식들처럼 원하는 걸 다 해주지 못한 안타까움이야 어느 부모인들 다르지 않겠지만 아빠 없이 자란 혜서에게는 더더욱 미안했다. 그러나 하루 종일 고되게 일하고 들어오면 혜서와 눈 한 번 마주치지 못하고 쓰러져 잠들기 일쑤였다. 혜서의 마음결을 읽어주는 데 서툴렀고 여유도 없었다. 유순은 어쩔 수 없었던 자신의 입장을 혜서가 이해해주길 바랐다.

사내처럼 짧은 머리를 수건으로 탁탁 쳐내며 말리는데 노모가 밥 먹으라고 소리를 쳤다. 백발에 허리가 잔뜩 굽은 노모는 보기와는 달리 정정해서 집안 살림을 도맡고 있었다. 아이가 어릴 때, 필요할 때는 쳐다보지도 않던 노모가 오갈 데 없는 군살림처럼 유순의 집으로 들어와 같이 살기 시작한 게 3년 전이었다.

노모와 사이가 안 좋게 된 건 30년 전부터였다. 노모는 유순이 석철을 만나는 것을 반대했다. 부모, 형제가 없는 남자인 데다 유순보다 여덟 살이 어리다는 이유였다. 그러나 이미 사랑에 빠진 유순에게 그런 이유는 아무 문제가 되지 않았다.

유순이 일하는 카센터에 새로 들어온 석철은 사장의 외조카였다. 고등학교를 갓 졸업한 스무 살이라고 했다. 사장의 누이 부부가 지난해에 부부 동반 단체 여행에서 교통사고로 세상을 떴다는 걸 유순은 이미 알고 있었다. 유순은 석철의 고요함이 슬픔 때문이라는 것도 알았다. 기술 하나없는, 하얀 피부에 말수가 적고 키만 멀쑥하게 큰 석철은 카센터에 쉽게 적응하지 못했다. 거칠고 시끄러운 세계에서 석철만 유일하게 고요한 사람이었다. 유순은 석철이 딱했고, 안타까웠으며, 걱정이 되었다. 그것이 사랑의 시작이었다. 석철 또한 유순의 사랑을 마다하지 않았다. 석철에게 유순은 어느 날 갑자기 사라져버린 부모를 대신해 가장 친절하고 가장 따스한 사람이었던 것이다.

노모는 결혼은 고사하고 어떻게든 석철로부터 유순을 떨어뜨려놓으려 했다. 그러나 노모의 만류에도 불구하고 유순은 석철과 헤어질 생각이 전혀 없었다. 얼마 안 가 유순은 노모에게 석철의 아이를 가졌다는 것을 알렸다. 그쯤되면 모든 걸 포기하고 석철을 받아들일 줄 알았는데, 노모는 아랑곳하지 않고 아이를 지우고 석철과 헤어지라고 다그쳤다. 결국 남자와 어미 중에서 고르라는 노모의 으름장에 유순은 주저 없이 석철을 선택했다. 유순은 스무 살 때부터 모아왔지만 얼마 안 되는 돈과 노모의 적금 통장을 훔쳐 집을 나왔다. 살다 보면, 잘 살다 보면, 둘이 행복하게 잘 살다 보면 어떻게든 용서해주고 이해해주고 인정해줄 날이 올 거라 믿었다.

유순이 들고 나온 돈으로는 도시에 방 하나를 겨우 얻었다. 석철은 다시 카센터에서 일을 시작했고 유순은 부업거리를 찾아 혜서를 낳는 날 아침까지 일을 했다. 유순은 건강했고 석철은 젊었다. 서른 살과 스물두 살에 엄마와 아빠가 된 유순과 석철은 행복했다.

그 당시 유순과 석철의 꿈은 카센터를 차려 도시에 제대로 정착하는 것이었다. 목돈을 만들기 위해 유순도 석철도 열심히 일을 했다. 유순과 석철은 돈이 되는 일이라면 뭐든

마다하지 않았다. 몸은 고단해도 희망이 있던 시절이었으나 오래 가지 못했다. 석철은 성실했으나 세상 물정에 어두웠다. 석철이 사기를 당하지 않았더라면, 계획대로 혜서가 다섯 살이 될 쯤에는 작게나마 카센터를 열 수도 있었을 것이다.

인생이란 시련의 파도를 넘어가는 과정이었지만 누군가는 그 파도에 물거품이 돼버리기도 한다. 마치 겨우 참아왔다는 듯이 순식간에 훅 쓰러져버린 석철은 그 자리에서 일어나질 못했다. 현실을 받아들이지 못하는 석철만 바라볼 수 없었던 유순은 일을 더 해야 했다. 낮에는 설렁탕집에서 밤에는 24시간 감자탕집에서 일을 했다. 석철은 간신히 혜서의 끼니만 챙기고는 하루 종일 술에 취해 있곤 했다.

노모가 내온 밥상은 고추장감자찌개에 돼지고기보쌈 한 접시, 계란프라이 세 개, 풋내 나는 열무김치로 차려져 있었다. 종일 백반 한 그릇으로 버틴 유순은 허겁지겁 밥공기를 비웠다. 텔레비전에는 흘러간 가요 프로그램이 틀어져 있었다.

"밥 좀 더 줘."

"새끼가 어디서 뭐 하고 사는지도 모르는데 밥이 먹히냐?"

'등이 휠 것 같은 삶의 무게여······' 귀가 어두운 노인네여서 텔레비전 소리가 쩌렁쩌렁 울렸다. '이젠 그 누가 있어이 외로움 견디며 살까……' 아휴, 정신 사나워. 유순은 말은 그렇게 하면서도 텔레비전의 소리를 줄이거나 끄지 않았다. 노모도 말은 그렇게 하면서도 내민 빈 공기에 다시 밥을 수북이 담아주었다. 유순은 쌈장을 찍은 보쌈을 크게 뜬 밥 위에 얹어 한입에 넣었다. '이 늦은 참회를 너는 아는지……' 노모가 벽에 걸린 시계를 올려다보며 혜서가 밥은 먹고 다니는지 걱정된다며 혼잣말을 했다.

"걔가 애야? 알아서 하겠지."

"어미란 것이……"

"그래서 엄만? 애 둘러업고 찾아간 나를 그렇게 쫓아낸 사람이 누군데? 그래 놓고 잘 먹고 잘 사셨어?"

"저 좋자고 나간 딸년인데 내가 뭣하러."

"나도 마찬가지야."

"그럼 너도 나처럼 살아봐라, 이년아."

유순이 벌떡 일어나자 노모가 슬그머니 눈을 피했다. 유순은 냉장고에서 반쯤 남은 소주를 꺼내 그 자리에서 병째 한 모금 마셨다. 노모는 꼭 쓸데없는 소리를 해서 유순의 속을 뒤집어놓곤 했다. 내친김에 혜서에게 다시 전화를 걸었지만 여전히 받지 않았다.

"받지도 않을 거면서 왜 전화를 걸어갖고!"

유순이 냉장고 옆에 세워져 있는 크릴새우오일 상자를

발로 냅다 차버렸다. 노모가 구시렁대며 상을 치우고선 쓰러진 상자를 끌어다 다용도실로 옮겼다. 유순은 한 모금 마저 마시고 남은 소주를 다시 냉장고에 넣었다.

혜서가 유순의 신용카드를 들고 나간 걸 알아차리자마자 분실신고를 해버렸는데, 그냥 둘걸 그랬나 하는 후회가 들었다. 사실을 안 순간에는 괘씸해서 신고부터 했는데 애숨통이라도 틔게 됐어야 했나 싶었다. 30여 년 전의 자기를 떠올리면 얼마나 막막하고 두려울까 싶어 가슴이 아렸다. 그래도 제가 먼저 전화를 걸어왔다는 사실만으로 유순은 한숨이 놓였다. 여하튼 연락을 끊겠다는 의도는 아니니까. 순간 가슴이 옥죄어왔다. 혜서가 나간 뒤로 나타난 증상이었다. 누군가 쥐어뜯는 것처럼 아팠다. 그때마다 빈방에 혼자 남아 목이 쉬도록 울고 있는 네 살짜리 혜서가 자꾸 떠올랐다.

24시간 감자탕집에서 일을 마치고 집에 돌아오면 아침 9시가 다 된 시간이었다. 골목에 들어서는데 어린아이가 그악스럽게 울어대는 소리가 들렸다. 설마, 하는 마음으로 걸음을 재촉했다. 집에 가까워질수록 아이의 울음소리가 크게 들렸다. 유순은 가슴이 터질 것 같은 불안함으로 방문을 열었다. 빈방에 혼자 앉아 있던 혜서가 목이 쉬도록 울고 있었다. 혜서는 유순을 보자마자 더 자지러지게 울어댔다. 헝클어진 이부자리와 굴러다니는 술병만 보일 뿐 석철은 없었다. 좀처럼 울음을 그치지 못하는 혜서를 안고 얼러 간신히 진정시키고 나니 그제야 술에 취한 석철이 비칠거리며 방으로 들어섰다. 손에는 소주가 담긴 비닐봉투가 쥐여 있었다.

이렇게는 살 수 없다는 생각이 들자마자 앞뒤 잴 것도 없이 당장 석철의 짐을 싸기 시작했다. 석철은 그런 유순을 말리지도 않고, 뭐라 변명도 하지 않은 채 묵묵히 지켜보기만 했다. 유순은 석철의 짐을 방문 밖으로 집어 던지며 나가라고 소리쳤다. 꼴 보기 싫으니 나가버리라고, 다시는 돌아오지 말라고, 겨우 그깟 걸로 이렇게 무너지는 사람이면 평생 같이 못 산다고 고함을 질러댔다. 가만히 서 있기만 하던 석철이 조용히 짐을 들고 집을 나갔다. 그것이 석철의 마지막이었다.

노모가 믹스커피를 내밀었다. 유순은 커피를 들고 다용도실로 나가 창문을 열고 담배를 피웠다. 연립주택의 제일 위층이었으므로 남 눈치 안 보고 피울 수 있는 유일한 곳이었다.

"나가서 피우라니까!"

노모가 다용도실 문을 두드리며 소리쳤다. 유순은 그러거나 말거나 한 대 더 물었다.

노모는 자신을 모시던 큰아들의 사업이 기울기 시작하자 부지런히 작은아들네로 옮기더니, 작은아들이 이민을 간다니 상의도 없이 유순을 찾아왔다. 석철이 집을 나가고 혼자가 된 유순이 막막한 마음에 혜서를 업고 찾아갔을 때, 모질게도 끝까지 문을 열어주지 않았던 노모였다. 제 발로 나갔으니 제 맘대로 들어올 수 없다는 것이었다. 어린 혜서가 배가 고프다고 보채기까지 해 유순은 문밖에서 한참을 울다 뒤돌아서야만 했다. 절대 그날을 잊지 않겠다고 마음먹었던 유순이었으나 갈 데 없다는 노모를 팽개칠 수는 없었다.

혜서가 집을 나가게 된 건 사실 유순 때문이었다. 혜서를 설득시키지 못한 유순은 급기야 혜서와 사귀던 사람을 만날 수밖에 없었다. 유순이 전한 말은 짧고 간결했다.

"나는 우리 혜서가 나처럼은 안 살았으면 해요."

유순의 말에 피부가 검고 구레나룻이 지저분한 청년이 고개를 끄덕였다. 유순은 그걸로 끝이라고 생각했다. 그러나 그 사실을 알게 된 혜서가 유순에게 자기 인생에 끼어들지 말라고 대들었다.

"껴들다니! 엄마니까 이러는 거 아냐!"

"엄마면 자식이 행복하기를 바라야지!"

"네가 지금 불행으로 가는 게 뻔한데. 그냥 가게 둬, 그럼?"

"왜 내가 엄마와 똑같을 거라고 생각하는데? 엄마가 불행했다고 나도 불행할 것 같아?"

그 말에 유순은 입을 다물고 말았다. 혜서만큼은 평범하게 살았으면 했다. 남들처럼만 살았으면 했다. 배운 만큼 써먹고, 번 만큼 쓰면서 살아가길 바랐다. 불확실하고 불안한 인생의 복판으로 들어가는 걸 말리고 싶었다. 허락받지 못한 결합의 끝이 어떤 것인지 몰랐으면 했다. 그러나 마음과 달리 말은 제멋대로 쏟아져 나왔다.

"알았어. 알았으니까 나가! 네 인생에 안 끼어들 테니 나가. 잘 먹고 잘 살아봐 한번. 엄마 이겨먹은 것들 인생이 어떻게 돌아가는지 네가 겪어봐야 알지! 그러다 덜컥 애라도 배야 정신 차리지!"

마지막 말은 하는 게 아니었는데, 뱉고 나니 주워 담을 수 없었다. 다음 날 혜서는 정말 집을 나가버렸다.

9시까지 찾아간 곳은 제법 규모가 큰 이자카야였다. 식당 파출 일은 설거지는 물론이고 재료 손질, 허드렛일과 주방 보조 역할까지 하는 것이었다. 한 가게에 정기적으로 나가는 경우도 있고 이렇게 일당직으로 갈 때도 있었다. 지난

달부터 정기적으로 다닌 곳은 갓 개업한 족발집이었다. 장사가 처음인 젊은 부부가 주인이었는데 결국 문을 닫고 말았다. 창업 시기가 하필 전염병 시작과 맞물려 있었다. 자영업자들이 망해가는 나날이었다. 일당직 자리도 급격히 줄어들어 일을 찾는 것 자체가 힘들었다. 일당직을 구한 오늘은 운이 좋은 편이었다.

이자카야는 손님이 그리 많아 보이진 않았지만 주방은 분주했다. 안녕하십니까, 조리대와 화구 앞에 있던 두 명에게 큰 소리로 인사를 하고 곧바로 장화로 갈아 신었다. 설거지통에는 이미 식기세척기 한 판 정도의 그릇이 쌓여 있었다. 방수 앞치마를 두르고, 면장갑 위에 고무장갑을 끼고선 곧바로 설거지를 시작했다. 양념이 묻은 웍과 냄비, 무거운 사기그릇들이 대부분이었다. 물기까지 닦아 그릇장에 넣으니 주문이 들어오기 시작했다. 조리사들이 분주하게 움직이고 연달아 타이머 알림음이 들렸다. 유순은 설거지를 하면서 눈치껏 기본 찬을 담아 쌓아두거나 넘치는 알탕의 불을 꺼주기도 했고, 틈틈이 조리대를 깨끗하게 닦아놓았다. 이 일을 하면서 는 것은 눈칫밥과 부지런함이었다. 빈 그릇들이 들어오기 시작했다. 화구와 튀김기, 식기세척기의 열기 때문에 주방은 한증막 같았고, 설거지통은 금세 빈 그릇이 쌓였다. 요즘 같은 때에도 먹고 마시는 손님은 많은 모양이었다.

식기세척기 여섯 판을 돌리자 잠시 틈이 생겼다. 12시가 다 되어가고 있었다. 건물 밖 주차장 골목에서 담배를 피우며 휴대폰을 확인하니 그사이 혜서에게 전화가 와 있었다. 유순은 얼른 혜서에게 전화를 걸었지만 또 받지 않았다. 시간을 보니 카페 마감할 시간이었다. 유순은 서둘러 문자를 보냈다.

— 엄마 일하느라 못 받았어. 미안.

보내고 나니 미안하다고 말한 것이 걸렸다. 아직 화가 나 있다고, 아직 노여움이 안 풀렸다고, 아직 서운하다고 표현하고 싶은데 너무 빨리 너그러워진 것 같았다. 아니다. 그런다고 달라지는 것도 없지 않은가. 괜한 신경전을 벌일 것이 아니라 차라리 하루라도 빨리 혜서가 잘 살도록 돕는 게 나은 일이지 않을까. 끝이 뾰족해진 담배꽁초를 끄며 후우— 한숨을 쉬듯 담배 연기를 뱉었다. 유순이 담배를 끊지 못하는 이유는 바로 이렇게 마음껏 한숨을 쉴 수 있기 때문이었다. 허리가 계속 육중한 통증으로 거북했다. 오십견인지 오른쪽 팔도 자꾸 불편했다. 연거푸 담배 두 개비를 피운 뒤에 기다리겠다는 장 씨의 문자를 확인하고 다시 주방으로 들어갔다.

석철이 나가고 난 뒤 혼자 혜서를 키우는 동안 유순에게
는 몇몇 남자들이 있었다. 주로 일하는 곳에서 어울리게 된
남자들이었다. 공장장이거나, 거래처 직원이거나, 사장이
거나 단골이기도 했다. 몇 번 만나다 헤어진 적도 있고 몇
년씩 관계를 유지하던 사이도 있었다. 어느 남자는 잠자리
만 원했고, 어느 남자는 우정이길 바랐고, 어느 남자는 유
순을 엄마처럼 생각하기도 했다. 남자들의 나이도, 결혼 유
무도 다 제각각이었다. 그러나 항상 남자들이 먼저 다가왔
고 남자들이 먼저 떠나갔다. 남자가 떠날 때마다 유순은 자
기 이름이 참 부질없다고 생각하곤 했다.

장 씨만 유일하게 유순을 떠나지 않은 사람이었다. 식당
일을 마칠 때면 그 앞에서 기다렸다가 집까지 데려다주는
장 씨가 남편처럼 여겨질 때도 있었다. 그럴 때마다 고개를
저었다. 장 씨의 큰아들 결혼식 이후로 유순은 마음을 자꾸
멀리하려 애썼다. 외로운 사람들끼리 몸을 섞은 걸로 무슨
큰 인연이나 된 것처럼 여기지 말자. 언제 떠나도 아쉽지
않게, 언제 사라져도 아무렇지 않게, 언제 없어져도 이상하
지 않게……라고 생각은 했지만 어려운 일이었다. 장 씨와
함께 있으면 유순은 자꾸 다음을, 내일을, 미래를 희망하게
됐다.

"오늘 같이 있을까?"

"피곤한데. 내일도 나와야 하잖아."

"아님 뭘 좀 먹을려?"

장 씨의 옆얼굴을 물끄러미 바라보던 유순은 왠지 쓸쓸해졌다. 처음부터 장 씨 같은 남자를 만났으면 어땠을까. 아비 없는 아이를 키우며 돈에 쩔쩔거리고, 손톱이 자랄 틈 없이 일을 하고, 허리가 부서지도록 하루하루를 보내지도 않았겠지. 하루 종일 고되게 일하느라 아이를 외롭게 혼자 두지도 않았겠지. 장 씨가 유순의 대답을 기다리고 있었다. 혜서가 집을 나간 이후로는 장 씨와 함께 밤을 보낸 적이 없었다. 유순은 슬그머니 장 씨의 오른손을 잡았다. 두툼하고 마디가 굵은 장 씨의 손은 뜨거웠다. 자기와 다른 체온을 느끼자 유순은 어쩔 수 없이 장 씨에게 기대고 싶어졌다. 이런 사람이었다면 별일 없이, 순탄하고 수수하게 한평생을 살 수 있지 않았을까. 그저 외로울 때 몸을 덥혀주는 존재이길 바랐지만 생각처럼 쉽지 않았다.

장 씨는 피곤하면 무리하지 말라고 했지만 어느새 장 씨 동네로 방향을 바꾼 상태였다. 유순은 혜서에게 메시지를 남겼다. 엄,마,가,내,일,다,시,연,락,할,게,내,일,은,통,화,하,자. 글씨를 다 입력하고선 잠시 머뭇댔다. 자고 있을 텐데, 괜히 깨우는 건 아닌가 싶었다. 유순은 문장을 지워버렸다.

"혜서는 요즘 뭐 해?"

"맨날 똑같지 뭐."

장 씨의 큰아들과 며느리는 모두 초등학교 교사였다. 서른 살 둘째는 졸업하자마자 공무원이 되어 독립했고, 막내는 작년부터 카투사로 복무 중이었다. 언젠가부터, 장 씨가 혜서의 안부를 물을 때마다 장 씨의 아들들과 비교되는 것 같아서 말을 아꼈다.

처음에는 여관을 들락거렸지만 장 씨의 아들들이 집을 떠나면서는 장 씨의 집에서 만나곤 했다. 장 씨의 집은 3층 짜리 다세대주택으로 장 씨가 사는 2층을 제외한 지하와 옥탑방까지 세를 주고 있었다. 자기에게 시집 오면 노후는 걱정하지 않아도 된다고 했는데. 장 씨는 자기가 그런 말을 했다는 것도 잊었을 것이 뻔했다. 유순은 장 씨를 따라 발걸음 소리를 죽이며 2층으로 올라갔다. 현관에서 신발을 벗던 장 씨가 엇? 하는 소리를 내며 주춤거렸다. 갑자기 방문이 열리면서 머리가 짧은 청년이 불쑥 나타났다. 순간 장씨가 팔꿈치로 뒤에 있던 유순을 쑥 밀었다. 유순이 현관문 밖으로 밀려났다. 장 씨가 서둘러 문을 닫았다. 유순은 닫힌 현관문을 한참 쳐다봤다. 하아, 유순은 깊은숨을 내쉬고 간신히 발을 뗐다. 계단을 내려오는데 얼굴이 화끈거렸다.

"언제 인사 좀 시켜줘."

짐짓 진지하게 말하던 혜서의 얼굴이 떠올랐다. 혜서가

제 아비에 대해 더 이상 물어보지 않은 건 초등학교에 입학하기 전부터였다. 어린 혜서가 아빠를 찾을 때마다 유순은 밑도 끝도 없이 무조건 없다고 대답했다. 사진 한 장 남겨놓지 않았고, 어떠한 설명도 해주지 않았다. 마치 유순 혼자 혜서를 가지고 낳고 기른 것처럼 굴었다. 혜서에게 아빠는 그저 없는 존재여야 했다. 그런 혜서가 이십대가 돼서는 만나는 사람 있으면 소개해달라고 말하기 시작했다. 다른 사람은 몰라도 장 씨라면 소개할 만하다고 생각했다. 혜서에게 아버지를 만들어줄 수도 있다고 생각했다.

빠른 걸음으로 골목을 벗어나 대로로 나오자 숨이 턱까지 차올랐다. 유순은 간신히 숨을 고르고 담배를 물었다. 유순은 자기가 걸어온 골목을 뒤돌아보았다. 가로등 불빛이 내려앉은 곳을 제외하고는 깜깜하기만 했다. 유순은 그 자리에 털썩 주저앉았다. 장 씨에게 온 연락이 없었다. 오금에, 목덜미에, 겨드랑이에, 콧잔등과 가슴골에 흘러내리는 땀이 고스란히 느껴졌다. 열대야였다. 휑한 도로가에 편의점 불빛만 환했다. 유순은 편의점으로 들어가 캔맥주 하나를 계산했다. 그러고는 에어컨 바람이 나오는 곳에 서서 단숨에 캔 맥주 하나를 다 마셔버렸다. 아르바이트생이 자기를 빤히 쳐다보는 걸 알았지만 아랑곳하지 않았다.

집으로 향하는 택시 안에서 유순은 휴대폰만 내려다보

왔다. 방금 전에 도착한 장 씨가 보낸 메시지의 의미에 대해서 골몰했다.

— 막내가 연락도 없이 왔네. 내일 늦지 않게 사무실로 오시고.

아들에게 자기를 소개하지 못한 이유는 차치하더라도, 그렇게 보내서 미안하다고는 말해야 하는 것 아닌가. 생각해보면 아들에게 자기를 소개하지 못할 이유는 무엇인가. 다 큰 자식이 늙은 아버지의 연애를 이해 못 해줄 까닭이 없지 않은가. 이해 못 한다 해도 자기를 이렇게 내보내서는 안 되는 것이었다. 그보다도, 그 세월 동안 유순의 존재를 숨겼다는 것이 더 처참하게 느껴졌다. 유순은 마른세수를 했다. 어쩔 수 없이 몹시 서글펐다.

집에 도착하니 새벽 4시가 다 되어가고 있었다. 찬물로 샤워를 하고 나니 그제야 정신이 좀 드는 것 같았다. 거실의 찬 바닥에 벌렁 누웠다. 공기는 후텁지근한데 오소소 소름이 돋았다. 문득 이상한 기분이 들었다. 혜서의 방을 바라보니 문이 닫혀 있었다. 방문을 열면 거기에 혜서가 있을 것만 같았다. 유순은 자리에서 일어나 방문을 열어보았다. 혜서의 방에는 검푸른 어둠만 덩그러니 놓여 있었다. 유순은 혜서에게 사랑의 무상함에 대해서, 관계의 덧없음에 대해서 알려주고 싶었다. 사는 건 감정만으로 이뤄질 수 없으며, 갈등은 언제나 가까이에 있기 마련이라고 말해주고 싶었다. 그런데 연락이 닿지 않았다. 혜서의 목소리를 직접 듣지 못한 것이 불안했다. 괜한 생각이 번져나가기 시작했고 나쁜 상상이 자꾸 가지를 뻗었다.

창밖이 허옇게 밝아오고 있었다. 두 시간 뒤에는 집을 나서야 했다. 한숨도 자지 못한 유순은 온몸이 부서질 것 같았다. 하루가 너무 길었다. 노모의 쌀 씻는 소리가 천연덕스럽게 들렸다. 새벽부터 매미가 울어댔고, 유순은 아까부터 피가 맺힌 줄도 모르고 거스러미를 뜯어내고 있었다. 그때 전화가 걸려왔다. 혜서였다. 그러나 유순은 선뜻 전화를 받지 못했다. 반갑고 두려웠다. 새벽의 벨 소리가 점점 크게 울렸다.

그래도 되는 사이

"담배 있으면 하나만 줘봐, 얼른."

집에 들어서는 나에게 엄마가 건넨 첫 마디였다. 다급해 보였다.

"사다 드려?"

"아니, 빨리 하나만 줘."

가방 앞주머니에서 담배 파우치를 꺼내자 엄마가 낚아 채듯 가지고 부엌 옆의 다용도실로 들어갔다. 가스레인지 불을 끄지 않아 굴전이 새카맣게 타들어가고 있었다. 나는 불을 끄고 굴이 숭숭 박혀 있는 밀가루 반죽을 괜히 한 번 휘저었다.

다용도실에서 나온 엄마가 파우치를 나에게 던지고는 부산스럽게 부엌 창문을 열어젖혔다. 부엌과 마주 보는 거 실 창문도 열고, 다용도실 문도 열었다. 다용도실의 바깥

창문은 이미 열려 있었다. 바깥바람이 들어오며 담배 냄새
가 실내에 훅 들이쳤다. 입동이 엊그제였다. 나는 벗었던
겉옷을 다시 입고 식탁 의자에 앉았다. 식탁 위에는 피망이
며, 당근, 버섯, 물에 불리는 당면 등이 어지럽게 놓여 있었
다. 나는 사 들고 간 딸기 두 팩을 식탁 구석에 올려놓았다.

"아저씨는?"

"잠깐 밖에."

"안 추워? 바람 찬데?"

"냄새 빼게."

"언제부터 신경 썼다고?"

내 기억이 맞다면 처음 같이 살게 되었던 15년 전에도 엄
마는 흡연자였다. 엄마는 중학생이던 나에게 그걸 굳이 숨
기지 않았다. 다만 내가 중·고등학생 때까지는 내 앞에서
직접 피우지는 않았다. 내가 대학생이 되고서야 내 앞에서
피우기 시작했는데, 딸이 담배를 피운다는 걸 알게 된 이후
로 엄마 앞에서만큼은 편히 피우라고 했다. 그래서 정말 엄
마 앞에서 편히 피웠다. 희한하게도 나는 엄마와 맞담배를
피울 때에나 엄마의 딸이라는 걸 실감했다. 서로의 얼굴을
피해 담배 연기를 뿜을 때마다 엄마와 나를 묶어주는 가느
다란 실이 있다면 그건 담배라고 생각했다.

"그 사람이 같이 끊자고 하잖아."

엄마가 커튼과 러그마다 분홍색 페브리즈를 뿌리더니, 자기 옷에도 한 방 뿌렸다. 부엌에 맴돌던 옅은 굴 비린내와 눅진한 기름내는 사라지고, 담배 냄새에 페브리즈 냄새가 섞여 오묘한 냄새가 실내에 맴돌았다.

"이제 냄새 안 나겠지?"

"끊기로 했으면 끊든지."

"그게 쉽니?"

"아저씬?"

"끊더라. 그렇게 독한 사람인 줄 몰랐지."

카톡을 확인한 엄마가 느긋하게 다시 손을 내밀었다.

"30분 뒤에야 도착한대. 하나만 더 줘봐."

엄마의 얼굴빛은 검고 눈 밑이 퀭했다. 지난번 봤을 때보다 살이 더 내린 것 같았다. 나는 입을 다물고 담배 파우치를 내밀었다.

나는 성운에게 정말 그러고 싶냐고 계속 되물었다. 성운은 굳건했다. 도대체 이유가 뭐냐는 말에는 단순하게 답했다.

"그럼 이대로 같이 살기만 할 거야?"

적어도 인사를 드리겠다는 건 결혼을 생각하자는 뜻이었고 그건 성운의 간접적인 청혼이나 마찬가지였다. 그러면 그러자고 나에게 말하든지.

"나는 약속을 해놓고 싶어."

"나랑 해."

"넌 못 믿겠어."

"그렇게 못 믿는 사람이랑 뭘 하겠다는 거야?"

"그러니까 부모님께 인사드리겠다고. 너 도망 못 가게."

"너희 집에 나를 인사시키려고 하는 수작이면 어림없어."

"아니라고. 우리 집에는 안 가도 돼. 걱정 마."

근데 왜 우리 집에는 인사를 하러 가겠다는 것이냐. 그럼 이대로 같이 살기만 할 거냐. 번거로운 일을 왜 자청하냐. 우리 이제 그래도 되지 않느냐. 나를 못 믿냐. 못 믿으니까 부모님에게 인사드려놓겠다는 것이다. 대화는 빙글빙글 돌고 돌았다.

약속 당일, 오전에 사무실로부터 호출을 받은 성운은 잠깐 사무실에 들렀다가 오후 1시까지는 도착하겠다고 했다. 나 먼저 가 있으라는 말이었다. 나와 같이 가야 덜 떨리지 않겠냐 했더니, 오히려 성운은 자기가 왜 떨 거라 생각하냐며 되물었다.

"어른들에게 인사하는 일이 마음 편한 일은 아니잖아?"

"내가 그렇게 부족해? 뭐 문제라도 있어?"

"그런 말이 아니잖아."

"그럼 뭐."

"안 부담스러워?"

"왜 부담스러워야 하는데?"

"당장 결혼 이야기라도 나오면 어쩌려고?"

"하면 되는 거 아냐? 그게 문제야?"

우리가 언제 결혼하기로 했어?라고는 안 물었다. 그저 나중에 해도 될 일을 굳이 그러는 이유가 뭐냐는 질문에 계속 인사드릴 때가 됐다는 대답만 할 뿐이었다.

때를 말한 건 엄마도 마찬가지였다. 넌지시 성운의 의사를 전했을 때 엄마는 마침 잘 되었다,라고 대답했다.

"뭐가 마침이야?"

"안 그래도 한번 보여달라고 하려던 참이었거든."

"왜?"

"제대로 된 놈이랑 살고 있는지 궁금해서."

"그럼 내가 아무나하고 살까."

"그러니까 보자고."

"별일이네. 언제부터 그런 걸 궁금해했다고."

"네가 남이냐?"

"남은 아니지."

게다가 엄마는 집에서 밥을 먹자는 것이었다. 밖에서 가볍게 차 한 잔 마시는 정도면 좋겠는데 엄마가 고집을 부렸다.

"처음부터 무슨 식사야. 차나 과일 정도만 내도 충분해."

"내 집이니까 내 마음대로 할 거다."

엄마가 음식 솜씨가 좋거나 부엌일을 좋아하는 사람이라면 몰라. 하루 한 끼도 못 해 먹어 사람을 부르거나 사다 먹는 사람이, 부러 식사 준비를 하겠다니. 왜 굳이 일을 벌이는 건지 이해가 가지 않았다.

여하튼 성운을 끝까지 만류하지 못한 건 분명 내 잘못이었다. 그러나 엄마한테 인사시키고 싶지 않다고, 싫다고, 그러지 말자고 할 때에는 성운을 설득할 만한, 그럴 만한 이유가 있어야 했다. 그러자면 적어도 성운과 결혼 생각이 없다는 의사를 정확히 밝히거나 혹은 내가 이제는 예전 같지 않다는 걸 명확히 설명해야 했다. 그건 사랑이 끝난 것인지 시든 것인지 구분해야 하는 일이었으며, 성운과 나의 관계에 대해서 골몰해야 한다는 뜻이기도 했다. 적어도 나는 결혼에 회의적이다, 결혼이라는 제도 자체가 싫다, 나와 너만의 관계 외에는 관심이 없다고 분명히 말해야 했다. 그걸 주저했던 나는, 차라리 하루 귀찮은 게 쉬운 일로 여겼다.

10월의 마지막 날이었다. 저녁 대신 네 캔에 만 원 하는 맥주를 두 개씩 나눠 마시고 프레임 없는 매트리스에 늘어져서 각자 자기 휴대폰만 들여다본 지 한 시간째였다. 성운은 웹툰을, 나는 며칠 전에 새로 올라온 드라마를 보던 중이었다. 출구 없는 삶을 살아가는 주인공이 삶의 무게를 감당하기 위해 고군분투하는 드라마였다. 나는 등장인물에게 닥친 안타까운 상황에 한껏 몰입해 있었다. 인물들이 읊조리는 대사가 많아 이어폰 볼륨을 크게 했다. 문득 성운이 나를 쳐다본다는 걸 느꼈다. 나도 성운을 쳐다봤다.

"왜? 하고 싶어?"

성운이 고개를 흔들었다.

"근데 왜 쳐다봐?"

성운이 의아하다는 듯이 되물었다.

"왜? 왜 쳐다보냐고?"

"응, 왜?"

성운이 내 이어폰 한쪽을 빼 들고 물었다.

"이유가 있어야 해?"

"할 말 있어?"

최소한의 성의는 보여야 하므로 나는 일시정지를 누르고 자리를 고쳐 앉았다.

"도대체 왜 그래?"

"내가 뭐?"

"내가 뭐 잘못했어?"

"갑자기 무슨 소리야?"

"왜 없는 사람 취급하냐고."

"내가 언제?"

또 시작이었다. 주기적으로 자기를 사랑한다는 걸 증명해 보이길 바라는 성운의 어깃장이었다. 나는 팔을 뻗어 성운을 안았다. 차라리 한 번 하는 게 덜 성가실 것 같았다. 성운이 내 팔을 뿌리쳤다.

"그걸로 퉁치려고 하지 마."

나는 벽에 비스듬히 기대앉아 성운을 쳐다봤다. 헝클어진 머리, 어느새 비죽 자라 있는 검은 수염 자국과 하루 종일 넥타이를 매고 있던 목덜미에 붉게 올라온 아토피 자국. 반팔 면티 위로 살짝 드러난 가슴 근육과 반바지 아래로 불쑥 튀어나온 무릎과 얇은 발목. 나는 억지로 성운을 끌어안고 입을 맞췄다. 복잡하고 어려운 건 드라마로 족했다. 성운이 나를 밀쳤다. 그러고는 진지하게 말했다.

"부모님에게 인사시켜줘."

내가 대답을 못하자 성운이 이어 말했다.

"우리 이제 그래도 되잖아."

성운의 의지가 너무 선명해서 나는 차라리 웃지도 못했다.

아저씨는 정확히 30분 뒤에 도착했다. 한 손엔 꽃다발, 한 손엔 와인과 치즈가 담긴 이마트 장바구니가 쥐여 있었다.

"그래도 네가 처음 데리고 오는 남자잖아."

"앞으로 몇 번을 더 데려올지 모르는데 그때마다 이렇게 힘 빼려고요?"

"걱정 마. 매번 다른 꽃과 다른 술을 준비하면 되지. 그나저나 당신은 마시지 마."

엄마가 입을 비죽대더니 화제를 돌렸다.

"저 사람, 어제 잠도 못 잤다."

엄마가 야채를 채 썰며 말했다. 엄마가 그나마 할 수 있는 몇 안 되는 특별식은 잡채와 불고기였다. 오늘의 식단도 잡채와 불고기일 것이었다.

"내가 언제? 나 잘 잤어."

"뭐 입을지 모르겠다면서 새벽 2시가 되도록 안 재우고 자기 옷 봐달라고 한 사람은 그럼 누구야?"

아저씨가 못 들은 척 꽃을 다듬어 꽃병에 꽂았다.

"집에 꽃 정도는 있어야 우아해 보이겠지?"

"그런 거 없어도 충분히 우아해요."

베란다 가득 이파리가 넓은 식물들이 제각각의 높이로 들어차 있었다. 베이지색 안마 의자와 그 뒤편에 세워둔 흰색 골프 백 때문에 살짝 좁아 보이는 것 같았지만 아이보리색 앤티크풍으로 꾸민 거실은 전체적으로 단정했다. 소파

테이블에 붉은색과 보라색이 섞인 생화가 놓이니 조금 더
생기 있어 보였다.

"죄송해요, 번거롭게 해서."

"우린 재밌기만 한데 뭐."

엄마는 아저씨 말에 호응하지 않았다. 집 안에 고소한 참
기름 냄새가 진동했다. 이제 불고기를 볶을 테지. 성운에게
동, 호수를 확인하는 카톡이 들어와 있었다. 20분 뒤면 도
착한다고 했다. 아저씨가 그사이 골프복 스타일의 팬츠와
티셔츠로 갈아입고 나왔다.

"유경아, 어때? 괜찮아 보여?"

누가 누구에게 잘 보이려고 하는 자리인지 알 수가 없었
다. 그나저나 옷은 아저씨보다 엄마가 좀 갈아입었으면 좋
겠는데 엄마는 계속 부엌에서 나올 생각을 안 했다. 아저씨
가 식탁 의자에 걸쳐놨던 겉옷을 치우는 동안 나는 엄마에
게 슬쩍 다가가 옷 안 갈아입을 거냐고 물었다.

"왜? 쪽팔려?"

"아니, 그냥 너무 편해 보이셔서."

그래도 보라색 양말은 갈아 신었으면 했다. 브라운색 바
지에 보라색 양말은 아니지 않나. 엄마가 세상 귀찮다는 표
정을 지으며 방으로 들어갔다. 그게 좋니 아니니 하는 아저
씨의 목소리가 들렸고, 엘리베이터 앞이라는 성운의 카톡

이 도착했다.

성운과 같이 살게 된 건 2년 전부터였다. 계약직이긴 했지만 내가 막 사립대학교 평생교육원의 사무직을 시작한 무렵이었다. 그 당시의 성운은 취준생이었고, 1년이나 더 지나서야 지금의 사무실로 들어갔다. 먹고사는 걸 내가 책임져주었으니, 농담이 아니라 진짜 나의 뒷바라지로 이룬 취업이었다.

성운과 동거를 하는 걸 엄마는 알았다. 엄마가 안다는 건 아저씨도 안다는 뜻인지에 대해서는 확신할 수 없었다. 다른 아저씨들과 달리 이번 아저씨는 제법 오래 같이 살고 있었으니 조금 더 각별한 사이일 수는 있었지만 그 각별함이 어느 정도의 거리를 유지하는 것인지, 어느 정도의 거리를 두는 것인지에 대해선 나는 알 도리가 없었다.

나는 외할머니의 손에서 자랐다. 왕래가 없던 건 아니었지만 엄마는 명절이나 특별한 날에나 만나는 먼 친척 같은 존재였다. 나를 키워준 외할머니가 노쇠해진 뒤에야 나는 어쩔 수 없이 엄마와 함께 살게 되었다.

그 어쩔 수 없음 때문에 엄마와 나는 한동안 낯을 가려야 했다. 엄마는 애쓰는 사람이 아니었고, 나는 살가운 아이가 아니었다. 엄마는 그저 엄마의 역할을 했고, 나는 단지 딸의 역할에 충실했다. 그 사이에서 엄마와의 거리감을 좁혀

주던 사람이 첫번째 아저씨였다. 내가 중1 때부터 고2 때까지 엄마와 살았던 첫번째 아저씨는 엄마와 동갑이었고, 전 부인에게 나와 같은 딸이 있다고 했다. 그래서였을까. 첫번째 아저씨는 나와 친해지기 위해 많은 공을 들였다. 여름 휴가에는 물가로, 겨울에는 스키장으로, 봄에는 꽃놀이, 가을에는 단풍 보러 산에 가는 것을 알려준 사람이 첫번째 아저씨였다. 엄마 몰래 용돈을 쥐여주거나, 도서관에서 공부하러 간 내가 늦을 때면 데리러 나와준 사람도, 좋아하는 아이돌 콘서트 표를 사준 것도, 내가 그저 보통의 평범한 아이와 다를 바 없다는 걸 알려준 사람도 첫번째 아저씨였다. 4년을 함께 살았지만 단 한 번도 엄마와 싸운 적이 없는 아저씨이기도 했다. 그러나 첫번째 아저씨는 결국 전 부인에게 되돌아가버렸다.

두번째 아저씨는 별 기억이 없다. 내가 고3 때부터 대학교 2학년 초반까지 엄마와 지내던 남자였는데, 고3 때는 공부하느라 엄마의 남자에 관해서 관심을 가질 여력이 없었고, 대학생이 되어서는 엄마의 남자 따위에는 관심이 없었다.

세번째 아저씨가 지금의 아저씨. 두번째 아저씨와 헤어지고 얼마 안 되어 같이 살기 시작했으니 어느새 7년째 동거 중이었다. 엄마보다 세 살 아래여서 내년이면 쉰여섯이 된다. 엄마가 쉰아홉이라는 말인데, 내가 곧 서른이 되는 것보다 엄마가 예순 살이 된다는 것이 믿기지 않았다.

사람의 관계가 함께하는 시간과 비례할 수 있다면 아저씨들 중에서 지금 아저씨가 엄마와 가장 잘 어울리는 사람일 가능성이 크다. 서로 가장 사랑하는 사이라든지, 둘의 성격이 비슷해서가 아니라는 것쯤은 나도 안다. 타인은 알수 없는, 둘에게만 존재하여 둘을 묶는 끈이 있을 터였다.

무엇보다도 세번째 아저씨는 엄마의 돈에는 별 관심이 없었다. 그전의 아저씨들처럼 엄마에게 사업 자금을 대달라고(말로는 투자라고 했지만) 하지 않았다. 세번째 아저씨는 제대로 된 회사의 중역이었고, 엄마는 사모님 역할도 그럭저럭 해내는 것 같았다. 그러나 내가 세번째 아저씨를 신뢰하는 데에는 다른 이유가 있었다.

아저씨는 내게 엄마에 대해 뜻밖의 것들을 알려주곤 했다. 예를 들면 엄마가 최근에 산 스카프가 파란색이라든지, 어렸을 때 꿈은 발레리나였고, 5년 전부터 돋보기를 쓰기 시작했으며, 살 수만 있다면 노년을 체코에서 보내고 싶어 한다는 것과 내성 발톱이라는 사실. 좋아하는 과일은 딸기, 못 먹는 음식은 순대, 제일 좋아하는 보석은 진주, 싫어하는 계절은 봄. 눈보다는 비를, 임영웅보다는 최백호를, 재즈보다는 파두를 좋아한다는 것을 알려준 사람도 아저씨였다. 무엇보다도 지지난해에 엄마가 완경을 했다는 걸 알려준 사람도 아저씨였다. 아저씨는 내게 무엇을 하라고, 무엇을 이해하라고, 무엇을 참고하라고 설득하거나 설명하기 위해 엄마에 대한 이야기를 한 건 아니었다. 딸이니까, 엄마니까 알고 있으면 좋을 것 같다는 것. 단순 명료하게 그 이유뿐이라고 덧붙였다.

나는 사랑에 관해서라면 모르겠지만 엄마에 대한 관심만큼은 세번째 아저씨만 한 사람이 없다는 걸 확신한다. 나는 그것만으로 아저씨를 믿을 수 있었다.

엄마는 엄마 집 분위기에 맞춤한 듯한 홈웨어 — 베이지색 플리츠스커트에 흰색 블라우스를 입고 성운을 맞이했다. 이미 다 준비한 차림이었으면서 왜 나에게는 싫은 소리를 했는지 이해할 수 없었다. 아무튼 엄마의 올림머리는 과하지 않게 잘 어울렸으며, 아저씨의 호탕한 웃음이 어색한 네 명의 분위기를 완화해주었다.

식사 시간은 평범했다. 음식이 대체로 맛이 없었다는 것과 엄마나 아저씨가 성운의 부모에 대해서 묻지 않았다는 것만 빼고는. 다른 집에서도 상대방의 부모에 대해서는 안 묻나? 드라마를 보면 '그래, 아버님 어머님은 안녕하시고?'라고 물었던 것 같은데. 하여간 성운에게 여러 질문으로 호감을 표현했으면서도 부모에 대해서만큼은 함구했다. 그것이 마치 둘이 부부가 아니라는 것을 방증하는 것 같아서 나는 조금 웃겼다. 그게 뭐 어떻다고. 그러나 엄마는 아닌 모양이었다.

성운이 인사하고 싶다는 말을 전했을 때 엄마가 제일 먼저 물었던 건 엄마와 아저씨와의 관계였다. 성운이 아느냐는 것이었다. 이야기할 필요가 없어 하지도 않았지만, 설사 했더라도 달라질 것은 없을 터였다. 엄마는 정확한 내 대답을 원했다. 나는 아니라고 대답했다. 엄마는 그럼 계속 입을 다물라고 했다. 일부러 말할 필요는 없다고 말했다.

그래서 그랬나. 엄마와 아저씨는 마치 성운에게 자신들이 부부처럼 보이는지 확인받는 자리처럼 굴었다. 적어도 아저씨는 그랬다. 예를 들면 이런 대화들.

"우리가 유경이를 너무 곱게 키웠어."

'우리'라는 단어를 서슴없이 꺼내는 아저씨의 능청스러움에 나는 웃음을 지으며 굴전 접시를 아저씨 앞으로 내밀었다.

"저 혼자 커서 그런 거, 어쩌겠어."

"하나 더 낳을 거 그랬어."

엄마가 아저씨 옆구리를 쿡 찔렀다. 그래, 그 말은 좀 너무 갔다. 엄마가 성운을 바라보며 잘 부탁한다는 듯이 말했다.

"유경이가 버릇도 없고, 아는 것도 없고. 좀 그렇죠?"

이번엔 엄마가 갈비를 성운 앞으로 내밀었다. 간이 싱거운 데다 질기기까지 해서 씹기 힘든 갈비였다.

"유경이가 왜요. 착하고 섬세하고……"

순 뻥쟁이들.

"유경이가 센스가 좋아요. 집 꾸며놓은 거 보면……"

"그래? 나랑 안 닮았네."

엄마가 새침하게 대답했다. 성운이 잡채를 젓가락으로 집어 들다 테이블 위에 투두둑 떨어뜨렸다. 은색 테이블 매트에 기름 얼룩이 생겼다.

"우리 집은 이이가 다 꾸몄거든. 나는 그런 데 영 소질이 없어."

그건 맞는 말이었다. 아저씨들이 바뀔 때마다 집 분위기가 바뀌었다. 첫번째 아저씨는 모던 스타일이었고(뭐가 없었다), 두번째 아저씨는 자연주의자(화분이 많았다), 지금 아저씨는 뭐니 뭐니 해도 앤티크 추종자였다. 구태여 따지자면 나는 유니크 스타일일까. 무인양품과 이케아, 다이소 물품이 한데 섞인, 20년 된 18평 투룸 아파트에서 살고 있었다. 아저씨는 성운이 입을 다물고 있는 걸 못 참겠다는 듯이 연신 질문을 했다.

"쉬는 날에는 뭐 하나? 우리는 주로 산에 가거나 둘레길 걷는데. 여기서 성곽 둘레길이 멀지 않거든."

"산, 좋죠. 언제 저희도 데리고 가주세요."

"유경인 산 안 좋아해."

엄마가 샐러드 그릇을 더 채워주며 무심히 대답했다. 유자소스가 너무 셔서 간신히 다 먹은 샐러드였다. 성운이 무안한지 아, 네⋯⋯라고 말을 흐렸다.

"그래, 유경아, 너 운동해. 이제 몸 생각할 나이 됐어."

아저씨가 다정한 말투로 나를 걱정했다.

"뭐. 제가 알아서 하겠지, 뭐."

엄마의 불친절한 대꾸에 성운이 어색하게 웃었지만 나는 따라 웃지 않았다. 정작 데리고 오라고 한 건 엄마이면서 엄마는 아저씨의 연극에 동참할 뜻이 없어 보였다. 그래도 대화는 이어졌고, 띄엄띄엄 웃음도 곁들여졌다.

"어머니, 설거지는 저희가 할게요."

"난 안 할 건데?"

내가 뒷걸음치며 퉁명하게 말했다. 아저씨가 내 말을 받았다.

"그래, 뭐. 내가 천천히 할게."

성운이 내 팔을 잡아당기며 한 마디 더 거들었다.

"아녜요, 이렇게 대접받았는데 설거지는 저희가 하게 해주세요."

"엄마, 난 안 해."

"그래, 하지 마. 성운 씨, 뒤요."

어른 넷이 자기 앞의 빈 그릇을 설거지통에 넣느라 주방이 어수선했다. 식탁을 다 치우지도 않았는데 성운은 고무장갑을 끼고 설쳤고, 남은 음식을 갈무리하느라 아저씨와 나는 냉장고 문을 여닫았다.

"그만, 그만!"

엄마가 소리쳤다.

"알았으니까, 그만."

엄마의 조율로 식탁 뒤처리와 커피 내리기는 엄마가, 설거지는 성운이, 과일을 준비하는 건 내 몫이 되었다.

"나는?"

아저씨가 간절하게 엄마를 쳐다봤다.

"창문 좀 열어 환기하고, 음악이나 골라봐."

넷은 일사불란하게 움직였다. 엄마가 씻어 내온 딸기와 사과, 배를 들고 거실에 앉았다. 오디오 앞에서 이것저것 살피던 아저씨가 볼륨을 낮춘 후에 음악을 틀었다. 대형 카페에서 나올 법한 피아노 연주곡이었다.

나는 딸기 꼭지를 따기 시작했다. 아저씨는 반주로 마셨던 와인을 가져오고, 원목 도마 위에 세 가지 치즈를 플레

이팅했다. 주방에서는 엄마와 성운이 두런거리며 분주히
움직였다.

"차를 갖고 왔는가?"

아저씨는 자꾸 노인네 같은 말투를 썼다. 성운이 웃으면
서 지하철을 타고 왔다고 했고 곧바로 차는 있습니다,라고
덧붙였다.

맛만 보고 끝내도 좋았을 와인이었는데, 엄마와 성운의
잔이 자꾸 비었고, 비워지는 대로 성운이 잔을 채웠다. 아
저씨가 주지 말라는 신호를 주었는데도 성운은 눈치가 없
었다. 소파 테이블 위에 놓인 치즈와 딸기는 그대로인데 와
인만 자꾸 줄어들었다. 엄마의 발음이 흐트러졌다.

"아휴 — 기분이가 좋네."

엄마가 기분이 좋다는 혼잣말을 하는 건 취했다는 증거.
그런데 겨우 와인 한 병에? 그럴 리가.

"이제 그만 일어날까?"

나는 작은 목소리로 성운을 재촉했다.

"얘, 가긴 어딜 가니? 이런 날은 더 마셔야지. 안 그래 성
운 씨?"

"그렇죠! 어머니."

나는 성운의 발을 툭 쳤다. 그만하라는 신호였다. 그런데
성운이 나는 안 쳐다보고 계속 엄마를 상대했다.

그래도 되는 사이

"어머님, 술 잘하시나 봐요."

"나? 나 좀 마시지. 소싯적에는 더 잘 마셨고."

엄마가 손으로 입을 가리고선 오호호호 웃었다. 엄마는 갑자기 좋은 생각이라도 났다는 듯이 자리에서 벌떡 일어났다.

"이럴 때 마시려고 아껴둔 게 있지!"

아저씨와 내가 말릴 틈도 없이 엄마는 새 와인을 땄다. 엄마와 성운은 거침없이 마시기 시작했다.

부동산 사무실을 하는 엄마는 취하지 않고 퇴근하는 날이 드물 정도였는데, 한번 마셨다 하면 말술을 마시는 여자였다. 양도 양이지만 그 횟수도 잦아 비가 오면 비가 와서, 눈이 오면 눈이 와서, 날이 좋으면 좋아서 마셨다. 사람을 만나면 흥이 나서 마셨고, 혼자면 혼자여서 마셨다. 계약을 한 날은 좋아서 마셨고, 계약이 무산되면 아쉬워서 한잔했다. 주종도 가리지 않았는데, 맥주면 맥주, 소주면 소주, 양주에 와인, 폭탄주도 마다하지 않았다. 엉뚱한 소리를 해 사람을 당황하게 하는 주사가 있었지만 아무리 취해도 집으로 돌아오는 재주가 있었다. 제대로 취한 날에는 변기를 붙잡고 토하곤 했는데, 아무 데서나 토하는 게 아니라 어떻게든 꼭 화장실까지 달려가 변기에 토하는 것만으로도 나는 엄마가 대단한 사람이라고 생각했다.

"잘 봐둬. 여자가 돈 벌어 먹고살려면 술도 좀 마실 줄 알아야 한다고. 알겠어?"

술만 취하면 하는 말이었으니 아마 천 번은 더 들었을 말이었다. 그 말을 할 때는 꼭 소파에 널브러져 담배 연기를 뿜어댔던지라, 가죽 소파에는 담뱃불이 떨어져 동그랗게 타들어간 자리가 무척 많았다.

엄마의 주사 중에서 가장 별로인 건 뽀뽀였다. 특히나 내 얼굴을 부여잡고 뽀뽀를 해댈 때는 정말 별로였다. 평소엔 서로에게 덤덤한 사이였는데, 술만 취하면 그렇게 친한 척을 할 수가 없었다. 게다가 뽀뽀를 할 때는 꼭 이런 말을 했다.

"아이고, 귀한 내 새끼. 아이고 예쁜 내 새끼. 누가 이렇게 고운 걸 낳았어? 누군 누구야, 내가 낳았지!"

그러고선 숨이 넘어갈 듯이 혼자 깔깔거리며 웃어대는 것이다. 내 기분이 괜찮을 때는 어이없어 같이 웃지만 대체로 나는 엄마를 밀쳐내고 내 방으로 들어가버리곤 했다.

"그런데 어머님, 술 드시니까 더 고우세요."

성운은 왜 또 그러는가. 취했는지, 점수를 따고 싶어서 그런 것인지 가늠이 안 되었다.

"아, 정말? 사람 볼 줄 아는 사람이네, 우리 성운 씨가."

엄마가 이만큼 마셨다고 취할 사람이 아닌데, 어쩐지 불안했다. 엄마의 주사는 헛소리와 토하기였으므로 나와 아저씨는 긴장하기 시작했다. 그걸 성운이 계속 부추기고 있었다.

"유경이가 어머니를 닮았나 봐요. 예쁜 걸 보면."

하지도 않던 말을 넙죽 내뱉더니 내 얼굴을 빤히 쳐다봤다. 그러더니 내 볼을 한 번 쓰다듬었다. 사랑스러워 어쩔 줄 모르겠다는 표정이었다. 성운도 취한 모양이었다. 딱 한 잔만 마신 와인마저 확 깨는 기분이 들었다.

"쟤는 나 안 닮았어. 쟤는 제 아빠를 더 많이 닮았지."

아저씨와 나는 뜨악한 표정으로 눈이 마주쳤다. 엄마는 이어 말했다.

"쟤 코 봐봐. 내 코랑 어디가 닮았나?"

성운이 엄마와 나의 코를 번갈아 보더니, 아저씨와 나의 얼굴을 번갈아 쳐다보았다.

"아, 그러네요!"

"그렇지?"

"눈도 그래. 눈 봐봐. 난 쌍꺼풀 없이 큰 눈이고, 이 사람들은 쌍꺼풀이 있어서 큰 눈이고."

"아, 정말 그렇네요!"

신기한 걸 발견했다는 듯이 성운이 나와 아저씨를 번갈아 보며 고개를 끄덕였다. 분위기를 바꿔야 했다. 아저씨도 같은 생각을 한 모양이었다. 그러나 엄마는 그럴 생각이 없어 보였다.

"손도 그래. 나는 새끼손가락이 짧은데, 저 둘은 길다니까."

엄마가 양손을 활짝 펴 내밀었다. 얼결에 나와 아저씨도 손바닥을 활짝 펴들었다. 엄마 말처럼 나와 아저씨는 또 새끼손가락이 약지와 거의 비슷한 높이였다. 엄마의 새끼손가락만 약지의 반에도 미치지 않았다.

"아, 역시!"

내가 성운의 말을 막고 자리에서 일어났다.

"과일 좀 더 내올까?"

"아니, 와인을 더 사 와."

"무슨 와인이야. 그만 마십시다."

아저씨가 손사래를 치며 엄마를 만류했다.

"마시자고 한 사람은 당신입니다아."

엄마가 코맹맹이 소리를 냈다.

"내가 잘못했네. 좋은 날이어서 기분만 좀 내려고 했는데."

"기분 나고 좋으니까, 더 마십시다아."

"어머니, 더 드시고 싶으세요? 그럼 마셔야죠. 제가 다녀올게요."

"자기랑 성운 씨가 다녀와. 그럼 되겠다, 그치이?"

엄마가 아저씨의 볼에 갑자기 뽀뽀하더니 혀 짧은 소리를 했다. 내가 엄마를 떼어내자 아저씨가 웃으면서 괜찮다고 대답했다. 아저씨는 오히려 내 어깨를 쓰다듬으며 자리에서 일어났다.

"그래, 우리는 잠깐 나갔다 올 테니까 유경이가 엄마랑 얘기 좀 하고 있어."

지금 비겁하게 나한테 엄마를 떠넘기겠다고? 아저씨와 성운은 엄마와 나만 두고 둘이서만 집을 나섰다. 현관문 닫는 소리가 나자마자, 엄마의 눈빛이 돌연 바뀌었다.

"줘."

"뭘?"

"담배 말이야."

"담배 때문에 취한 척한 거야?"

"빨리 줘."

"냄새나면 어쩌려고."

"잔말 말고 줘. 피우지 말라니까 더 말리잖아."

"아저씨까지 속여가면서 왜 피우는데?"

"이게 하루아침에 끊어지는 거니, 어디?"

"그럼 못 하겠다고 말했어야지. 못 할 짓 하는 사람처럼 이게 뭐야."

"야, 잔소리 그만하고 달라니깐!"

진심으로 짜증 내는 목소리였다. 나는 담배 파우치를 내밀었다. 엄마가 다용도실로 달려갔다. 폭연이라도 하는지 다용도실로 들어간 엄마는 좀처럼 나오지 않았다.

담배 때문에 갈등이 있었던 건 나와 성운도 마찬가지였다. 성운은 사무실이 대체로 금연 분위기라면서 자기도 동참해야 할 것 같다고 했다. 그러면서 이참에 나도 같이 끊자는 것이었다.

"나는 왜?"

"내가 끊는다는데 같이 못 해줘?"

"내가 왜 같이 해줘야 하는데?"

"내가 끊으니까."

"나는 끊어야 할 이유가 없는데도?"

"10년 정도 피웠으면 피울 만큼 피운 거 아냐?"

"그게 뭐?"

"나중에 아기도……"

나는 끝까지 듣지 않고 자리를 피했다. 애는 무슨. 그리고 설사 그렇다 해도 그걸 네가 왜. 네가 왜 참견인데. 거기까지 생각한 나는 문득 섬뜩한 기분이 들었다. 걱정이 아니라 참견이라고 생각했다. 나는 더 이상 성운과 나를 우리

그래도 되는 사이

라고 생각하지 않았다. 영원하지 않음을 인지하는 것과 헤어질 사이라고 인식하는 건 차이가 있었다. 나도 모르게 성운과의 끝에 대해서 생각했다. 우리가 결혼할 사이는 아니니까, 우리는 언젠가는 헤어질 사이니까. 분명한 건 성운이 싫은 건 아니지만 사랑하는 것도 아니라는 사실이었다. 성운이 싫지는 않지만 성운이 좋은 것도 아닌 상태. 그것이 정확한 내 감정이었다.

엄마가 양치질을 하고 향수를 뿌리고 자리에 앉자 아저씨와 성운이 들어섰다. 성운의 손에는 와인이 아니라 아이스크림케이크가 들려 있었다.

"이 사람들이 내 말을 무시했네?"

엄마가 크리스털 아이스크림 그릇 네 개와 스푼 네 개를 챙겨오며 아저씨를 흘겨봤다.

"당신 좋아하는 민초, 민초 있는 걸로 사 왔어."

"어머님 민초파세요?"

"성운 씨도?"

"네!"

"유경이는 아니지?"

"나도 못 먹겠더라, 그건."

나와 아저씨는 고개를 흔들었다. 엄마가 크리스털 그릇에 하트 모양의 아이스크림을 하나씩 떼어주면서 한마디

했다.

"저 봐, 저 봐. 둘이 똑같다니까."

나와 아저씨는 이번에는 서로를 쳐다보지 않았다.

민트초코에 대한 호불호를 제외하고는 엄마와 내 입맛
은 대체로 비슷했다. 주로 맵고 짠 것을 좋아했다. 외할머
니 손에서 자란 엄마였고, 나를 키워준 것도 외할머니였으
니 당연한 일이었다. 맵고 짠 걸 좋아하는 입맛에, 엄마와
살게 되면서부터는 파는 음식에 길들여져 조미료 맛에도
익숙해졌다. 그런 엄마가 지금 아저씨와 살면서 식성을 바
꿨다. 담백하거나 심심하게. 재료 본연의 맛에 집중한다는
표현이 들어맞는 그런 맛. 아저씨가 그런 맛을 선호했기
때문이었다. 그래서 언제부턴가 엄마가 차린 밥상은 먹어
도 배가 부르지 않았고, 배가 불러도 어쩐지 성에 차지 않
았다.

담백하고 싱겁기 때문에 맛이 없다기보다는, 엄마가 한
음식들이어서 맛이 없었다. 짜든 맵든, 첫번째 아저씨나 두
번째 아저씨 취향대로 차린 음식이든 아니든 엄마가 한 음
식은 다 맛이 없었다. 엄마는 먹는 걸 좋아하는 사람이 아
니었다. 부엌일을 좋아하는 사람도 아니었다. 그저 끼니를
때우기 위해 최소한의 배만 채우면 되는, 엄마에게 식사란
그런 의미였다. 평생 44사이즈를 입는 것만 봐도 그랬다.

그래도 되는 사이

먹는 것에 흥미가 없는 건 나도 마찬가지였다.

가장 힘들어한 건 성운이었다. 성운은 눈만 마주치면 뭐 먹고 싶지 않아?라고 물었다. 그때마다 나는 고개를 저었다. 뭐 먹고 싶지 않아?에서 뭐 먹고 싶은 거 있어? 뭐라도 먹을래?를 거쳐 뭐라도 좀 먹자로 바뀌기까지는 오랜 시간이 필요치 않았다. 성운은 나와 살면서 배운 게, 자기 배는 자기가 채우는 거라고 했다. 그 당연한 걸 나이 서른이 다 되어서 알게 된 게 놀라웠지만, 일단 깨달았다는 데에 의의를 뒀다. 성운은 자기가 먹을 아침거리를 전날 미리 준비했고, 외식을 하고 싶으면 저녁거리를 사 들고 퇴근했다. 음식도 주로 성운이 했다. 당연히 내가 한 음식보다 성운이 한 음식이 더 맛있었다. 그래도 소시지야채볶음이나 떡볶이 같은 안주는 내가 더 잘했다. 성운이 질색했지만 나는 아침 빈속엔 커피와 담배, 저녁엔 주로 맥주와 마른안주로 간단히 때우는 걸 좋아했다.

"유경아."

엄마가 아이스크림 하트의 뾰족한 아랫부분을 떼어먹으며 나를 불렀다.

"성운 씨 사랑해?"

성운이 무슨 만화의 한 장면처럼 정말 컥― 하는 소리를 내며 헛기침을 했다. 나는 당황해서 곧바로 대답하지 못했다. 성운이 장난스럽게 웃으며 나를 툭 쳤다.

"왜 대답 안 해? 어? 안 사랑해?"

응, 안 사랑하는 거 같아,라고 대답할 수는 없었다.

"엄만, 뭘 그런 걸 묻고 그래."

내 표정을 살피던 성운의 표정이 굳어졌다. 성운이 아이스크림 그릇을 테이블 위에 올려놓고 자세를 고쳐 앉았다. 어느새 사랑한다고 말하기에 너무 늦어버렸다. 엄마가 씩 웃으며 성운을 놀렸다.

"유경이가 성운 씨 안 사랑하는가 본데 어떡하니?"

성운이 나를 빤히 쳐다봤다. 나는 슬그머니 성운의 눈길을 피했다. 엄마가 이번에는 아저씨에게 물었다.

"그럼 이제 당신이 대답해봐. 당신은 나 사랑하나?"

아저씨가 주저하지 않고 곧바로 대답했다.

"그럼 사랑하지. 당신은?"

"그래? 난 당신 안 사랑하는데."

"이 사람아, 그런 말은 나랑 둘이 있을 때나 해야지."

"나 이제 당신 안 사랑해."

엄마의 눈빛과 목소리가 사뭇 진지했다.

"그러니까 우리 이제 그만 같이 살자."

농담 같지 않았다. 아저씨가 큰 소리로 웃었다.

"아이고, 그렇게 중요한 말을 공개적으로 하면 어떡하나."

"그만 살자고."

엄마가 낮은 어조로 대꾸했다. 그 말엔 아저씨도 뭐라 답하지 못했다. 이번엔 나를 향해 말했다.

"유경아, 너도 잘 생각해."

누구도 무슨 말을 할 수 없었다. 나는 누구 잔인지 모르지만 남아 있는 와인을 단숨에 들이켰다. 어느새 피아노 연주곡도 꺼져 있었다. 어색한 침묵이 거실에 불편하게 내려앉았다. 엄마가 히죽 웃더니 아저씨의 어깨를 툭 쳤다.

"쫄았어?"

남은 세 명의 숨이 한꺼번에 쏟아졌다. 엄마가 빙글빙글 웃으며 말을 이었다.

"그만 살자고 하면 좋아할 줄 알았더니만, 순정파네?"

"당신 없이 내가 어찌 사나. 아직도 몰라?"

"그거야 두고 볼 일이고."

그러더니 엄마가 벌떡 일어나 다용도실로 들어갔다. 영문을 모르겠는 나는 꼭지 딴 딸기 몇 개를 입에 욱여넣었다. 성운은 화장실을 찾아갔다.

거실에 아저씨와 나, 단둘만 남게 되자 아저씨가 입을 열었다. 아저씨의 시선은 엄마가 들어간 다용도실 문을 향하고 있었다.

"나, 네 엄마랑 혼인 신고하려고."

아저씨의 목소리는 담담했다. 나는 아저씨의 말을 어떻게 받아들여야 할지 몰랐다. 왜냐고 물어봐야 하는 걸까. 무슨 일이 있었느냐고 물어야 하나. 아저씨가 조심스럽게 덧붙였다.

"지난번 건강검진에서……"

건강검진이라는 말만으로도 가슴이 덜컥 내려앉았다. 아저씨는 차분하게 말을 이었다. 간에 문제가 있다고 한다. 피검사, 초음파 검사 결과가 그러하니 큰 병원에서 확인을 받으라고 했다. 그런데 엄마는 정밀 검사를 안 받겠다고 고집을 부리고 있다. 그러고는 부동산 사무실 정리에 들어갔단다.

"아니, 왜요?"

"살 만큼 살았다고 그런다."

다른 건 몰라도 부동산 사무실을 정리한다는 건 엄마의 전부를 정리하는 것과 같은 의미였다. 나는 한숨을 내쉬었다. 아저씨가 갑자기 금연하자고 했던 이유도, 와인을 못 마시게 눈치를 줬던 것도 그제야 이해가 됐다. 그런데 혼인 신고는 왜.

"앞으로 병원에 수시로 들락거려야 하는데, 보호자 사인,

그거 내가 하려고."

차마 입이 떨어지지 않았다.

"엄마가 너한테 말 안 했다고 너무 서운하게 생각하지는
마라. 엄마도 지금 자기 마음을 어찌지 못해서 저래. 내가
어떻게든 빨리 병원 데리고 갈게. 가게 되면, 그리고 결과
나오면 바로 연락할게. 지금은 그냥 모른 척해."

화장실에서 돌아온 성운은 나와 아저씨의 분위기에 더
난감해하는 표정이었다. 나는 성운의 손을 잡았다.

"엄마가 아프대."

성운이 멀뚱하게 나를 쳐다봤다. 나는 성운이 말했던 책
임이라는 단어가 떠올랐다.

"부모 자식도 20년 정도 살면 헤어져. 그런데 남남이 어
떻게 7, 80년을 같이 살아. 그것도 한집에서."

"끔찍한 일이지."

"우린 그러지 말자."

"책임질 일을 만들지 말자."

"결혼 같은 건 입에 올리지도 말고."

"당연하지."

그랬던 성운이 마음을 바꾸어서 부모님에게 인사를 드
리자고 한 진짜 이유는 지난가을의 임신 중단 때문일 것이

다. 피임을 한다고 했는데도 그렇게 됐고, 그렇게 된 이상 없애면 되는 일이었는데, 성운은 꽤나 진지했다.

"내가 괜찮다는데 왜 그래."

"난 안 괜찮아."

"당사자인 난 괜찮다고."

"이건 너 혼자만의 문제가 아니잖아."

"아, 그럼 다음부터는 더 조심하시든가."

"나는 죄책감이 들어."

"누구한테? 눈에 보이지도 않는 세포한테? 아님 나한테?"

"둘 다."

"눈에 보이는 나한테나 잘해."

"우리 결혼하자."

"징그럽게 왜 그래."

"내가 책임질게."

"누가 책임지랬어? 왜 오버하고 그러지?"

"나 진지해."

"그만해, 촌스러워."

물론 너의 일이라고 나 몰라라 했으면 서운했겠지. 하지만 이렇게 나오는 것도 반갑지 않았다. 마치 내가 성운의 짐이 된 것 같아서, 내가 성운이 책임져야 하는 존재가 된 것 같아서, 내가 성운에게 귀속된 것 같은 기분이 들어서

그래도 되는 사이

아주 별로였다.

아저씨와 성운과 나는 멀뚱히 앉아 있었다. 다용도실에서 나온 엄마가 곧바로 화장실로 들어갔다. 설핏 담배 냄새가 났다. 아저씨가 숨을 깊게 내쉬었다. 나는 녹고 있는 아이스크림을 한 입 베어 물었다. '엄마는외계인'은 아무 맛도 느껴지지 않았다. 아저씨가 일어나 자리를 정리했다. 나와 성운도 따라 일어나 같이 아이스크림케이크와 그릇을 치웠다. 화장실에서 나온 엄마가 주방으로 들어가 차를 준비했고, 아저씨가 엄마를 도왔다. 엄마의 뒷모습이 서늘하게 느껴졌다. 성운이 주방을 물끄러미 쳐다보더니 내게 속삭였다.

"근데 정말 나 안 사랑해?"

나는 성운의 눈을 마주 보았다.

"어떤 거 같아?"

"똑바로 말해."

"그걸 꼭 말해야 알아?"

"응."

"우리 사이에 아직도 그런 말이 필요하니?"

성운은 입을 다물었다.

나는 자리에서 일어나 잎이 커다란 나무들을 살폈다. 먼지 하나 없이 반짝반짝 윤이 나는 이파리를 보면서 아저씨가 화분을 관리한다는 걸 깨달았다. 엄마는 원체 뭔가를 키우질 못하는 사람이었다. 동물은 고사하고 화분, 다육식물조차 말려 죽이는 사람이었다. 유일하게 잘 키운 게 있다면 그건 바로 나였다.

엄마와 함께 사는 일이란 줄곧 혼자 지내는 것에 익숙해지는 과정이었다. 외할머니와 살 때는 그렇지 않았다. 자다 깨면 항상 부엌에 있는 사람이 외할머니였고, 귀가하면 문을 열어주는 사람이 외할머니였다. 추우면 춥다, 비 오면 비 온다, 바람 불면 바람 분다고 말해주는 사람이 외할머니였다. 그래서 나는 외할머니에게 부채감이 있었다. 엄마가 할 일을 외할머니가 마치 벌을 받듯이 대신하는 것처럼 보였기 때문이었다. 그러니 나는 외할머니가 덜 힘들게 해야 했다. 그러려면 잘 자라야 했다. 무탈하게 자라야 했다. 일찍 철이 들고, 빨리 어른이 될 수밖에 없었다. 외할머니가 나를 키웠던 걸 자기 딸에 대한 책임이라고 생각했다면 나는 좀 다르게 자랐을까.

내 앞에서 주사를 부리고, 수시로 바뀐 애인을 보여주고, 배달 음식으로 끼니를 해결했지만, 엄마는 최선을 다해 자기 인생을 가감 없이 보여준 사람이었다. 단 하루의 결근도 용납하지 않는, 자신에게는 엄격한 사람이었으나 나에게는 통금 시간을 정하지 않았고 금주, 금연을 강요하지도 않았으며 연애에도 전혀 관여하지 않았다. 무엇이든 나의 선택을 인정하고 존중했다. 내 성적이나 진학, 진로에 대해서도 간섭하지 않았다. 자주 부재중이고, 늘 늦게 들어오는 사람이었지만 나는 외롭거나 쓸쓸하지 않았다. 적당한 거리감과 적당한 예의만 갖추면 불편하지 않은 관계를 유지할 수 있었으니까. 사이좋은 룸메이트 정도의 관계. 그것이 엄마와 내가 지향하는 모습이라고 여겼다.

내가 엄마에게 보통의 모녀 관계를 원하지 않았으므로, 엄마도 나에게 보통의 자식에게 바라는 감정을 갖지 않는 것이 당연하다고 생각했다. 엄마의 경제적인 지원 없이는 못 살았겠지만 엄마의 경제적 지원 외에는 받은 게 없다는 것이 또 나의 생각이었다. 그러나 나는 엄마의 존재 여부를 의심해본 적은 없었다.

"선물 받은 티가 있는데, 같이 마시자."

엄마가 티 세트를 들고 거실로 나왔다. 3단 트레이에는 쿠키와 조각 케이크, 마카롱이 담겨 있고, 티팟에 티 워머, 네 벌의 잔이 거실 테이블에 차려졌다. 차를 마시는 건 엄마의 최근 취미라고 했다. 거실에 금세 쌉쌀한 향이 맴돌았다. 엄마는 입이 넓은 잔에 붉고 투명한 차를 따랐다. 자잘한 꽃무늬가 그려진 잔이었는데, 엄마 취향이 이랬나 하는 의문이 들었고, 그러자 내가 엄마에 대해 아는 게 있기나

한가 싶었다.

　어른 넷은 말없이 차를 마셨다. 엄마가 내민 조각 케이크를 성운이 두어 입 베어 먹었고, 나는 쿠키 한 조각을 먹었다. 아저씨는 한 잔을 더 마셨다.

　"한 잔 더 줄까?"

　엄마가 내게 물었다. 나는 잔을 내밀며 엄마에게 물었다.

　"엄마 요즘 뭐가 재미있어?"

　"나?"

　쪼르륵, 차 따르는 소리만 들렸다.

　"글쎄다, 너?"

　"나?"

　"네가 성운 씨 데리고 온다고 해서 한동안 들뜨기도 하고, 즐거웠네."

　성운과 눈이 마주쳤다.

　"감사합니다."

　성운이 깍듯하게 인사를 했다.

　"네 엄마가 어지간히 마음에 들었나 보다."

　아저씨가 성운의 어깨를 감싸 안으며 대답했다.

　"난 얘가 남자를 데리고 올 캐릭터인 줄 몰랐어."

　"내가 어때서?"

　"생전 남에게 마음 안 줄 거처럼 생겼잖아. 연애 같은 것

그래도 되는 사이

도 못할 줄 알았더니만."

"유경이 학교 다닐 때 인기 많았어요. 제가 유경이랑 사귀려고 얼마나 애썼는데요."

"그래? 그건 나 닮았네."

"맞아, 네 엄마 인기 많았지."

"아, 정말요?"

"정말은 무슨 정말이야."

넷이 맥없는 이야기를 두런거리는 사이, 나는 엄마의 안색을 살폈다. 눈 밑이 더 쑥 들어가 보였다. 처진 어깨가, 군데군데 박힌 흰머리가, 뭉툭한 손톱과 화장이 뭉친 입가의 주름이 엄마가 아프다는 사실을 떠올리게 했다. 거침없이 술, 담배를 하고, 목소리가 크고, 돈을 잘 벌던 엄마는 이제 없다는 생각이 드니 중요한 뭔가를 잃어버린 아이처럼 불안해졌다.

아저씨가 부드러운 목소리로 말했다.

"애들 피곤한데 이제 가라고 합시다."

"벌써?"

"다음에 또 오라고 하면 되지."

"다음에?"

"응."

"다음에 나 없으면 어떡해."

"당신 있을 때 오라고 합시다."

어린애를 달래듯이 아저씨가 엄마를 다독였다.

"성운 씨, 또 언제 올래요?"

"어머님이 불러주시면 언제든지요."

성운이 허허거리며 대답했다. 어느새 겉옷을 입은 성운이 거실 끝에 서 있었다. 엄마는 미소를 지으며 성운의 어깨를 투덕투덕 두드렸다.

"오늘 와줘서 고마워요. 만나서 반가웠고요."

엄마의 목소리는 씩씩했다. 이제야 내가 아는 원래의 엄마로 돌아온 것 같았다.

"아닙니다. 초대해주셔서 감사합니다."

"우리 유경이랑 예쁘게 사랑하고."

엄마가 윙크했던가. 성운이 웃었던가. 엄마는 엘리베이터 앞에서 배웅했고, 아저씨는 조금 더 배웅하겠다며 같이 엘리베이터를 탔다. 아저씨가 따로 할 말이 있는 모양이었다. 고개를 꾸벅 숙인 성운에게 엄마가 손을 흔들었다. 엘리베이터가 닫힐 때까지 이쪽을 향해 손을 흔드는 엄마가 어쩐지 혼자 남은 사람이 떠나는 셋을 향해 작별 인사를 하는 것처럼 보였다.

문이 닫힌 엘리베이터에서 나는 숨을 크게 내쉬었다. 셋은 아무 말도 할 수 없었다. 엄마네서 보낸 한나절이 어떻게 지났는지 아득했다. 엘리베이터 거울에 비친 성운의 표정은 굳어 있었다. 후회하는 중인가? 후회는 내가 하는 중이었다.

엘리베이터에 내려 아파트 단지 입구 쪽으로 걸어갔다. 성운이 앞서 걷고, 그 뒤로 나와 아저씨가 천천히 걸었다. 찬바람에 코가 매웠다. 정말 겨울인 모양이었다.

"엄마는, 혹시 제가 끝까지 모르길 바랄까요?"

"그건 아닐 거야. 다만 미리 걱정할까 봐. 엄마도 걱정해서 그러겠지."

"혹시라도, 엄마가 비밀로 하고 싶어 하면 그렇게 해주세요."

아저씨가 고개를 끄덕였다. 성운은 뚜벅뚜벅 앞으로 걸어갔다. 아저씨는 내 곁에서 천천히 걸었다. 엄마 곁에 아저씨 같은 사람이 있어서 다행이라는 생각이 들었다.

"들어가보세요."

"너 가는 거 보고."

아저씨가 희미하게 웃었는데, 어쩐지 눈가가 반짝였다. 나는 잠시 주저하다가 아저씨에게 말했다.

"고맙습니다."

"우리끼리는 그런 말 말자. 응?"

나는 말하지 않으면 모른다고, 저절로 아는 감정은 없다고 말하고 싶었지만 입을 다물고 고개만 끄덕였다. 앞서 걷던 성운이 우뚝 걸음을 멈추고 나를 기다렸다. 나는 성운에게 다가가며, 이제 더 이상 성운을 속이지 말아야겠다고 생각했다.

　엄마네 다녀온 다음 주 토요일에 성운은 자기 짐을 뺐다. 서두르지 않아도 된다고 했는데, 서두르는 게 맞다며 성운은 바삐 움직였다. 짐을 다 뺀 후, 성운은 마지막 인사로 그동안 고마웠다고 말했다. 나는 한때 성운을 속인 것에 대해서 사과하려다가 말았다. 대신 가만히 성운을 안았다. 그제야 성운과 내가 그래도 되는 사이라는 생각이 들었다.

계절이 계절에게

김미정
(문학평론가)

1. 날씨와 사람들

좌절의 경험은 사람을 성장시킨다고들 한다. 시련은 감당할 수 있을 만큼만 온다고도 한다. 하지만 이런 말들은 좌절의 한복판에서 가까스로 견디고 있는 이에게는 아득한 말이기도 하다. 터널을 한창 지나고 있는 동안에는 귀에 잘 들어오지 않고 부유하는 말이기도 하다. 살아가며 그런 상황은 부지기수로 찾아온다. 말끔한 인도만 밟으며 걷고 싶어도 무방비하게 물웅덩이에 빠지는 일은 빈번하다. 풍파의 소용돌이 속에서는 그것이 어떤 의미인지, 나를 어디로 데려다줄지 알아차리기도 쉽지 않다. 그러니 곤경은 마음 안의 지옥을 만들기도 하고, 때로는 극단적인 상황으로 사람들을 떠밀기도 한다. 그럴 때 삶의 존엄함이나 아름다움 같은 말을 떠올리기란 결코 쉽지 않다.

한편 그 어떤 한복판이라고 해도 그 상황이 영원히 지속될 리는 없다. 깊어지는 밤의 어둠도 때가 되면 얼굴을 내미는 해와 잠시 역할을 바꾼다. 꽁꽁 잠가둔 창문을 열었더니 다른 계절의 공기가 훅 들어온다. 마음은 지옥이어도 시간이 흐르면 무덤덤해지기도 하고 배가 고파지며 상을 차려 밥술을 드는 것이 인간이다. 잠시 눈을 감고 우주를 그려보면 마음속의 불과 얼음도 한낱 우주먼지에 불과해진다. 인간의 시간도 우주의 시간 속 한 자락일 것이고, 그 속에서 내일은 또 내일의 해가 뜨는 것이다. 그러고 보면 다시는 반복하지 않으리라 다짐한 실수나 상처가 반복되는 것도 어딘지 계절의 순환을 닮아 있다.

『누구도 울지 않는 밤』의 소설들마다 사연과 그 맥락이 다양하지만, 모두 어떤 갈림길에 서 있거나 이행을 목전에 두고 있다. 그들의 녹록지 않은 상황과 그 속에서의 안간힘이야말로 '삶'의 다른 이름일 것이다. 내내 드라마틱한 반전이나 구원도 기대해보지만, 이 소설들은 그런 기적에는 각별히 신중하다. 그저 어느새 하루가 저물고 계절은 바뀌며, 그들 역시 지금 이곳 아닌 어딘가로 이어지는 길 위를 비춰

줄 뿐이다.

「내일의 징후」는 소제목들에 따라 각기 다른 초점 화자의 에피소드가 이어지고 있다. 각 사연들은 개별적이지만 실은 모두 느슨하게 연결된다. 연인을 떠나보내고 남은 이가 홀로 그 시간을 버티고 있다. 또한 가족의 약값이나 대출이자, 수압 낮은 변기, 곰팡이 핀 싱크대, 환자식 식단 같은 것들로부터 간절히 도피하고 싶은 이가 있다. 한편 스스로를 방안에 유폐시킨 젊음이 있고, 그에게 부아가 치미는 엄마가 있다. 각기 다른 사연으로 인해 모두들 마음이 어지럽다. 현실의 무게만큼 도피나 이탈의 욕망도 커진다. 하지만 그 간절함과 안간힘에도 불구하고 구원은 좀처럼 극적으로 도래하지 않는다. 그러한 구원은 어쩌면 종교의 영역이다. 실제로 인간은 늘 간신히 발걸음을 옮기다가도 주저앉거나 다시 나락에 빠지는 존재이니 말이다.

이 소설 속 인물들의 상황도 좋아질 듯 나빠질 듯 공회전한다. 서사의 전개나 인물들의 사연은 내내, 헛도는 나사의 이미지를 연상시킨다. 이들을 응시하는 시선 역시 어떤 감상적 해결이나 초월적 비약과는 거리가 있다. 그저 지금의 폭염이나 폭우도 언젠가는 그치고 다른 계절이 이어지리라는 것만이 분명하다. 이러한 날씨와 기상의 변화는 소설에서 단순히 배경으로만 놓여 있지 않다. 그것은 같은 하늘 아래 살고 있는 사람들의 일상을 관통한다. 폭염, 폭우, 가뭄 등에 시달리다가 정신을 차려보면 어느새 가을이 성큼 와 있음을 깨닫게 되듯, 이들의 상황도 사건의 한복판에서 고군분투하는 사이에 어딘가로 이행할 것만이 예고된다. 그것이 좋은 방향일지 좋지 않은 방향일지는 알 수 없지만 분명한 것은, 지금의 지옥이 영원하지만은 않다는 사실이다. 세상 만물 모든 것이 늘 변하고 어딘가로 이행하고 있다는 사실이야말로 불변이고, 그 사실이 어쩌면 우리를 안심케 하는지 모른다.

2. 가족이라는 불안한 이름

『누구도 울지 않는 밤』을 관통하는 중요한 키워드이자 주제는 '가족'이다. 설명이 필요 없는 말일 테지만 찬찬히 다시 이 말의 의미를 생각해본다. 가족은 태어나면서부터 의지와 무관하게 귀속되는 첫 공동체의 이름이기도 하고, 그렇기에 가장 가까운 관계의 이름이기도 하다. 또한 가족은 일터나 학교에서 고단했던 공적 자아에게 안식을 제공하는 이미지도 지닌다. 그런데 실제로 가족은 가장 허물없기에 한편으로는 부주의한 실수와 상처를 주고받는 관계의 이름이고, 때로는 친밀함의 폭력이 은폐되는 장소이기도 하다. 명료하게 말할 수 없는 무수한 모순이 자리한 구성체가 가족이지만, 이것이 초역사적이거나 영속적인 형태가 아니라는 점도 우선은 짚어두어야겠다.

이 소설집 속 가족은 외도하는 남편과 불안한 아내의 구도를 자주 전경화한다. 남자들은 대개 무심하거나 배신하는 이들이다. 남은 여자들은 우울, 불안, 무기력, 강박 등에 시달리곤 한다. 한 예로 「모면」의 언니 부부 관계에도 이미 금이 가고 있다. 형부는 바깥일을 핑계로 집의 일은 신경 쓰지 않고, 언니는 독박 육아에 지쳐 가정에 무관심한 남편을 체념하며 살고 있다. 남편에게 한없이 허용적인 언니는 '나'에게 의존하고 자녀 교육에 강박하며 집안일에 묶인 이의 불안을 숨기지 않는다. 이런 언니의 히스테리나 강박적 성격 혹은 캐릭터를 개인화, 병리화할 수만은 없는 사정도 잠시 생각해본다.

잘 알려져 있듯 어떤 감정들은 개인의 기질적 특징이라기보다 그 존재에 누적된 명백한 사회적 억압의 증상이기도 하다. 빅토리아 시대 여성 혐오misogyny의 구조가 히스테리라는 병명을 만들었듯, 오늘날 세계 역시 계속 다양한 증상과 병리적 명칭들을 만들어내고 있다. 예컨대 어떤 장에서 불편함을 느끼지 못하는 측은 기존 장의 자원을 상대적으로 많이 누리고 있는 위치일 때가 많다. 불편함과 불안을 느끼는 측은 상대적으로 비주류, 마이너한 위치에 있을 가능성이 높다. 그리고 한 사회의 차별이나 모욕의 구조가 누적된 자리에서 피해망상, 수치심, 짜증, 우울, 분노 등이 배태되기도 한다. 비주류, 소수자의 위치는 비주류, 소수자의 감정과 밀접하게 연결되는 것이다.

즉, 위치는 존재뿐 아니라 감정을 분할한다. 감정은 개인적이지만 동시에 늘 관계적이고 사회적인 것이다. 그러므로 이 소설집 속 여자들의 불안이나 강박이나 외로움 등은 개인적이고 기질적인 것이라고만 할 수 없는 구조적 맥락도 지닌다. 그녀들을 불안정하게 만들고 약체화시키는 조건 자체가 불안, 강박, 짜증 같은 마이너한 감정minor feelings을 수반하기 쉽다. 그것은 부정적이고 병리적 감정으로 치부되곤 하지만, 실상 그녀들의 위치에 부수되어 캐릭터화된 것이기도 하다. 그러하니 이 인물들의 성격, 감정 등이 그들의 정체성 혹은 위치성의 조건과 무관치 않음은 기억해두어야 한다.

또한 「모면」의 캐릭터 및 인물 관계도와 관련해 더 내밀한 기원에는 바로 이 자매의 아버지가 있다. 아버지는 특별히 가부장적이거나 폭력적이지 않았으나 천인공노할 상처를 모두에게 남겼다. 그리고 더 경악스러운 것은, 이 가족

내 성범죄에 대해 아이들에게 침묵을 강요한 이가 다름 아닌 엄마였다는 사실이다. 이것은 물론 엄마에게 책임을 전가시키는 말이 아니다. 정확히 말해, 피해의 연쇄는 '가족'의 이름으로 이루어진다는 아이러니를 엄마가 보여준다. 폭력의 피해자뿐 아니라 목격자까지 침묵시키고, 원치 않는 공범 관계에 휘말리게 하는 근원을 따라가보면 '가족'을 지켜야 한다는 명분이 있다. 비밀은 공유하면서 공유하는 사람들 사이의 연결감을 만든다. 또한 비밀이 비밀일 수 없도록 역전시키는 힘을 만들기도 한다. 하지만 이러한 가족의 구조 속에서는 비밀을 나누며 힘을 모으는 일은 금지되고 서로의 탓을 하며 그 공모 책임을 묻는 극악한 상황까지 만들어진다. 현재 언니와 나는 그러한 과거의 자장에서 자유롭지 않다. 과거의 기억에 갇히지 않으려 애쓰지만, 그것을 벗어나는 일이 결코 쉽지 않다.

한편 「가족의 일생」은 제목에서부터 가족이라는 말에 내재된 불안을 암시한다. 폭력을 행사하는 동거남, 결별한 남자의 아이를 낳겠다는 여자, 그런 여자와 아이를 받아들이는 남자, 집 나가는 여자, 그를 찾는 남자. 이 복잡한 사정 속에서 꾸려진 가족은 내내 조마조마하다. 여자는 이유 모를 가출과 귀가를 반복하고, 남자의 노모는 아이의 출생의 비밀을 모른 채 돌보고 있다. 얇은 종이로 얼기설기 만든 종이집의 아슬아슬함이 이 가족을 에워싸고 있다. 결국 집 나간 여자가 변사체로 발견되고 과거의 동거남이 용의자로 체포되는 장면에서는 제목이 풍기는 불안이 극대화되어 그 실체를 드러낸다. 휴머니즘적 가족 이미지를 전복시키는 이러한 서사의 시선은 비정하지만, 소설에 반영된 현실의 비정함이야 말할 것 없지 않을까.

또한 '당신의 이름은 무엇인가요'라는 의미의 베트남어가 표제인 소설 「반 뗀 라 지?」도 홈 스위트 홈 서사를 배반하는 지옥도를 보여준다. 한국의 가족에 잔존하는 봉건성, 이를테면 가부장, 혈연 중심, 민족·인종적 순혈주의 등은 소설에서도 엄연히 현재형이다. 또한 가족이라는 이름의 위계와 폭력이 계속 새로운 타자를 만들어내고 있다. 여기에서도 가족은 폭력에 침묵하고, 폭력을 행사하는 정당성을 스스로 주장하는 이름이다. 미성년 친족 성폭력 등의 끔찍한 현실을 피하지 않는 이 소설 속 폭력의 구조는, 정확히 우리 세계 폭력의 구조를 닮아 있다. 이때 그나마 피해자 편에 잠시나마 서는 것은 구조적으로 비슷한 위치의 사람들이다. 이 지옥 같은 현실에서 간신히 자기를 보존하는 주인공의 안간힘은 독자를 먹먹하게 한다. 물론 이것이 결혼 이주 여성의 삶이나 가족의 전체상이 아님은 각별히 유의해야 한다. 하지만 가족 내 폭력과 착취가, 이 사회를 프

랙탈처럼 반영하고 있다는 점만큼은 부정할 수 없다.

3. 이탈하는 사람들

「환기의 계절」에서도 집 나간 남편에 대한 배신감으로 지옥 같은 나날을 보내는 이가 있다. 마침 어린 시절 가족을 버린 아버지가 돌아왔고, 어머니는 그런 아버지를 받아준다. 주인공은 그 둘을 이해할 수 없고 원망스러울 뿐이다. 이것은, 남편과 주인공의 현재가 엄마와 아빠의 과거를 닮아 있기 때문이기도 하다. 즉, 지금 주인공 상황의 기원을 거슬러가도 거기에는 정상 가족 신화의 균열이 있다. 주인공이 "이상적인 아버지 같은 남자가 남편"(p. 138)이라고 믿으며 나이 차 많이 나는 남편과 결혼을 서두른 것도, 그녀가 말한 어린 시절의 불안이나 결핍과 관련되었을 것이다. 또한 부재하는 아버지에 대한 불안과 결핍 역시 그녀 안의 내면화된 정상 가족 신화의 반영이라고도 할 수 있다.

그런데 정작 핵심은 아버지의 외도와 가출에만 있지 않다. 아버지의 외도와 가출은 그의 성적 정체성과 관련된 것이었고, 엄마는 그것이 남편에게 '족쇄'였을 것이라고 짐작한다. 아버지도 가부장 이성애 중심성의 제도에 편입될 수 없어 궁지에 몰린 존재였음이 암시되는 것이다. 사정이 이러하니, 성별에 따라 가해/피해를 대입시키는 간편한 구도는 김이설 소설들 앞에서 잊어야 한다. 능동성과 수동성, 가해와 피해, 폭력과 비폭력 식의 구도로 성별의 의미를 환원시킬 때가 많았지만 그러한 사고는 사태를 단순화, 왜곡시킬 뿐이다. 김이설의 소설이 시야에 두는 것은 오히려 그러한 전형성과 도식성이 만들어지는 구조의 역학이다.

한편, 도입부 요리 과정의 묘사가 감각적이고 강렬한 소설 「축문」은 제사를 제재로 삼고 있다. 엄마의 기일을 맞은 한 가족이 음식을 준비하며 모이고 있다. 이 풍경은 여느 제사 풍경과는 다르다. 또한 다른 김이설 소설에서의 가족 이미지와도 사뭇 다르다. 가령, 이 가족이 차리는 제사상은 화사하고 화려한 '손님상'처럼 묘사된다. 엄마의 기일에 "서로가 준비한 음식을 나눠 먹으며 조용히 엄마에 대한 이야기를 나누고 싶"(p. 118)다는 소박한 바람은, 본래 제사 의례에 함축되었을 핵심을 정확히 지시한다. 엄마의 마지막 식사였던 버섯덮밥의 레시피를 배워 준비하는 딸의 마음이나, 엄마가 좋아한 빵집의 치즈케이크를 부러 사 온 또 다른 딸의 마음, 그리고 녹두전의 재료를 사러 가는 길에 사고로 세상을 뜬 아내를 위해 손수 녹두전을 부친 남편의 마음 등은 모두 매한가지였을 것이다.

살아생전 고인의 취향이나 마음을 헤아리는 이러한 상차림은 통상적인 제사의 장면과 확연히 대비된다. 가령, 과거 '나'의 시댁 제사의 장면은 주인공의 이혼 이유를 암시하고, 지금 엄마의 기일을 준비하는 가족의 행위가 어떤 의미인지 두드러지게 한다. 시댁의 제사는, 철저히 여자의 노고에 기대면서 여자를 배제하는 행사였다. 또한 삶이리기보다 이미 "책의 한 부분"(p. 109)과 같이 박제된 전통이었다. 여기에서 '남자 어른'들은 중재하는 역할도 맡지 않을 뿐 아니라 어떤 책임을 지는 역할도 맡지 않는다. 오히려 여자가 여자를 공모자로 만드는 모순이 여기에 있다.

하지만 소설은 구조적 약자끼리 갈등하고 암투하도록 내버려두지 않는다. 예컨대 제사를 이을 아들 손주를 갈망하는 시어머니는 가부장제의 공모자라고도 할 수 있지만, 한편으로 그녀는 이 세계에서의 오랜 "무기력과 울증"(p. 112)에 시달리는 피해자, 소수자이기도 하다. 또한 이런 부당함의 경험은 여자들만의 것도 아니다. 이른바 서자 출신의 아버지도 이 가족 관계의 위계에서는 입장이 금지된 방외인이었다. 즉, 봉건적 가족의 잔재와 세련된 정상 가족 규범성이 만나, 인간관계를 신분화하는 장면이 이 소설에서 적나라하다. 엄격하고 기품 있는 시댁 제사 풍경에서 이러한 부조리가 극대화하는 것이야말로 아이러니하다.

이 소설에서 제사에 함축된 봉건적 인습이나 가족이라는 이름의 모순이 폭로되는 것은 부수적이다. 앞서 언급했듯 주인공 가족이 차리는 상은, 죽은 이에 대한 추모 의식이고 산 자의 복과 평안을 염원하는 의식이다. 엄마의 기일을 맞은 가족 한 명 한 명의 마음과 준비 과정은, 박제화된 의례와는 구분되는 현재형의 사건이다. 즉, 의례ritual 자체가 위선이나 기만은 아니라는 것과 그 본래적 의미를 「축문」은 다른 방식으로 재구성하고 있다. 의례는 관계와 공동체를 기억하게 하며, 미래를 만들어갈 계기가 되는 행위다. 제사는 지금 이곳에 없는 이들을 떠올리게 한다. 그리고 과거 – 현재 – 미래의 시간이 모두 연속적인 것임을 새삼 생각하게 한다. 어떤 관계를 이루며 살아야 하며, 앞으로의 시간을 어떻게 만들어갈지 가늠케 하는 추모의 념念을 이 소설은 그려내고 있는 것이다.

4. 엄마 – 이모라는 활력

한편 이런 장면도 생각해보자. 남편이 작업복이나 정장을 입고 아침부터 저녁까지 일터에서 가족 부양을 위해 일을 하는 동안, 아내는 집안일을 하며 귀가하는 남편과 자녀를 맞을 준비를 한다. 거실에는 저녁 식후 온 가족의 화목함을 담당해줄 텔레비전과 쇼파와 테이블이 놓여 있고, 아이들과 부모의 대화와 웃음소리가 넘쳐난다. 경험이나 실제와 별개로, 이러한 홈 스위트 홈 이미지는 너무 익숙하니 언급하는 것조차 새삼스럽다. 그만큼 홈 스위트 홈, 오이디푸스 삼각형, 근대적 가족 신화 등은 견고한 표상을 지닌다. 그런데 이를 연상시키는, 그러나 어딘지 서걱거리는 장면이 하나 있어서 잠시 살펴본다. 다음은 「그래도 되는 사이」의 한 장면이다. "넷은 일사불란하게 움직였다. 엄마가 씻어 내온 딸기와 사과, 배를 들고 거실에 앉았다. 오디오 앞에서 이것저것 살피던 아저씨가 볼륨을 낮춘 후에 음악을 틀었다. 대형 카페에서 나올 법한 피아노 연주곡이었다. [……] 소파 테이블 위에 놓인 치즈와 딸기는 그대로인데 와인만 자꾸 줄어들었다. 엄마의 발음이 흐트러졌다." (pp. 346~47)

엄마 커플과 딸 커플이 처음 만나 서로를 알아가는 중이다. 홈 스위트 홈의 분위기가 연출되고 있지만 어설픈 흉내처럼 보이며 어딘지 조마조마하다. 지금 이 장면의 묘한 서걱거림은 결혼 제도의 안온함과 그것을 위해 포기해야 할 것들 사이에서 망설이는 주인공=서술자의 심정과 관련될 것이다. 소설은 결국 주인공이 스스로에게 솔직해지는 과정을 보여주고, 결혼을 둘러싼 연인 간의 갈등은 담담하고 선선한 결별로 마무리된다. 제도가 주는 안정감은 곧 규범성의 다른 이름일 텐데, 사랑하는 이가 있음에도 제도로 환원되지 않고자 하는 선택에는 큰 용기와 결단이 필요할 것이다. 거기에는 "사이좋은 룸메이트"(p. 364) 같은 모녀 관계를 추구해온, 익숙한 어머니 표상으로 환원되지 않는 엄마의 삶이 가로지르고 있을 것이었다.

실제 김이설 소설 속 엄마들은 때로는 아빠 역할(「내일의 징후」)을 하기도 하고, 담배 피우고 애인 있는 일용직 노동자(「긴 하루」)이기도 하며, 주사를 부리고 수시로 애인이 바뀌며 배달 음식으로 끼니를 해결하지만 최선을 다해 자기 인생을 사는(「그래도 되는 사이」) 엄마이기도 하다. "일방적인 통보 한마디"(「환기의 계절」, p. 137)로 관계로부터 탈출하곤 하는 배신자 아빠들과 달리 엄마는 남은 관계나 자기 삶을 지키기 위해 안간힘을 쓰는 이들이다. 즉, 중·노년의 연애는 노욕이 아니라, 인간이라면 누구나 서로 기대고 싶은 소박한 마음의 형식이다. 누군가를 위해 음식을 정성껏 준비하고 차리는 역할은 모두가 상황과 필요에 따라 해야 할 일임에도, 단지 엄마라는 이름에 강요되고 규범화되었을 뿐이다. 술과 담배에 대한 기호를 엄마라고 해서 숨겨야 할 이유는 어디에도 없다. 엄마도 한 명의 불완전한 사람이기에 희생과 사랑만 베푸는 존재도 아니다. 엄마 역시 인간이고 자기 안의 지옥을 다스려야 하는 나약한 한 명의 사람인 것이다.

이때 엄마와 더불어 중요한 존재, 그리고 어쩌면 『누구도 울지 않는 밤』을 통틀어 가장 돌올한 존재가 바로 '이모'다. 불완전하고 나약한 엄마 옆에 또 다른 불완전하고 나약한 한 명의 존재로 자주 등장하는 이모는 친족의 특정 존재를 특권화시키는 호칭만은 아니다. 이 존재와 성격을 본질화하거나 유형화할 수도 없다. 확실한 것은 이모가 이 소설들 속 깨어진 세계에 다른 공기를 유입시키고 있다는 사실이다. 그리고 여기에서 이모가 도드라져 보이는 것은, 균열되고 파괴되는 관계들이 이모와 더불어 그나마 파탄에 이르지 않고 어떻게든 다른 방식으로 재구성되며 지속되기 때문이다. 이 이모들은 반드시 엄마와 우애 깊게 자란 혈연만을 의미하지 않는다. 성씨가 다른 자매도 있고, 가정불화를 함께 견디며 성장한 자매도 있다. 그들이 다시 훗날 서로의 불안정하고 취약한 아이들의 이모가 된다.

엄마와 이모들은 함께 아이를 돌보고 키운다. 이 여자들의 공동체는 소설에서 모순 투성이 정상 가족의 자리를 대신하고, 사뭇 다른 가치들을 내재하고 있다. 이런 점은 가령 「내일의 징후」의 다음과 같은 식당 장면 묘사에서도 엿

볼 수 있을 것 같다. "엄마는 전복회와 산낙지, 미역국 한 대접과 소주를 내려놓았다. 한 상 가득 푸짐해졌다. 다른 손님들이 상차림을 힐끔거리자 이모가 넉살 좋게, 우리만 먹어 미안합니다,라며 코맹맹이 소리로 말했다. 엄마도 성은을 가리키며 묻지도 않은 말을 혼자 덧붙였다. 얘가 우리 딸내미. 오랜만에 내려왔거든. 좀 먹입시다, 응? 손님들이 웃으며 끄덕였다"(pp. 79~80).

그녀들의 씩씩함과 넉살 좋음은 손수 차린 음식들의 활력과 더불어 증폭된다. 투박하지만 타인에게 베푸는 그녀들의 호탕함은 곧 그녀들의 강인함이고, 이 세상 모든 생명력의 의인화 혹은 캐릭터화인 듯 보이기도 한다. 즉, 김이설 소설에서 자주 보이는 이런 억척스러움은 존재마다 지니고 있었을 애초의 활력의 다른 말이라고 해도 좋다. 이런 그녀들 앞에서 '돌봄' 같은 말이 떠오르기도 한다. 하지만 그녀들의 돌봄은 의지나 윤리이기 이전에 존재론적인 이치에 가깝다. 돌봄은 모든 존재가 내재한 활력이자 정동일지 모른다는 점을 체현하는 것이 곧 김이설 소설 속 엄마 – 이모들이다. 엄마 – 이모는 단독자의 이름이라기보다 관계 자체를 환유하는 것이다.

5. 계절이 계절에게

다시 처음의 이야기지만, 『누구도 울지 않는 밤』의 소설 대부분이 어떤 갈림길, 계절이 바뀌는 길목에서 마무리된다. 그들 모두 내용은 다르지만 괴로운 처지와 어지러운 마음의 터널을 통과 중이다. 반드시 속 시끄러운 사건이 있지 않더라도 하루하루의 삶 자체가 억척스러운 생존 투쟁의 연속(「긴 하루」)이다. 게다가 가족의 굴레를 짊어진 이들은 스스로의 욕망을 다른 이들에게 투사하고 그 과정에서 연쇄적 상처만 받지만, 그러면서도 계속 어딘가로 이행하고 어떤 길목에 선다. 이들 소설에서 갈등은 해결되지 않고 여러 개의 선택지만 물음표로 남는다. 하지만 "여기는 끝이 아니"라는 것과 "어떻게든 방법을 찾을 것"이고 "아직은 마음먹은 대로 할 수 있었다"(「계절이 바뀌는 곳」, p. 219)는 다짐만큼은 견고하다.

「치유정원에서」도 "모든 것을 잃은 기분"(p. 175)과 필사적으로 겨루는 소설이다. 동생은 스스로 목숨을 끊었고 그로 인해 피폐해진 엄마는 요양원에 있다. 그 와중에 믿었던 애인마저 배신한다. 가족의 굴레와 외로움을 필사적으로 피하려는 과정에서 불안정한 정서는 쉽게 애인에게 투사되었다. 그러하니 타인에 대한 심적 의존과 그에 상응할 배신감은 더 컸을 것이다. 치유와 극복에 대한 절박함이야 말할 것도 없다. 하지만 "치유정원이라고 해서 무너진 마음이 금세 아물 리 없"다는 것을 주인공은 알고 있다. 즉, 소설이 말하는 치유는 드라마틱한 전변轉變 같은 것은 아니다. 자기 안에서 서서히 달라지는 기운들이 '치유'라는 말의 술어다. 그리고 그것은 계절의 변화를 불현듯 알아차리는 과정이기도 하다.

강조건대, 이 모든 신변의 변화와 다짐들은 계절의 이행과 나란히 이어진다. 그들의 용기들이 힘 있게 느껴지는 것은, 그 다짐이 인간의 개별적 의지를 관통하는 물질성과의 관계 속에 놓여 있기 때문이다. 인간의 시간보다 큰 시간이 궁극적으로는 합목적적으로 우리를 이끌어주리라는 믿음도 이 장면들에 깃들어 있는 것 같다. 이것은 신비주의나 범심론의 이야기만은 아니다. 오히려 이것은 생동하는 물질성을 환기시키는 세계관이거나, 혹은 물질성을 수동적인 것으로부터 떼어내는 사유의 단초로 여겨지기도 한다. "꼿꼿하게 머리를 쳐든 침엽수를 보며 하루를 버틸 수 있는 힘 정도만 얻으면 충분했다"(「치유정원에서」, p. 181) 혹은 "그사이 사위가 환해졌다. 두연은 오토바이 시동을 걸었다. 갈 수 있는 한 제일 멀리 가고 싶었다. 이제 정말 서둘러야 했다"(「반 뗀 라 지?」, p. 258) 같은 마지막 대목들도 그렇다. 여기에는 '꼿꼿한 침엽수'나 '환해진 사위' 같은 것들과 '연결'되는 순간 생기는 기운 혹은 힘이 있고, 그로 인해 만들어지는 용기와 의지가 있다.

이 글이 내내 말한 셈이지만 구원은 초월적 바깥에서 오는 것도 아니고, 진공 상태에서 오롯이 발생하는 것도 아니며, 개별자의 의지만으로 가능한 것도 아니다. 구원이리는 말에 값할 변화란 인간과 인간을 둘러싼 존재 모두를 포함한 어떤 관계들 속에서 이루어진다. 지금 이 변화와 도약의 방법 혹은 과정이 우리에게 건네는 용기는 작지 않다. 마침 『누구도 울지 않는 밤』이 독자와 만나게 될 시간은 확연히 계절이 바뀌는 즈음일 것이다. 터널을 벗어나면 다음 터널이 다시 나올 때까지는 안전하다. 신발에 묻은 진흙은 햇볕에 말리고 툭툭 털어내면 된다. 다시금 계절이 계절에게 자리를 내어주는 시간이 오고 있다. 곧 환절기다. 이곳도 바야흐로 다시 창문을 열고 환기할 시간이다.

두번째 단편집 『오늘처럼 고요히』 이후, 6년간 발표한 단편들 중에서 『잃어버린 이름에게』에 실은 작품들과 「갑사에서 울다」라는 단편을 제외한 열 편을 추렸다.

열 편의 소설을 모으는 동안 글을 못 쓰던 시절이 있었다. 아프기도 했다. 이제껏 믿었던 세계에 대해 의심을 품었고, 그동안 써온 내 소설을 부정하는 일도 겪었다. 생각해보면 소설가라면 한 번쯤 겪어야 하는 마땅한 통과의례였다. 그 고비를 넘기면서 지어온 소설들이니 각별하나, 두렵다.

그럼에도 불구하고 한 치의 의혹 없이 내 소설을 읽어와준 손정혜와 윤규미, 허물 많은 소설을 보듬어준 김미정 선생님, 세번째 단편집으로 묶일 수 있도록 애써준 문학과지

성사와 이주이 편집자, 무엇보다도 김이설의 소설을 기다려준 독자분들에게 가장 큰 감사를 드린다. 기다리는 글을 쓰는 일. 살게 하는 힘이 되었다.

정말 쓰고 싶은 소설이야말로 어느 누구도 울지 않는 밤에 관한 이야기. 그런 소설을 내놓을 때까지, 씨보겠나. 여하튼 쓰겠다.

2023년 3월
김이설

수록 작품 발표 지면

모면 『문학사상』 2017년 6월호

내일의 징후 『鑰』 2017년 하권

축문 『문학과사회』 2017년 겨울호

환기의 계절 『문학과사회』 2020년 여름호

치유정원에서 『황해문화』 2021년 여름호

계절이 바뀌는 곳 〈리디북스〉 전자책(2021년 7월)

반 뗀 라 지? 〈리디북스〉 전자책(2021년 9월)

가족의 일생 『학산문학』 2021년 가을호

긴 하루 『엄마에 대하여』, 다산책방, 2021

그래도 되는 사이 〈리디북스〉 전자책(2022년 5월)